목차

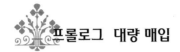

프롤로그 대량 매입

"이쪽이에요."

안내를 받아 계단을 내려간다.

내 이름은 이와타니 나오후미. 방패 용사로서 이세계에서 소환된 대학생이다.

우리는 지금, 상인과 용병의 나라 제르토블에서 노예를 추가 구입하기 위해, 노예상들의 안내를 받아 지하 노예시장을 둘러보고 있다.

영귀 관련 사건들이 마무리된 후, 다음 수호수인 봉황이 등장하거나 다음 파도가 올 때까지의 기간을 활용해서 전력을 증강하기 위해, 나는 메르로마르크의 여왕으로부터 영지와 작위를 받아 마을을 개척하기로 결심했다.

그 과정에서 말썽거리로 부상한 것이, 라프타리아의 고향인 르롤로나 마을에 관한 것.

원래는 그곳 주민들도 국민이었지만, 그들은 단지 그들이 아인이라는 이유만으로 노예가 되어 메르로마르크에서 학대받고 있었다.

내 활약 덕분에 아인 차별의 필두인 쓰레기와 삼용교가

제압당하고, 여왕이 노예 해방을 명했다.

하지만 불운이 겹쳐져서, 노예들은 그 명령이 떨어지기 조금 전에 다른 나라로 팔려갔고, 마을 녀석들은 고가에 거래되는 상황이 되어 있었다.

마을 녀석들을 보호하기 위해 여러모로 애를 쓰다 보니, 오히려 서기에 편승한 상인들이 노예들의 가격을 계속 끌어올리는 난감한 상황에 빠져 버렸다.

노예들의 몸값이 폭등한 또 하나의 이유는, 내 파트너로 활약하고 있는 라프타리아에 대한 소문이 번져 나간 것이라고 한다.

어쨌거나 이런저런 불운이 겹쳐져서, 르롤로나 마을 사람들의 가격은 끝 모르고 폭등했다.

그래서 우리는 돈을 벌기 위해, 제르토블에서 열리는 어둠의 콜로세움에 참가해야 하는 신세가 되었다.

뭐…… 고생은 꽤나 했지만 어쨌거나 대회에서 우승하는 데 성공해서, 다행히도 르롤로나 마을 출신 노예들을 재구입하는 데 성공했다.

"나오후미, 아직 더 일손이 필요해?"

"그 정도 머릿수로는 부족할 거야. 개척도 해야 한다고."

지금, 내 팔에 팔짱을 끼고 있는 여자의 이름은 사디나.

우리와 따로 콜로세움에 출전해서 르롤로나 마을 주민들을 구하려 했던, 라프타리아의 언니 같은 녀석이다.

지금은 아인의 모습을 하고 있지만, 수인화하면 범고래 같은 모양이 된다.

얼굴은…… 뭐랄까, 느긋한 주정뱅이 일본풍 미녀라고나 할까?

저주 때문에 약해져 버린 우리…… 약해졌다고는 해도 보통 모험가들보다는 강할 게 분명한 나와 라프타리아와 필로가 힘을 합쳐서 싸워서야 간신히 이길 수 있었을 정도로 강하다.

우리에게는 약체화 마법이, 사디나에게는 강화 마법이 걸려 있었던 걸 감안하면 그렇게 강한 건 아니라고 본인은 얘기했지만, 기술 면이나 능력 면으로 미루어 보아, 상당한 괴물이라는 건 확실할 것이다.

그리고 끈질기게 내 팔에 자기 팔을 얽어 대는 데에는 이유가 있는데, 듣자 하니 이 녀석은 자기보다 술이 센 녀석에게 구애하기로 마음먹었었다는 것이다.

내가 술의 원액 같은 루코르 열매를 먹어도 끄떡없는 걸 보고 여러모로 내게 들이대기 시작했다.

"흐으응……. 나오후미도 마을 재건을 위해서 여러모로 궁리하고 있구나."

"그렇지 뭐. 그냥 모아서 보호하면 장땡인 문제가 아니잖아."

그 외에도, 르롤로나 마을 출신 노예의 몸값이 폭등한 영향으로, 노예사냥꾼들이 마을을 습격하는 사건도 있었다.

다행히 우리가 주도해서 마을 주민들을 단련시킨 덕분에 노예사냥꾼들을 제압할 수 있었지만.

그렇다……. 다른 누군가가 도와줄지도 모른다는 달콤한 환상은 이제 버리고, 자신들의 힘으로 마을을 지켜야 한다는 현실적 의식을 심어 줘야만 한다.

이 세계 녀석들은 곤경에 처할 때면 사사건건 용사에게 의존하는 경향이 있다.

잘 생각해 보면, 이세계인을 소환해서 문제를 해결하게 하려는 것 자체가 얼마나 비정상적인 일인가.

뭐, 이 세계에는 레벨이라는 개념이 있고, 마물을 처치하면 레벨이 상승한다는, 말 그대로 게임 같은 요소가 있지만 말이다.

"이야~앙, 나오후미 너무 멋있다~. 이 누나, 또 반해 버렸지 뭐야."

"만지지 마! 그런 건 할 생각 없다고 했잖아!"

"사디나 언니! 적당히 좀 하세요."

그리고 그런 사디나에게 주의를 준 것은 라프타리아.

내 파트너이자, 싸움을 함께하는 노예 출신 아인 소녀다.

이세계에서 용사의 증표인 도(刀)의 권속기로 선택받은 상태다.

실력은 보증할 수 있을 정도로, 방패 용사라는 특성상 공격이 불가능한 나를 대신해서 상대를 물리치는 역할을 맡아 주고 있다.

파도로부터 세상을 구한다는 사명감을 최우선으로 생각하기 때문인지, 연애 얘기나 성적인 것에 대해서는 거부감을 갖고 있다.

그 점은 나와 마찬가지다.

뭐, 나는 쓰레기녀에게 걸려들어서 누명을 뒤집어쓰는 바람에 그렇게 된 거지만.

참고로, 무녀복이 엄청나게 잘 어울리지만, 본인은 효율 우선주의자라서 입어 주지 않는다.

얼굴은 더없이 예쁘고, 너구리 귀와 꼬리가 적절한 악센트를 주어서, 신기할 정도로 무녀복과 딱 들어맞는 것이다. 항상 입히고 싶은 마음에, 효과가 뛰어난 무녀복을 주문제작할까 하고 비밀리에 계획하고 있다.

"어머나, 어머나."

그리고 사디나는 요즘 계속 나한테 착 달라붙어서 라프타리아를 놀려대고 있다.

언짢아하는 라프타리아를 다독이는 사람 입장도 좀 생각해 줬으면 좋겠는데 말이지.

"후에에에……."

뒤쪽에서 얼빠진 소리를 내는 것은 리시아.

할 때는 하는, 감정이 고양되면 엄청난 활약을 하는 녀석이지만, 평소에는 두뇌 노동 담당.

　다만, 요즘 한동안은 활약이 좀 잠잠하다. 이것저것 하고 있기는 한 모양이지만.

　뭐, 아직 제대로 강해지지도 않은 리시아를 콜로세움에 참가시키는 건 자살행위였으니까 어쩔 수 없지만.

　"으~웅?"

　지금 고개를 갸웃거리고 있는 게 필로다.

　필로는 마차 끄는 일을 세상에서 제일 좋아하는 필로리알이라는 마물 소녀다.

　용사의 손에 길러지면 특별한 형태로 성장해서, 마물의 모습으로부터 날개 달린 천사의 모습으로 변신할 수 있게 된다.

　입만 다물고 있으면 천사 같은 금발벽안의 미소녀로 보이는 외모를 갖고 있다.

　성격은 천진난만. 전투 센스는 독보적인 수준이다.

　지난번 싸움에서의 활약이 아직 뇌리에 선명하게 남아 있다.

　마법이 봉쇄당한 상황에서, 필로는 키즈나 쪽 세계에서 익힌 마법 대용 기술, 즉 노래……를 불러서 적을 몰아붙였다.

　믿음직한 전투원이다.

　"라프~?"

　필로의 어깨 위에 앉아서 울고 있는 것은, 내가 라프짱이라는 이름을 붙여준, 라프타리아의 머리카락으로 만든 식신

(式神)…… 이 세계에서는 사역마로 불리는 존재다.

사디나가 아인에서 수인으로 변신할 수 있는 것처럼, 라프타리아가 수인으로 변하면 이런 모습이 되지 않을까 싶은 외모를 갖고 있다.

"나오후미 님, 또 무슨 무례한 생각을 하고 계시는 것 맞죠?"

"어머나! 라프타리아는 나오후미가 하는 생각을 다 알아채나 보네! 부러워라~."

"시끄러워."

어쨌거나, 피폐해진 정신을 라프짱에 대한 생각으로 위로해야겠다.

라프짱은 내 장난에 분위기를 맞춰 주는, 활달한 성격을 갖고 있다.

내가 처음 소환되었을 당시부터 내 몸에 달라붙은 채 떨어지지 않는 저주받은 방패가 가진 기능을 이용해서 라프짱을 강화할 수 있다. 그래서 요즘 나는 라프짱의 털 촉감 같은, 전투와는 별 상관없는 항목에 주목하고 있다.

쓰다듬을 때의 감촉을 이상적인 수준에 가깝게 만들고 싶은 것이다.

그런 생각은 라프타리아에게 들키지 않도록 해야겠지.

……잠깐 생각이 삼천포로 빠졌군.

어쨌거나, 현재는 이 멤버들과 함께, 마을 개척에 필요한 새로운 노예들을 싼 값에 구입하기 위해 여기에 와 있는 것이다.

"도착했습니다. 네."

"아아, 이제야 도착했군."

계단 끝에 있는 지하 노예시장에서, 나는 노예들이 들어 있는 묘하게 호화스러운 우리를 둘러본다.

우리 안에…… 도깨비처럼 뿔이 달린 아인 여성이 앉아 있다.

피부는 갈색이고, 얼굴은 제법 예쁘장하다.

체격은 약간 큰 편이다. 가슴도 크고, 절세의 미인이라는 말에 어울리는 외모……인가?

어쩐지 안색이 좋은데. 좋은 음식을 먹고 있을 것 같은 얼굴이다.

이런 건 내가 원하는 노예는 아니군.

성노예라거나 하는, 그런 부류의 상품으로 분류될 것 같다.

"나는 성노예에는 관심 없어."

"아뇨, 아뇨. 아인종 중에서도 전투에 소질이 있는 키키종입니다."

"저게?"

뭔가 이쪽을 향해 영업용 미소를 지으며 손을 흔들고 있다.

어쩐지 등골이 오싹해지는데, 저 노예.

저도 모르게 한 대 쥐어 패고 싶어지는 타입의 얼굴이다.

아니, 저 녀석 입장에서는 억울하겠지만 말이다.

"비싸 보이기도 하고, 필요 없어."

내 대답에, 그 노예가 토라진 표정을 짓는다.

"아뇨, 아뇨, 저렴한 값에 제공해 드리겠습니다."

"아무리 그래도 말이지……."

뭔가 싫다. 아니, 저 녀석을 노예로 삼고 싶지 않다.

뭐, 어린 노예만 구입하기로 마음먹었다거나 하는 건 아니니까, 기준으로 따지면 문제는 없지만, 뭔가 내키지가 않는 것이다.

그렇게 생각하다 보니, 그 이유가 뭔지 깨달았다.

빗치를 연상케 하기 때문이었군.

내가 이세계에 소환된 초기에, 내게 강간 누명을 뒤집어씌운 메르로마르크의 전(前) 왕녀와 닮아 있다.

나 참……. 나도 별 괴상한 일에 말려들었군.

"그럼 다음 노예로 갈까요?"

"그래, 미안하지만 저건 거절할게."

"어머나? 아까워라."

사디나가 노예 앞에서, 묘하게 도발적으로 내게 몸을 비비는 모습을 연출한다.

"왜 그 여자는 되는데 난 안 되는 건데?!"

노예가 고함친다. 자존심에 상처라도 입은 건가?

성노예 주제에 말귀를 잘 못 알아듣는 녀석이군.

그나저나…… 왜 나한테 팔리고 싶어 하는 거지?

"너는 내가 좋아하는 타입의 노예가 아냐. 그것뿐이야."

"로리콘!"

비난이 날아든다.

……나는 노예상인을 노려본다.

노예상인은 일족 전체가 노예 매매를 하고 있는 듯, 내 앞에는 메르로마르크에서 장사를 하던 노예상인과 제르토블에서 장사를 하는 노예상인, 두 사람이 있는 것이다.

그 둘은 그야말로 빼다 박은 것처럼 쏙 빼닮아서, 굳이 차이점을 꼽자면 연미복의 색깔 정도가 고작일 정도다.

그리고 그들은, 내가 노려보자 슥 하고 시선을 외면했다.

……뭐, 그냥 넘어가기로 하자. 여러모로 내 부탁에 응해 주는 녀석들이니까.

나는 여자 노예를 노려본다.

"로리콘이라니, 꼭 나에 대해서 알고 있는 것 같은 말투 잖아?"

내 대꾸에, 노예 녀석은 입을 다문다.

역시 뭔가 속사정이 있는 건가.

"어머? 이 누나가 그렇게 젊어 보여?"

"……너, 실제 나이는 몇 살인데?"

"스물 셋이랍니다. 웃흐~응!"

그렇게 눈 깜박여 대지 마, 재수 없어!

게다가 그 태도, 엄청나게 수상쩍다.

"이건 거짓말이 아니에요. 아버지가 사디나 언니의 나이를 가르쳐주셨는걸요."

라프타리아가 뒷받침한다.

"여자는 실제 나이를 감추거나 하기도 하잖아?"

"그런 경우도 있긴 하지만, 몇 년 전에 아버지가 사디나 언니에게 맞선 자리를 마련해 주려고 하셨던 적이 있거든요. 그때 들은 나이에, 그때부터 지금까지 지난 시간을 더해 보면, 스물 세 살이 맞아요."

"어머나? 기억하고 있었어? 어린애들의 기억력은 참 대단하다니까~."

그 말투로 보아, 스물 셋보다는 좀 많을 거라고 생각해도 무방하리라.

까놓고 말해, 아줌마 같다고.

어쨌거나, 이래 봬도 나는 스스로를 객관적으로 바라보는 사람이다.

구입한 노예는 모두 아이들. 그리고 여자의 비중이 높다.

르롤로나 마을 녀석들을 중점적으로 모으다 보니 결과적으로 그렇게 된 것이다.

"그분의 발음이나 말하는 내용으로 봐서……."

리시아가 어디 출신 노예인지 알아본 모양이다.

그러고 보니 방패에는 번역 기능이 탑재돼 있다.

이 세계에는 내 세계…… 지구와 마찬가지로 다수의 언어가 있는데, 편리하게도 방패는 그 모든 걸 통역해 준다.

그리고 메르로마르크 공용어는 분명…… 인간이 다수인 나라에서 사용되는 언어였었다.

"뭐, 신경 쓸 필요 없어. 리시아도 신경 쓸 거 없어."

"아, 네."

"그럼 다음으로 가지."

"알겠습니다. 네."

"도대체 왜?! 왜 나를 거부하는 건데!"

그렇게 악다구니를 쓰는 노예를 무시하고, 나는 노예상인의 뒤를 따라갔다.

 화 신목의 잎

"다음은 여기입니다."

노예상인이 안내해 준 우리를 보니, 이번에도 건강하고 질 좋아 보이는 아인 노예.

어린…… 여자애다.

그리고 작위적인 미소를 지으며 이쪽을 향해 손을 흔든다.

"아…… 기각."

"어?!"

이번에도 항의해 댄다.

아까 그 녀석에 비하면 약간 어린애 같은 반응이지만, 지나치게 활발한 게 마음에 걸린다.

내가 아는 노예들이란, 모든 걸 체념한, 초점 없는 눈을 가진 녀석들이라고.

그 활발한 키르조차도, 라프타리아의 모습을 볼 때까지는 겁에 질려 있었단 말이다.

꿈 많은 모험가 같은 얼굴을 가진 녀석은 절대 노예가 아니다.

그리고 그 후에도 노예를 소개받았다.

내가 거절하면, 노예들은 하나같이 내게 투덜거린다.

이 녀석들의 목적은 대충 알고 있다.

나는 의심 어린 눈초리로 노예상인들을 노려본다. 두 사람 다, 하나같이 연신 땀을 훔치고 있다.

"어이."

"방패 용사님의 요구에 부응하지 못해 아쉽습니다. 네."

"하아……. 할 수 없지. 이 방법만은 쓰고 싶지 않았는데."

나는 소개받은 노예를 손짓해서 부른다.

그리고 천천히 그 멱살을 붙잡고, 위협 섞인 목소리로 다그친다.

"말해. 네 배후에 뭐가 있지? 방패 용사의 명령이다. 말

안 하면 네 나라를 멸망시켜 버릴 줄 알아."

"히익…… 아, 아빠가…… 방패 용사의 아내가 되라고 그랬어요. 용사님은 노예만 곁에 두니까, 알선업자한테 돈을 내고……."

내가 노려보자 노예가 겁에 질려서 대답한다.

아직 어린 꼬마다. 이건 어쩔 수 없겠군.

"……넌 아무 불만 없는 거냐?"

"네?"

"집안을 위한 일이라고는 해도, 좋아하지도 않은 사람에게 바쳐지는 신세가 되는 거잖아."

생긴 걸로 보아, 예전의 라프타리아보다 약간 어리다.

이런 어린애를 이용해서 자기 지위를 향상시키려 드는 사고방식에 혐오감을 느낀다.

"어쨌거나, 다 들통났다고 말하고 그만 돌아가. 그래도 납득 못 한다면, 방패 용사님은 진짜 곤경에 처한 아인에게 도움의 손길을 내밀어야 한다고 했다고 하든지."

아무래도 단체로 보내져 온 모양이군.

"아인의 국가인 실트벨트가 관장하는 맞선이었던 셈이군."

부자들이나 왕족 자녀들이 이름뿐인 노예 행세를 하면서 나에게 팔리기 위해 우리에 들어 있었던 거다.

"그 나라는 방패 용사의 말이라면 절대적으로 따르는 방침이라고 들었어. 내가 직접 서찰을 적어 줄까? 더 이상 노예를 들이밀면 너희가 불리해질 거라고."

"알았습니다. 네. 방패 용사님의 생각이 그러하시다면, 저희도 물러나도록 하지요. 네."

"역시 방패 용사님. 가짜 노예를 알아보시는 혜안, 저, 찌릿찌릿합니다."

"그걸 못 알아볼 리가 없잖아!"

가짜라고 공언하는 거나 마찬가지잖아!

감추려는 노력이라도 좀 하라고.

아예 인간지상주의 국가인 모 나라에서 사 온 녀석을 보낸다든가 하는 식으로 말이지.

"한심하네요……."

라프타리아까지 황당해하고 있잖아.

"그렇게 쉽게 나오후미 님을 유혹할 수 있을 리 없을 텐데……. 그게 가능하다면 고생할 일도 없었겠죠."

응? 무슨 소릴 하는 거지?

"그러니까 이 누나가 끼어들어서, 여자에 대한 나오후미의 불신을 고쳐줄게!"

"라프~!"

사디나의 흥분한 목소리에 라프짱이 덩달아서 같이 떠들어대기 시작한다.

아아, 시끄럽다. 그냥 무시하는 게 좋겠군.

"어라? 이 반응을 보아하니, 나오후미의 허가가 내려온 모양인데! 이 누나가 힘 좀 써 봐야겠는걸!"

켁?!

무시하니까 무시한대로 멋대로 해석해 버리는 거냐! 뭐 이렇게 성가신 여자가 다 있어?!

"자~아! 여기 누나 가슴 있다~!"

사디나가 뒤에서 나를 끌어안고 가슴을 들이댄다.

"좀 꺼져!"

"나오후미 님, 진정하세요! 사디나 언니도 제발 적당히 좀 하세요!"

"어머나?"

내가 거부하자 사디나는 고분고분 물러섰다.

하지만, 실실 쪼개고 있는 게 영 기분이 더럽다.

"후에에에에……."

"필로도 사디나 언니처럼 뒤에서 부비부비해도 돼?"

"안 돼."

필로는 아예 원래 그런 놀이라고 착각한 건지, 필로리알 퀸의 형태로 변신해서 나를 뒤에서 껴안고 싶다고 어필하고 있다.

젠장, 무시도 안 통한다면 이제 어떡해야 하는 건데?!

"나 참……. 다른 노예 없어? 헛걸음이 되면 화낼 줄 알아."

"물론 있고 말고요. 오히려 그쪽이 메인일 정도입니다."

"……너 가끔 나를 속이려고 들더라?"

정말이지, 마음 같아서는 이 녀석과는 얽히고 싶지 않단 말이지.

"방패 용사님은 어떤 노예를 바라시는지?"

"지금은 손재주가 좋은 노예가 필요해. 그리고 적당히 전투가 가능한 녀석이라면 좋겠어."

일단 마을에도 손재주 좋은 녀석들이 몇 명 있긴 하지만, 일손이 더 필요하다.

액세서리 제작을 가르치고 있는 이미아처럼, 가능하면 자질을 가진 녀석을 부리고 싶다는 게 내 진심이다.

"그러시군요. 그럼 이쪽으로."

"가짜 섞어놓지 마."

"네, 물론 알고 있다마다요."

노예상인들이 안내한 곳에······ 어째 낯이 익은 종족이 있다.

"여기도 르모 종이 있었군."

나는 르모 종이 잔뜩 있는 우리로 다가간다.

이미아는 원래 마을 출신 노예는 아니었지만, 이 중에 이미아와 안면이 있는 녀석이 있다면, 일하기도 쉬워질 것이다.

라프타리아와 키르처럼 말이지.

일단 한번 물어볼까.

"이미아라는 이름을 가진 여자애를 아는 녀석 없어?"

"너무 흔한 이름이에요······. 누굴 말씀하시는 거예요?"

내 질문을 받은 르모 종…… 남자인가? 이미아보다 약간 키가 큰 녀석이 되묻는다.

끄응……. 동명이인이 많은 건가. 풀네임을 모르는 게 문제로군.

뭐였더라, 그 녀석의 본명. 묘하게 길었다는 건 기억하고 있는데.

류…… 생각이 안 난다.

할 수 없지, 포기하는 수밖에. 나름 괜찮은 아이디어였는데.

맞아. 지식 담당인 리시아라면 기억하고 있을지도 모른다.

"리시아, 혹시 이미아의 긴 이름 못 외워?"

"후에에에……."

아, 이 반응으로 보아 못 외우는 모양이군.

"할 수 없지. 나중에 이미아를 데려오는 수밖에."

그렇게 체념하려고 했을 때, 라프타리아가 나에게 말을 건다.

"이미아 류슬룬 리세라 텔레티 쿠어리즈예요, 나오후미 님."

라프타리아가 당연하다는 듯 이미아의 본명을 대답해 주었다.

어떻게 이렇게 기억력이 좋을 수 있는 거야.

라프타리아도 은근히 스펙이 높다니까. 사람 이름 기억하는 재주가 있는 건가?

"나오후미 님이야말로, 요전에 묘하게 긴 요리 이름을 말씀하셨잖아요?"

"아아. 그러고 보니 그랬었지. 필레 드 사르딘느 오 바질리크, 비슷한 거."

일본식 이름은 바질향 정어리 구이다.

이 세계에는 정어리 비슷한 물고기는 있지만, 정어리는 없으니까.

바질도 없어서 약초로 대충 대신했다.

환경이 어느 정도 갖춰진 기념으로, 귀환 축하를 겸해서 마을 녀석들에게 만들어서 대접해 줬던 게 엊그제 같다.

참고로 프랑스 요리다.

"이미아의 이름이랑 별 차이 없는데요?"

"그래?"

단어를 끼워 맞춘 거니까 딱히 어렵지는 않다.

하지만 이미아의 이름은 무슨 기호처럼만 들린다.

"그 이미아가 그 이미아였구나!"

르모 종 남자가 말을 건다.

"아는 사이야?"

"조카딸입니다. 모를 리가 없지요."

으음? 이미아의 친척을 찾아낸 거 같은데.

이거 운이 좋은데.

"너 말고 다른 동향 사람 없어?"

"같은 집락 출신은 여기에도 있습니다."

"그럼 그 녀석들을 사지. 이미아를 만나게 해 줄게."

노예상에게 남자와 그 동향 사람들을 구입하겠다는 뜻을 전한다.

"알겠습니다. 네."

"그런데…… 당신은 누굽니까?"

"척 보면 몰라? 노예사(奴隷使)잖아."

여기서 사실대로 곧이곧대로 가르쳐주면 노예들이 몰려들 것 같다. 성가시니까 함구해 두자.

"또 거짓말을 하시다니……."

"이미아는…… 저기, 잘 지냅니까?"

"잘 지내세요. 우리 마을에서 열심히 살고 계세요."

그 녀석, 말을 잘 들어서 좋단 말이지. 자기주장이 좀 약한 면이 있지만.

"그렇군요. 만날 날이 기대되네요."

그 긴 이름이 도움이 될 줄이야. 사람 일이란 참 모르는 거군.

"어머나, 앞으로 왁자지껄해질 것 같은걸."

사디나가 입을 연다.

"그러게. 그나저나 궁금한 게 있는데, 너랑 라프타리아는 무슨 사이야?"

"나는 라프타리아의 부모님이랑 같은 곳에서 흘러들어온 사람이었어. 그래서 잘 대해 주셨지."

"그랬군."

대대로 그 마을에서 살았던 건 아니었던 모양이다.

뭐, 생각해 보면 그럴 만도 하겠군.

지금 내가 위임받은 영지는 에클레르의 부모님이 주도해서 개척한 지역이었고, 아인들과의 우호를 위해서 에클레르의 부모님에게 위임되었다고 했으니까.

그런데 그런 실력자가 죽는 바람에, 그 지역은 황폐화되었다.

"뭐…… 이 정도면 되겠지."

사디나의 빚을 갚아 주느라 지갑이 얇아져 있는 상태이기도 하니까.

이 이상의 노예를 구입하기는 힘들겠군.

"자, 그럼 슬슬 돌아갈까."

"잠깐 기다려 주십시오. 네."

제르토블에서 장사하는 노예상이 가로막는다.

"뭐지? 용건이 더 남았어?"

"용사님께 꼭 보여드리고 싶은 노예가 있습니다."

"그 나라가 알선한 노예라면 더 볼 필요도 없어."

"아뇨, 그게 아니라…… 굳이 말하자면 오늘의 메인 디시입니다."

"이제 돈도 별로 없어."

"극약과도 같은 노예인지라, 당신이라면 제대로 다룰 수 있을 거라 믿고 초저가에 제공해 드리겠습니다."

극약이라.

자칫 잘못 다루면 독이 되고, 제대로 다루면 약이 된다.

뭐, 보는 건 공짜니까.

"알았어."

나는 노예상인들을 따라갔다.

"이쪽입니다."

노예상인들의 안내를 받아 들어간 곳은, 병을 앓고 있는 노예들의 격리 구획.

위생 환경이 썩 좋지 않다.

나라고 딱히 자선사업을 할 생각은 없지만, 어쨌거나 정신위생상 좋지 않은 곳이다.

우리로 다가가서, 약병을 보여주며 이쪽으로 오도록 손짓한다.

"우우……."

"자, 약이다. 먹어."

"가, 감사합니다."

내 정신위생상 더는 견딜 수 없었기에, 눈앞에서 괴로워하는 녀석에게는 일단 약을 먹인다.

이 세계에서는 줄곧 약을 팔아 돈을 벌어 왔으니, 아마 이 약도 효과가 있을 것이다.

"알고 있겠지만……."

""알고 있다마다요. 수익의 일부를 나중에 환원하도록 하겠습니다.""

"합창하지 마, 재수 없어."

제르토블 쪽 노예상이 폴짝거리면서 뛰어간다.

하지 마, 징그러워!

그렇게 해서…… 나는 어떤 노예와 만나게 되었다.

"이쪽입니다."

노예상이 안내해 준 우리에는 아인 두 명이 갇혀 있었다.

"뭐, 뭐야! 일은 제대로 하고 있잖아! 뭐 하러 온 거냐!"

한 명은 12세 전후의 남자아이다. 척 보기에도 건강 그 자체.

"어머나? 너 포울 아니니?"

"너는…… 나디아!"

응? 아는 사인가?

내가 손짓하자 사디나는 고개를 끄덕인다.

"이 나라에 처음 왔을 때, 콜로세움에서 싸웠던 애야. 어둠의 콜로세움에도 가끔 출전했었구."

노예 겸 격투가인가.

제르토블에서 노예로 전락하는 바람에 싸움터로 내몰린 녀석도 있다는 모양이다.

이 포울이라는 녀석은 전투 노예인 것이리라.

"그쪽은?"

나는 우리 안에 드러누워 있는 녀석을 가리킨다.

"모르는 사람인걸?"

어두워서 잘 안 보이지만, 지푸라기 침대 위에 드러누워 있는 녀석이 있다.

상태는 별로 좋지 않아 보인다.

"콜록…… 콜록……."

일단 남자아이, 포울이라는 녀석 쪽을 본다.

우선, 머리색이 눈에 들어온다.

흰색과 검은색이다. 그 색 조합과 머리카락의 결만 보아도 다른 노예보다 질이 좋은 녀석임을 엿볼 수 있다.

눈동자 색은 파랗고…… 고양이를 연상케 하는 세로로 길쭉한 동공 부분이 있다.

그 주위에는 파란 각막과 흰자위가 있는데, 뭐랄까, 그것만으로도 위압감이 느껴지는 것만 같다.

얼굴 생김은 야성적.

온 세계를 다 적으로 여기고 있는 것 같은 눈을 하고 있다.

귀는 고양이치고는 두툼하고 둥글둥글하다. 그리고 또 하나 인상 깊은 것은, 흰색과 검은색으로 된 줄무늬 꼬리.

이건…….

"뭐죠? 키즈나 씨 쪽 세계에서도 비슷한 분위기를 가진 상대를 본 적이 있는 것 같아요."

"별 우연도 다 있군. 나도 그런데."

"으~응…… 으~음, 하얀 호랑이?"

오? 필로도 기억나는 게 있는 모양이다.

그렇다. 어딘지 키즈나 쪽 세계에서 싸웠던 백호들과 비슷해 보이는 구석이 있다.

동시에 쿄에 의해 인체개조를 당했던 녀석들도 떠오른다.

뭐랄까, 그 완성형이 연상되는 것이다.

뭐, 아인이겠지만.

그런 경위도 있고 해서, 인상이 썩 좋지는 않다.

"어리긴 해도 비싸 보이는데."

"첫인상만 보고도 가격부터 시야에 넣으시는 용사님의 금전 감각, 정말이지 감복할 따름입니다."

라프타리아는 내 대답에 황당해서 자빠질 뻔했다.

"나오후미의 손익 계산은 참 근사하다니까."

무시, 무시! 아니, 하긴 처음부터 돈 계산부터 하는 나도 좀 문제가 있긴 하지만.

"그나저나, 이 녀석은 다른 아인 노예에 비해서 뭔가 특별한 게 있는 것 맞지?"

"잘 알아보셨습니다. 이 아인은 하쿠코 종이라고 불리는 유명한 종입니다."

"하쿠코 종이라……."

"오랜 옛날, 첫 번째 사성용사가 붙인 종족명이라고 하더군요."

'흴 백(白)'의 일본어 발음이 '하쿠', '범 호(虎)'의 일본어 발음이 '코'……였던가?

'*백호'를 일본어로 잘못 읽으면 나올 것 같은 이름이다.

옛날부터 존재하는 종족……이려나?

그렇다면 별 대수로울 것 없는 일인지도 모르지만…… 성장했을 때 영귀 같은 괴물로 변해서 날뛰거나 하면 보통 일이 아니다.

그나저나 왜 이름을 그따위로 붙인 거야?

카르밀라 섬에서의 전승도 그렇고, 역대 용사들은 다들 센스가 형편없었던 모양이다.

뭐…… 필로리알에게 필로라는 이름을 붙인 내가 할 소리는 아니지만.

"헤…… 그런데, 이 녀석을 어쩌라는 거지?"

"용사님께 증정하도록 하지요."

"강해 보이기는 하지만 극약이라고 할 정도는 아닌 것 같은데."

키즈나 쪽 세계에서 겪어 본 바, 백호는 강하기는 해도 물리칠 수 없을 정도는 아니었다.

그 소재에서 나온 방패는 원호 무효 같은 성가신 전용효과를 갖고 있었던 게 인상적이었다.

---

* 일본어는 한자를 읽는 방식이 둘 있어, 백호(白虎)는 박코(びゃっこ)라고 읽는다.

라프타리아의 도에도 있는데, 다루기가 여간 까다롭지 않다.

"레벨이나 능력치 좀 볼 수 있을까?"

"레벨은 이 정도입니다."

노예상이 건네준 자료를 훑어본다.

아아, 역시 남매인가 보군.

……레벨 32? 그런 것치고는 외모가 어려 보이는데.

지금 내 마을에 있는 녀석들은 레벨 30이면 이미 꽤 덩치가 커져 있다.

"의외로 높은데. 그런데 이 외모는 종족차나 개인차가 있는 거야?"

"레벨은 이래도 어린애니까요. 이 종족은 특별한 종족이라, 클래스업이 가능한 최저치가 50이고 한계치가 60입니다. 네. 클래스업을 한 후에도 마찬가지로 레벨 120까지 오를 수 있습니다."

"한마디로 어른이 되면 더 강해진다는 거지?"

"바로 그겁니다."

굉장한데. 특별한 종족이라는 건가.

필로조차도 클래스업은 레벨 40이었는데, 이 녀석은 레벨이 오르면 도대체 얼마나 더 강해지는 건가.

제법 흥미를 자극하는 녀석들이군.

참고로 여동생 쪽은 레벨 1이다.

"하쿠코 종은, 과거에 메르로마르크에서 지혜의 현왕(賢王)

으로 불리던 자의 책략을 압도적인 전투력으로 물리친 종족으로 유명합니다. 네."

아니, 그 쓰레기 얘기를 꺼내서 어쩌자는 거야. 그 녀석에 대한 내 평가는 그야말로 바닥 수준이라고.

여기서도 권력을 이용해서 흉악한 짓을 저질렀던 걸까.

"지혜의 현왕이랑 비교해서 어쩌라는 건지……."

"그자가 없었더라면 메르로마르크 따위는 아무런 말썽거리도 안 됐을 것입니다."

"……엄청나게 띄워주는군."

"어찌 됐건, 용사를 제외하면 이 세계에서 다섯 손가락 안에 드는 종족이라는 말씀입니다. 네."

"그렇군."

전성기의 쓰레기에 대해서는 일단 무시하고 넘어가기로 하고, 어쨌든 녀석들은 우수한 전력이라고 봐도 무방하다는 건가.

상대의 책략을 물리적으로 물리친다……. 방어를 기본으로 하는 나로서는 필수적인 요소인지도 모르겠다.

물론, 정말 그만한 힘을 갖고 있다는 전제하에 말이지만.

그리고 남매에게 들리지 않도록 낮은 목소리로, 노예상은 내 귓가에 조그맣게 속삭인다.

"참고로 이 천하의 하쿠코도, 물속에서는 루카 종에게 아무 힘도 못 쓴답니다."

"……누구 얘길 하는 거야?"

노예상인들이 사디나에게로 시선을 향한다.

"어머나?"

……으엑, 사디나는 아인종 중에서 상위종이었던 거냐!

뭐, 범고래를 뜻하는 한자인 물호랑이 호(鯱)는 물고기 어(魚)에 범 호(虎)자를 더한 글자니까, 호랑이와 연관이 있는 만큼 강한지도 모르지.

어찌 됐건, 지금은 이 녀석들에 대한 교섭이 먼저다.

"이 남매, 오빠 쪽은 더할 나위 없이 팔팔해 보이지만, 여동생 쪽은 유전성 질병을 앓고 있어서, 눈도 보이지 않고, 걷지도 못하고, 병약해서 앞으로 얼마 살지 못할 가능성이 높습니다. 하지만 오빠 쪽은 여동생을 금이야 옥이야 애지중지하고 있습지요."

노예 신분이 되어서도 병약한 여동생을 지켜주다니, 무슨 이야기 속 주인공 같잖아.

만약에 주인공이 아니라 적이라 해도 그 신념이 있으니, 만화 같은 곳에서는 인기 캐릭터가 될 것이다.

그리고 적극적으로 자신의 신념을 관철하는 힘을 갖고 있다.

정말이지 그림으로 그려 놓은 것 같은 녀석이군.

"흐음."

"오빠와 동생을 각각 별도로 관리하면서, 오빠에게 일을 시키고, 동생은 치료원에 입원시켰다고 거짓말을 해 놓고 들

판에 버려두면 될 것입니다. 물론 오빠한테는 동생이 살아 있다고 꾸미는 거지요. 왜, 용사님께는 성대모사에 재능을 가진 마물이 있지 않습니까? 목소리만 들려주면 됩니다."

내 부하들 중에 성대모사를 잘하는 마물이 있었던가?

땅을 파거나, 행상 일을 하거나, 풀을 뜯어먹거나, 싸우거나, 이 넷 중에 하나인데…….

필로인가? 나는 필로 쪽으로 시선을 던진다.

"왜~애?"

"필로, 너, 목소리 흉내 낼 줄 알아? 메르티 흉내 같은 거."

"할 줄 알아! '필로, 애교 부려 줘'."

필로가 곧바로 성대모사를 해 보인다.

메르티가 바로 여기 있는 것 아닌가 싶을 만큼, 쏙 빼닮은 목소리다.

그나저나 뭐야, 그 대사는! 애교라니 뭘 시킨 거냐!

나중에 메르티와 찬찬히 대화를 나눠 볼 필요가 있을 것 같군.

나는 얘기를 계속하도록 노예상을 재촉한다.

"그러면 오빠는 이미 이 세상에 있지도 않은 여동생을 위해서, 말 그대로 죽을 때까지 계속 싸우겠지요. 용사님은 그 몫을 가로채시기만 하면 됩니다."

무시무시하게 사악한 제안을 하는군…….

기가 질린다.

그런 짓을 했다가는 나중에 배신당할 게 불 보듯 뻔하잖아.

이츠키 같은 놈이 쳐들어와서, 오빠 쪽을 구해서 함께 나를 해치우는 것 정도가 가장 유력한 결말이려나?

생각하기도 싫다. 물론 반격해서 때려눕힐 수는 있겠지만, 일부러 적을 만들 필요는 없다.

"그러니까 너는 그 정도 노예밖에 못 다루는 거야. 지금 바로 올바른 노예 사용법을 보여주지."

나는 우리 문을 열도록 노예상인에게 지시한다.

"무, 무슨 짓을 하려는 거야?!"

"그래, 그래. 좀 잠자코 있어, 꼬맹이."

"뭐가 어째? 난 꼬맹이가 아냐!"

"내가 보기에는 그냥 꼬맹이야."

묘하게 반항적으로 구는 오빠 쪽을 무시하고 우리에 들어가서, 안쪽에 있는 여동생 쪽으로 다가간다.

"거기 서! 아트라를 건드리지 마!"

오빠 쪽이 반항한다. 나는 품속에서 약을 꺼내 보였다.

"약을 먹이려는 것뿐이야."

참고로 이 약은 방패로 만든 것이다.

내 실력만 가지고는 아직 제대로 만들 수 없다. 그 정도로 만들기 어렵다.

영귀 신목 방패에서 나온 기능…… 기적의 약학 레시피

라는 것 덕분에 제작이 가능해졌다.

영귀 신목 방패 0/40 C
능력 해방 완료……장비 보너스,「기적의 약학 레시피」
전용효과「고대식물의 가호」「신목의 축복」
숙련도 0

방패 자체의 효과는 불명이다. 그저, 식물과 관련된 방패라는 건 어렴풋이 알 수 있다.

이 기적의 약학 레시피를 이용해서 만들 수 있게 된 약은 단 하나.

게다가 제작에는 막대한 양의 약재가 사용된다.

치료약이며 상급 치료약에, 상처 회복약에 마력수와 혼유수.

그 외에 독극물을 절묘한 배분으로 배합해서 여과한 맑은 부분과…… 어디에 있는지 모를 신목에게 고마울 따름이다.

얼마 전에, 방패를 거치지 않고 이 약 조합에 도전했다가 실패했었다.

문제점을 찾아내기 위해 약재상을 찾아갔지만, 무모한 짓 말라는 꾸중만 들었다.

그만큼 어려운 약이며, 방패의 힘이 있어야 그나마 입수할 수 있을 정도의 귀중품이다.

이름은 바로 이그드라실 약제.

그 팔팔한 변환무쌍류 할망구가 먹은 약이니, 더 이상의 설명은 필요도 없으리라.

뭐라고 해야 할까? 게임으로 따지자면 엘릭실이니 엘릭서니 하는 클래스의 약에 해당할 것이다.

번역된 이름이라고는 해도, 세계수의 이름까지 붙어 있을 정도니까.

"……."

그 할망구, 그런 귀중품을 먹을 수 있다니 도대체 얼마나 돈이 많은 거야?

변환무쌍류를 써서 전 세계에서 힘쓰는 일로 돈이라도 벌었었나?

아들은 그렇게 시원찮은 녀석인데! 아들 쪽은 존재감이 아주 제로잖아!

어쨌거나, 어떤 병이든 단박에 고쳐 버리는 명품이다.

"나는 지금부터 네 주인이 될 거야. 그리고 이건 네 여동생을 구해줄 약이다. 넌 평생을 들여서 이 약값을 벌어."

약재상이 얘기하길, 시가로 따지면 상당한 고가가 될 거라고 했었다.

하지만…… 이걸 팔아도 마을 노예들을 사들이기에는 턱없이 부족했었고, 재고도 별로 없었다.

목숨을 구하기 위해 이 약을 써야만 하는 경우는 그야말로 극히 일부에 불과하다고 들었다.

워낙 효과가 뛰어나다 보니, 찾는 자는 얼마든지 있다. 죽은 이도 되살려낸다는 말까지 있는 약이다.

언젠가 돈이 떨어지면 이걸 원하는 녀석에게 바가지를 씌워서 팔아넘길 생각에 가져온 거였는데, 마침 잘된 셈이다.

파도와의 싸움을 생각하자면 돈보다는 힘. 강한 이군에게 보란 듯이 은혜를 베풀어서, 거스를 수 없게 해 두는 거다.

"……거짓말하는 건 아니겠지?"

"냄새 맡아 본 적 없어?"

오빠 쪽이 약 냄새를 맡는다.

이 약의 냄새를 맡아 본 적이 있을 정도의 녀석이라면, 지금 이런 곳에 있을 리가 없었겠지만.

킁킁 냄새를 맡는 오빠. 이윽고 고개를 들어 소리쳤다.

"이그드라실 약제잖아!"

"……용케 알아보는군."

이 녀석은 무슨 개라도 되는 거냐. 이런 분야에서도 재능이 있는 종족이라 그런가?

"그, 그래도, 독이 들어 있지 않다는 보장은 없어!"

"넌 그렇게 약이란 약은 모조리 의심하면서 살아갈 거냐? 동생한테 먹일 약을 모조리 의심하려고?"

"우……."

"나를 못 믿겠다면 안 먹여도 돼. 하지만 그렇게 해서 동생을 살릴 수 있을 것 같아? 동생이 괴로워하고 있건 말건,

내가 너를 산다는 건 달라지지 않아."

"큭……."

오빠는 울분에 차서 신음한다.

"……거기 누구 계세요?"

여자애가 기침을 하면서 이쪽을 돌아본다.

눈이 보이지 않는다고 했었지. 목소리만 가지고 판단하는 건가.

"……뭔가, 아주 강하고, 다정한 기운이 느껴지는 분인 것 같은데…… 오라버니, 어떤 분이세요?"

"그, 글쎄, 잘 모르겠는데."

"어딘가…… 뭔가, 커다란 힘이 느껴져요…… 하지 만……."

천천히, 그 소녀는 이쪽으로 고개를 돌린다.

오빠는 마지못해 동생 쪽으로 다가가도 좋다고 내게 손짓을 보낸다.

나는 아트라라는 이름의 소녀에게 다가갔다.

이거 끔찍한데……. 온몸이 붕대로 돌돌 말려 있어서, 민 얼굴이 어떻게 생겼는지 알아보기도 힘들 정도다.

……피부도 문드러져 있다. 살아 있는 게 신기할 정도다.

오빠와 같은 종족이라고 했지만, 알아볼 수 있는 건 귀와 꼬리 정도가 고작이다.

"하지만…… 뭐지?"

보아하니 나를 알아본 것 같았기에 말을 걸었다.

처음이 중요한 거니까. 늘 그렇듯, 거만한 태도로 대한다.

"다정함과 강인함 사이에 깊은 슬픔이 느껴져요……."

깊은 슬픔이라…….

순간 빗치에게 배신당하고 뷰노에 미쳤었던 기억이 떠올랐지만, 곧 라프타리아와 함께한 기억이 그것을 지워 준다.

……만약에 내가 이 세계에 온 직후였다면, 매력적으로 느껴졌을지도 모른다.

이런 의미심장한 말을 하는 캐릭터는 만화나 게임에는 꽤 자주 등장하니까.

게다가 상대는 병상에 누운 소녀라니.

그야말로 정석 그 자체라 할 수 있는 캐릭터다.

"저기…… 그런데 무슨 용건으로 오신 건가요?"

"여기가 어디인지는 알고 있겠지?"

"네……. 저는 오빠를 부려먹기 위한 인질이 되는 거군요……."

모든 것을 이해하고, 그러면서도…… 아니, 체념한 것 같은 말투다.

"다정한 목소리를 가지신 분, 혹시 괜찮으시다면, 성함을 가르쳐주실 수 없을까요?"

"나오후미야."

"나오후미…… 님."

발음이 말끔하군. 내 이름을 이렇게 정확한 발음으로 말한 녀석은, 용사들을 빼면 처음이다.

다른 이세계까지 포함해도 키즈나뿐이었고, 라르크나 글래스는 발음이 잘못됐으니까.

"나오후미, 님. 부디 오빠를 소중히 대해 주세요."

"아트라! 무슨 소리를 하는 거야!"

자기가 더 먼저 죽을 것임을 알기에 한 부탁이었으리라.

"미안하지만, 그 부탁을 들어줄 생각은 없어."

"그러……신가요……."

"나는 너까지 돌봐줄 생각이거든. 자, 약 먹어."

순간 뭐라고 말하려 했으나, 아트라는 고분고분 내 말에 고개를 끄덕였다.

이그드라실 약제를 들고, 소녀의 입 쪽으로 가져간다.

오빠 쪽은 동생의 제지 때문에 아무 말도 하지 못한 채 주먹만 그러쥐고 있다.

"크…… 응……."

아트라는 고분고분 약을 먹었다.

어라? 약효 향상의 빛 이외에 다른 이상한 빛까지 감돌고 있잖아.

빛이 꽤 큰데. 오스트의 영향으로 영귀 시리즈를 전부 해방한 덕분에, 은근히 이런저런 기능을 습득하게 된 영향인지도 모르겠다.

약의 효과가 더 강력해져 있음을 알 수 있다.

"후우…… 후우……."

약효가 돌기 시작한 모양이군. 호흡이 안정되어 간다.

"어……라? 몸이…… 가벼워진 것 같은 느낌이에요."

"아트라?"

"살갗이…… 근질거리고…… 몸속이 따스해요."

"뭐, 약효가 완전히 발휘되려면 시간이 좀 걸릴 거야. 시간을 들여서 여러 번 약을 먹일 테니까, 얌전히 누워 있어."

"네……. 아무 힘도 못 될 테지만, 잘 부탁드려요."

나는 자리에서 일어서서 우리를 나선다.

"네 이름은 포울이라고 했지?"

나를 노려보던 오빠가 고개를 휙 돌려 외면한다.

"그렇게 나온단 말이지. 아트라, 누워 있는 애한테 이런 소리해서 미안하지만──."

"그래! 내 이름은 포울이야!"

"성은?"

"……."

내 질문을 받자 입을 다문다.

종족으로 미루어 보면 아마 좋은 집안 출신이련만, 지위를 박탈당했거나, 아니면 이름을 밝힐 수 없는 사정이 있는 것이리라.

그럼 굳이 캐물을 필요는 없다.

"그래? 그럼 너는 이제부터 내 노예다. 알았어?"

"……알았어. 그 약도 가짜는 아닌 것 같으니, 약값만큼은 일하도록 할게. 콜로세움에서 돈을 벌면 되는 거야?"

흐음, 그것도 나쁘지는 않지만, 이런 꼬맹이를 콜로세움에 내보내는 건 좀 꺼림칙하다.

좀 더 능력을 향상시켰으면 좋겠는데.

"아직 안 정했어. 어찌 됐건 애초에 난 다른 목적이 있으니까. 콜로세움에는 안 나가도 돼."

"그럼 무슨 수로 돈을 벌라는 거야?"

"내가 일을 알선해 줄 테니까 거기에만 따르면 돼. 뭐, 착복하는 짓은 안 할 테니 걱정 마."

아마 이때 나는 사악한 웃음을 지었으리라.

그러자 포울은 나를 강렬하게 노려보았다.

주인과 노예란 원래 이런 관계지.

"내 약값은 비싸다고. 시장에서 사는 이드그라실 약제와는 차원이 다른 녀석이니까."

만약에 대비해서 듬뿍 생색을 내 두자.

한껏 가격을 부풀려 두면, 약값만큼의 일은 다 했다는 이유로 도망치는 일은 막을 수 있을지도 모른다.

뭐, 도망치도록 놔둘 생각은 없지만.

"그래! 아트라가 저렇게 편안해져 있는 걸 보면 그건 알 수 있어!"

불쾌한 기색이 역력했지만, 그래도 포울은 고분고분 대답한다.

동생에 대한 애착이 장난이 아닌 모양이군.

지금까지 남매 둘이서만 살아온 탓에 주위가 모두 적으로만 보이는 건가?

빗치 때문에 누명을 뒤집어쓰고, 적대하는 자들 사이에서만 지내 왔던 내 입장에서는 충분히 이해가 가는 반응이다.

"하지만…… 절대로 동생을 너한테 넘기지는 않을 거야!"

"이 녀석 무슨 소릴 하는 거야?"

"나오후미도 참 나쁜 남자라니까. 역시 나오후미는 멋져!"

"사디나, 멋있다고 해 주면 내가 좋아할 거라고 생각하는 모양인데, 그건 오산이라고."

난 모토야스가 아니다. 그런 아부에 희희낙락하는 바보가 아니란 말이다.

라프타리아처럼, 내가 못된 짓을 하면 태클을 걸어 주는 정도가 딱 좋다.

"어머나?"

성가시게 들러붙는 사디나의 말을 건성으로 넘기고 있으려니, 라프타리아가 말했다.

"동생분이 나오후미 님을 마음에 들어 하는 걸 보고 질투하고 있는 거예요."

"라프~!"

라프타리아의 말에 라프짱이 동의하고 있다.

흐음, 그런 건가. 그렇다면 이 녀석은 주소를 잘못 짚어도 한참 잘못 짚은 셈이다.

"그, 그게 아냐! 뭐야, 그 여자는! 나디아! 너도 덩달아서 무례한 소리 지껄이지 마!"

포울은 라프타리아와 사디나를 지적하며 고함친다.

주제도 모르고 설친다는 게 바로 이런 거로군. 마을에 도착하거든 스파르타식 교육을 해 주마.

원래 강한 종족이라는 모양이니까. 성장이 기대된다.

그 할망구를 고친 약을 먹였으니, 동생 쪽도 아마 나을 것이다.

다 나으면, 동생도…… 뭐, 마을에서 작업 정도는 할 수 있겠지.

"걱정하실 것 없어요. 나오후미 님은 그런 분이 아니시니까요."

라프타리아는 여유를 부리며 포울에게 미소를 지어 보였다.

"아, 포울, 이 누나 이름은 나디아가 아냐. 진짜 이름은 따로 있으니까 똑똑히 기억해 두라구."

어째 점점 긴장감이 흐려지는 것 같은 기분이 드는데…….

"그럼, 이제 노예등록을 하도록 하지요. 네."

"그래, 부탁할게."

이렇게 해서 나는 이 남매를 양도받게 되었다.

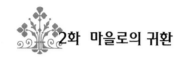

2화 마을로의 귀환

"그럼, 이제 마을로 연행할 테니까 등록이 끝나거든 다들 줄 서 있어."

노예등록이 순조롭게 진행되었고, 한 명 한 명 등록이 끝날 때마다, 나는 포털을 이용해서 노예들을 마을로 보낸다.

물론 쿨타임이 해제될 때까지는 한가하니까 그동안 뭘 할지 고민해 봐야겠지만.

"라프타리아도 전이 스킬을 제대로 쓸 수 있으면 좋을 텐데."

"귀로의 사본은 쓸 수 있어요."

"용각의 모래시계로 보내는 건 의미가 없는데……. 뭐, 일단 거기로 보내고 필로를 보내서 실어 나르는 방법도 있긴 하지만."

쿨타임으로 따지면 별 차이가 없다.

키즈나가 사용하던 귀로의 용맥도 마찬가지였다. 그러고 보니 라프타리아는 귀로의 용맥을 쓸 줄 알았었나?

"그러고 보니 제르토블에도 칠성용사라는 녀석들이 있다고 들었는데, 어디에 가 있는 거지?"

여왕과 액세서리 상인, 그리고 노예상에게서 이런저런 얘기를 들었기에 제르토블 소속 칠성무기의 용사와 만날 수 있을 거라고 생각했는데, 현재 어딘가에 떠나 있는 상태라 부재중이라는 모양이다.

굳이 찾는 것도 귀찮았기에, 일단 전언만 남겨 두었다.

소환된 용사인지 아니면 이 세계에서 선택된 녀석인지는 모르지만, 사성용사를 뭘로 보고 있는 건가.

뭐, 삼성용사 때문에 방패 용사 이외에는 다 가짜거나 말썽거리로 인식되고 있는 모양이지만.

"어쨌거나, 라프타리아는 귀로의 용맥을 사용할 수 있도록 등록해 주는 게 좋겠군."

"네……. 만나서 세계를 위해 대화해 보고 싶었는데."

"그러게 말야."

칠성용사와 강화방법을 공유하면 적어도 나 자신의 능력 성장은 도모할 수 있었을 터…… 였는데 말이지.

"나오후미, 그럼 시간도 죽일 겸 데이트──."

"포털 실드."

귀찮았기에 사디나를 먼저 마을로 보내 버린다.

너무 과하게 들이대서 일일이 상대하기도 버거울 정도다.

"농담으로 하는 소린지 진담으로 저러는 건지──."

"사디나 언니도 진심인지 어떤지 알 수가 없는 분이니까요."

"알아. 라프타리아는 세계가 평화를 되찾을 때까지 연애에는 관심을 끊기로 했잖아?"

"아, 네……."

이런 잡담을 나누면서, 우리는 수시로 포털을 이용해 노예들을 전송시켰다.

그리고 드디어 포울과 아트라 차례가 되었다.

아직 치료 중이었지만, 포울은 아트라를 데려와서 전송시간이 될 때까지 뉘어 둘 생각인 모양이었다.

아트라를 뉘인 뒤, 그녀에게 주전자를 가져다준다.

"오라버니, 고마워요."

"고맙긴 뭘. 그보다 괜찮아?"

"네……. 몸이 더없이 편안해요."

"그럼 다행이고."

"나오후미 님……. 출발 시간은 언제인가요?"

아트라가 내 쪽을 향해 묻는다.

"아아, 조금만 더 있으면 출발할 거야."

"알겠어요."

"이쯤에서 한 번 더 약을 먹이는 게 좋겠군."

나는 방패를 영귀 신목 방패로 바꾸고, 남은 이그드라실 약제 약병에 남아 있던 내용물을 아트라에게 먹인다.

호전돼 있었던 몸 상태가 한층 더 좋아진 것 같은 느낌이다.

"고맙습니다……."

"별것도 아닌데 뭐."

나는 생색을 내듯 포울 쪽으로 시선을 보낸다.

"끄으응……."

울분에 차 있는 모양이군.

그나저나…… 이 말투, 누군가랑 비슷한 것처럼 들리는데, 그냥 내 착각인가?

뭐, 너는 약값만큼 열심히 일하기만 하면 돼. 능력은 뛰어나다는 것 같으니 그야말로 막 부려먹어 주지.

"나오후미 님……."

아트라가 내 손을 잡는다.

"오라버니와 친하게 지내 주세요."

"싸움은 한 적 없어! 안 그래?"

포울이 친근한 척 내 어깨에 손을 두른다.

뭐야, 왜 갑자기 친한 척하는 건데? 너와 나의 관계를 오해하면 곤란하다고.

"오라버님도 부탁드릴게요. 이분은 훌륭한 분이세요."

"나, 나도 알아!"

"그렇다면, 다행이네요."

아트라는 지친 듯 자리에 눕는다.

약효가 돌고 있다고는 해도, 환자인 건 변함이 없다. 피곤할 만도 하다.

"조금 졸려요."

"마을까지는 눈 깜짝할 사이에 도착해. 도착하거든 푹 쉬도록 해."

"퓨웅 하고 도착할 거야~. 필로는 달리고 싶지만, 재미있을 테니까 기대해도 돼."

여전히 형편없는 설명 실력이군, 필로는.

뭐, 필로 나름의 표현으로 포털에 대해서 설명한 거겠지만.

"마차 끄는 새, 아주 활달하고…… 천진난만한 힘이 느껴져요. 그 힘은…… 나오후미 님에 필적할 정도로 강한 힘을 가지신 분이네요."

아트라가 필로 쪽을 가리킨다. 오오, 필로의 정체를 정확하게 맞혔잖아.

눈은 보이지 않지만, 지난번에 그랬듯 보이지 않는 무언가를 감지할 줄 아는 모양이다.

"왜 그래, 주인님?"

"아아, 새로 산 노예인 아트라는 눈이 안 보이는데도 네 힘을 알아보는구나 싶어서."

"에헤헤, 필로 칭찬받았다."

"나오후미 님의 다정한 마음을 한 몸에 받으며 크셨다는 게 느껴져요."

"응!"

필로가 가슴을 쫙 펴고 대답한다.

다정함? 누가 누구에게 다정함을 베풀어? 무슨 소릴 하는 거야?

그런 얘기를 하고 있으려니 어느덧 시간이 다 되었다.

"자, 포털 쿨타임이 다 됐어. 이제 슬슬 우리도 돌아가자고."

"알았어요. 이제야 돌아갈 수 있게 됐네요."

"그러게 말야. 뭐, 마을의 생존자들이 아직 더 있는지 추적조사를 해 달라고 노예상들에게 부탁해 뒀으니까 가끔씩 오게 될 것 같지만."

"가격 폭등 자체는 진정됐지만, 아직…… 자칭 르롤로나 출신 노예는 비싼 값에 거래되고 있으니까요."

일단 반 이상은 회수한 것 같지만, 더 남아 있는 녀석이 없다는 보장은 없다.

그러니까 추적 조사를 하고 있는 거고, 가능성은 얼마 안 되지만, 노예로부터 용병이 된 녀석이 있을 수도 있다.

사디나가 미처 보호하지 못하고 있었던 노예들이 있을지도 모른다.

더 이상 남은 노예가 없다는 걸 증명하는 게 이렇게 어려운 일일 줄은 몰랐군.

"포털 실드."

전이 스킬을 이용해서 마을로 날아간다.

그러자 마을의 냄새라고나 할까…… 어촌 특유의 바다 내음이 코를 간질인다.

"여기가…… 나오후미 님의 마을이군요."

아트라는 눈도 보이지 않으면서 마을을 둘러본다.

"이제 눈이 보여?"

"아뇨. 하지만 기척으로……."

기척이라니…….

눈이 보이지 않는데도 불편한 기색이 전혀 없다니 대단하군.

"어쨌거나, 아트라는 환자니까. 마을 진료소에서 재우도록 하지. 포울, 저기 저 건물로 데려가."

나는 진료소로 쓰고 있는 건물을 가리킨다.

노예들의 부상 치료를 위해 건립한 시설이다.

"아, 알았어."

포울이 아트라를 업고 걸어간다.

"나오후미 님, 다시 만나 뵙고 싶어요."

"나중에 몸 상태를 살피러 갈 테니까 푹 쉬어."

"알았습니다……. 그럼 오라버니, 어서 가요."

"그래……."

포울은 아트라를 업고 주위를 두리번거리면서, 내가 지정한 건물 쪽으로 걸어갔다.

"오오, 이미아……."

"삼촌! 그리고 여러분도……."

이미아와 그 친척들은 재회의 기쁨에 서로를 얼싸안고 있다.

부모는 목숨을 잃었다는 모양이지만, 숙부라도 만나게 돼서 다행이군.

뭐, 어쨌거나 새로 온 노예들과의 우호는 저절로 다져진 모양이다.

현재, 마을에서는 새로 온 자들에 대한 환영회를 시작한 상태다.

나도 녀석들의 의욕을 끌어올리기 위해서 직접 만든 요리를 대접하며 그날을 보냈다.

이튿날부터 새로 마을에 온 노예와 마물들에 대한 강화를 시작한다.

처음 며칠 동안은 마을에 적응을 시켜 가면서, 최소한의 레벨업을 하게 했다.

키르며 리시아, 라프타리아가 필두에 서서 여러모로 애써 주었다.

사디나도 레벨업을 거들어주고 있다.

이러니저러니 해도, 엄청나게 강한 녀석이니까.

듣자 하니 덮쳐 오는 마물들을 마법으로 단번에 해치워 버렸다고 한다.

이렇게 해서 이틀이 경과했다.

3화 알프스

밤.

나는 아트라의 치료를 위해 마을 진료소를 찾았다.

약효가 발휘된 건지, 가려움을 호소했기 때문이다.

"나오후미 님……. 저기…… 죄송하지만 붕대를 다시 감아 주시면 안 될까요?"

"그런 건 내가 해 주면 되잖아!"

포울이 나에게 덤벼든다.

이 시스콤 자식.

"이번에는 피부병에 잘 듣는 약도 발라 주지. 내가 바르는 편이 용사의 힘이 적용돼서 약효가 더 높을 텐데, 어쩔 거지?"

"나오후미 님이 발라 주세요."

"크윽……."

아트라의 부탁에 포울이 물러서고, 내가 치료를 위해 앞으로 나선다.

"……어라? 화상을 입은 것 같던 피부가 재생되기 시작한 것 같은데."

"뭐, 뭐라고?!"

포울이 어안이 벙벙한 얼굴로 아트라의 피부를 쳐다보고 있다.

이게 그렇게 놀랄 만한 사태였나?

뭐, 경이적인 회복력이긴 하지만.

그리고 얼굴을 덮고 있던 붕대를 풀고 확인한다.

"어머나⋯⋯."

그 모습을 지켜보고 있던 라프타리아가 저도 모르게 탄성을 토해낸다.

많이 좋아졌을 거라고 짐작은 했지만, 실제로 아트라의 얼굴을 보니 나도 놀라지 않을 수 없었다.

뭐랄까, 상상 그 이상이었다는 느낌이랄까.

마을 노예들 중에서는 위부터 헤아리는 게 빠를 정도의 미인이다.

노예의 신분임에도 불구하고, 머리카락에는 윤기가 돌고, 살결은 보드라우면서도 뽀얗다.

⋯⋯오빠가 12, 3세 정도로 보이니까 아마 그보다 더 어린 나이일 텐데⋯⋯. 붕대를 벗기고 보니 한층 더 몸집이 아담해 보인다.

메르티 또래의 나이일까?

노예상 녀석은 지난번에 무지하게 사악한 제안을 했었지만, 이 정도 수준의 노예라면 다른 의미로도 팔아먹을 수 있지 않을까?

그러려면 먼저 피부병이 완치돼야 하겠지만.

그건 그렇고, 말문이 막힌다.

라프타리아나 필로는 누가 봐도 미소녀로 분류되는 얼굴이지만, 아트라는 그들과는 계통이 다른 미이이다. 외모는 어려 보이지만, 유리 세공 같은 섬세함이 있다고나 할까…….

포울이 뜬금없이 눈물을 흘리고 있다.

"덕분에 시원해졌어요. 나오후미 님, 감사합니다……. 약을 발라 준다고 하셨죠?"

"우우……. 아트라가 이렇게 예뻐지다니…… 세월이란 참 빠르게 흐르는구나…….."

무슨 딸을 시집보내는 아버지라도 되냐!

"보아하니 경과가 괜찮은 것 같군. 약은 필요 없겠어."

"그런가요?"

앞을 못 보는 아트라는 자기 얼굴을 손으로 어루만진다.

"울퉁불퉁하던 게 없어졌어요."

"그런 것 같군."

"나오후미 님 덕분입니다. 감사합니다."

아트라는 꾸벅 고개를 숙였다.

"별것도 아닌데 뭐."

문틈으로 다른 노예들이 훔쳐보고 있다. 미인이라면서 속닥거리는 소리가 다 들리는군.

너희, 도대체 어디서 냄새를 맡고 온 거냐.

"나오후미! 술 먹자! 귀여운 애를 보면서 축제를 벌이는 거야!"

사디나, 네놈이었냐!

"자, 포울. 말 안 해도 알겠지?"

"……그래."

내 말에 정신을 차린 포울은 울분에 찬 표정으로 고개를 끄덕였다.

병약한 여동생을 이 정도까지 고쳐준 것이다. 마차 끄는 말처럼 부려먹어 주마.

"나오후미 님."

"뭐지?"

"뭔가 말씀해 주세요……. 조금이라도 더 마을에 적응하고 싶어요. 다른 분들은 무슨 일을 하고 계신가요?"

흐음…….

"마을 녀석들은 어떤 명령에든 복종하는 병사로 육성하고 있어. 너희 남매도 언젠가, 기꺼이 사지로——."

"나오후미 님!"

라프타리아가 시끄럽게 구는군.

그냥 좀 겁을 주려고 그런 것뿐이었다고.

라프타리아는 이런 장난질에 질색을 한단 말이지.

뭐, 지금까지의 내 소행들이 원인인 것 같기도 하지만.

"그럼 어디……."

나는 라프타리아와 함께, 마을에 있는 녀석들에 대한 얘기, 그리고 그들이 하는 일에 대한 얘기를 해 준다.

사소한 일이기는 하지만, 병약했던 여자아이가 기운을 되찾은 걸 생각하니, 약 조합을 익혀 볼까 하는 생각도 든다.

그런 식으로 얘기를 나누다 보니, 어느새 꽤 시간이 흘러 있었다는 걸 깨달았다.

"자, 그럼 얘기는 이 정도에서 마무리 짓지."

"그럴 수가……. 좀 더 얘기를 듣고 싶어요."

"아트라, 철없는 소리 하지 마."

내가 자리에서 일어서자 아트라는 미련이 남은 듯 황급히 손을 내뻗는다.

포울이 그 손을 다정하게 붙잡아서 제지했다.

하지만, 아트라는 나에게 달려들기라도 할 기세였던 데다, 포울에게 손을 붙잡혀서 균형을 잃는 바람에 침대에서 굴러떨어졌고…… 발을 이용해서 낙법을 취했다.

"……."

"어라?"

당사자인 아트라 본인도 어안이 벙벙해서 얼빠진 소리를 낸다.

"영……차."

아트라는 포울에게 기대어 일어섰다.

"와아……. 이게, 선다는 거군요."

"아…… 아트라가, 아트라가 일어섰어!"

넌 무슨 알프스의 소녀라도 되냐?

위험했어. 포울이라는 이름을 못 들었더라면, 내심 알프스라는 별명을 붙일 뻔했잖아.

쓰레기 2호처럼 말이지.

아트라는 비틀비틀 걸으며, 미소를 짓는다.

"고맙습니다, 나오후미 님, 오라버니."

"우우……. 아트라, 건강하게 살아야 해."

"네, 오라버니."

얼마 전까지만 해도 분명히 목숨이 위태로울 정도로 쇠약해져 있었건만, 단 며칠 만에 이렇게 건강해지다니.

"괴, 굉장하네요. 나오후미 님의 약은."

"라프타리아의 병도 고친 적이 있었으니까, 이것도 그렇게 놀랄 일은 아니잖아."

"하긴 그렇긴 하지만……."

지금까지 제 발로 일어서 본 적도 없었던 병약한 소녀가 이렇게까지 건강해지다니……. 이그드라실 약제의 효과는 정말 굉장하군.

할망구도 그렇고 아트라도 그렇고.

"그런데 나오후미 님……. 저는 뭘 하면 되는지요?"

"글쎄. 네 오빠한테는 전투를 맡길 예정이야. 말 안 해도 레벨업에는 참가했었겠지?"

"그래, 그게 일이니까."

"그렇다고 하네요."

"너는 어쩔 거지?"

이제 걸을 수는 있게 되었지만, 아직 불안해 보인다.

"저도, 싸우는 방법을 배울까 하고 생각 중이에요."

"아트라! 너는 그런 거 할 필요 없어!"

포울, 아니 알프스가 말을 끊는다.

뭐, 눈에 넣어도 아프지 않은 소중한 여동생이 싸움에 나서겠다는 마당이니 반대할 만도 하지.

"아뇨……. 저는 어릴 때부터 생각해 왔어요. 만약에 자유롭게 걸을 수 있게 된다면…… 보호를 받기만 하는 게 아니라, 다른 누군가를 지켜주고 싶다고."

"그, 그치만……."

아트라의 굳은 의지에 알프스가 난처해하고 있다.

으음……. 이대로 내 머릿속에서 알프스라는 별명이 고정돼 버리면, 저도 모르게 입 밖에 내고 말지도 모르겠다.

포울로 통일해 둬야겠다.

"그러니까 나오후미 님, 저에게도 전투 방법을……. 레벨을 올리는 조에 넣어 주십시오."

으음. 뭔가 상상했던 것과는 다른 방향으로 얘기가 흘러갈 것 같지만, 나쁠 건 없겠지.

어쨌거나 아트라도 하쿠코 종이니까 120까지는 올릴 수 있을 것이다.

"알았어. 먼저 포울, 너는 어떻게 할 거지?"

"나도 싸울 거야! 아트라를 지키는 게 내 역할이니까."

"패기 하나는 인정해 주지. 그런 의미에서 한 가지 제안을 하겠는데 말야, 용사의 노예라는 건 여러모로 이득이 있어서——."

나는 포울과 아트라에게, 용사의 힘에 의한 보정에 대해 설명해 주었다.

레벨 1부터 다시 레벨업하는 편이 최종적으로 더 강해지는 데 유리할 것이다.

지금의 포울은 전보다 약간 레벨이 올라서 34가 됐으니, 그간의 노력을 약간 허비하게 되는 셈이 될 테지만 말이다.

하지만, 세세한 점까지 고려하면 초기화하는 게 옳을 것이다.

"어머나? 그럼 이 누나도 하는 게 좋으려나~?"

……주정뱅이 여자가 창문에서 몸을 쑥 들이밀며 묻는다.

"넌 이미 충분히 강하잖아."

도대체 그 손에 들려 있는 술은 어디서 난 거야?

사디나의 레벨은 현재 98이라는 모양이다.

참고로 라프타리아의 현재 레벨이 87이다.

애초에 충분히 강하니까, 굳이 처음부터 다시 레벨업을

할 필요는 없다.

아니, 따지고 보면 꼭 그런 것만도 아니다. 지금의 사디나도 이렇게 강한데, 내 노예가 돼서 성장보정까지 걸리면 얼마나 더 강해질 수 있을지, 관심이 가기는 한다.

다만…… 그렇게 강해지면 성적인 의미로 나를 덮칠 것 같아서 무섭다.

"이 누나도 강해지고 싶어. 나오후미, 부탁이야."

하지만…… 느긋하게만 굴고 있다가는 언제 무슨 일이 일어날지 알 수가 없다는 것 또한 사실이다.

더 강해질 수만 있는 방법이 있다면, 실행하는 게 옳을 것이다.

"그렇게까지 얘기한다면, 좋아. 그럼 빠른 시일 내에 레벨을 리셋하도록 하지."

"부탁할게~."

"다 들었지, 포울? 정말로 강해지고 싶다면 레벨을 리셋하는 편이 나은데, 넌 어쩔 거지?"

"그, 그건……."

"보정이 걸리면 아트라가 포울보다 더 강해질지도 모르는데 말이지."

흔들어 본다. 사디나는 지금의 레벨을 회복하는 데 시간이 걸리겠지만, 포울 쪽은 달리는 필로에 태워 보내기만 하면 얼마 안 있어 회복할 수 있는 범위 안이다.

"오라버니를 이기고 싶어요."

"끙……."

포울이 망설이면서 아트라의 얼굴을 쳐다본다.

눈에 넣어도 아프지 않은 여동생에게 곤죽이 되도록 얻어 맞으면 민망하겠지. 다시는 부활하지 못할지도 모른다.

"……알았어. 나도 레벨을 리셋할게."

"좋아. 자, 이제 밤이 다 됐어. 오늘 밤은 주어진 집에서 푹 쉬도록 해. 아트라는 걸을 수 있을 것 같으면 포울이랑 같이 가고."

"싫어요. 나오후미 님과 더 많이 얘기하고 싶어요."

"이제 밤이야. 일찍 자고 내일 활동할 기력을 보충해."

애초에 아트라가 걸을 수 있는 건 약효가 도는 사이뿐일 가능성도 부정할 수는 없다.

지금은 안정을 취하는 편이 좋을지도 모른다.

"아트라, 우리 집까지 천천히…… 걸어가자."

포울이 더없이 행복해 보이는 미소를 지으며 아트라의 손을 잡아끈다.

"아아, 나오후미 님! 오라버니, 손을, 손을 놓아 주세요! 저는 나오후미 님과 더 가까워지고 싶단 말이에요——."

어째 좀 온도차가 있는 남매로군. 성가신 문제가 벌어지지 않으면 좋으련만…….

"자, 자! 나오후미! 이 누나와 함께하는 밤이 왔다구!"

"너는 라프타리아랑 같이 노예들이나 재우고 와!"

"사디나 언니, 어서 가요. 아직 밤을 무서워하는 애들도 있으니까, 우리가 다독여줘야 해요."

"라프~."

라프짱이 라프타리아의 어깨에 올라앉아 손을 흔든다.

요즘 라프짱이랑 놀 시간이 별로 없었네…….

나는 그렇게 생각하면서 내 방으로 돌아갔다.

4화 방패를 지키는 방패

……필로는 메르티에게 가 있고, 리시아도 배정받은 방에 가서, 키즈나 패거리가 준 책을 해독하고 있다.

혼자 지내는 밤이다. 고요한 게 어째 마음이 편하군.

그런 생각을 하면서 행상용 약 조합을 시작한다.

그런데 얼마 안 있어 방 문을 노크하는 소리가 들려왔다.

"뭐야?"

문을 연다. 그러자 거기에는, 아까 오라비에게 끌려가다시피 집으로 돌아갔던 아트라가 있었다.

"저기…… 침소를 함께하고 싶어서…….."

"너한테는 오빠가 있잖아."

그 녀석은 자칫 들키기라도 하면 시끄럽게 굴 타입이라고.

성가신 건 질색이다.

"오라버니는 이미 푹 잠들어 계세요. 그러니까…… 자는 동안 말동무가 돼 주세요."

푹 잠들었다니…… 그 녀석이? 설마 물리적인 수단으로 잠재운 건가?

아니, 이렇게 순수해 보이는 애가 그런 짓을 할 리가 없잖아?

나를 마음에 두고 있는 것처럼 보이기도 하지만, 그렇다고 같이 자는 건 내키지 않는다.

잠든 사이에 재산을 모조리 털린 경험 때문에 말이지.

내가 생각해도 너무 오래 트라우마에 사로잡혀 있는 것 같기도 하지만, 될 수 있으면 거절하고 싶다.

"안 돼."

"그럼 나오후미 님 댁 앞에서 잘게요."

"왜 그러는 건데?"

"다른 곳에서는 자기 싫으니까요."

……뭐야, 이 녀석? 사디나 2호인가?

절대 포기하지 않을 기세다.

"알 수 없지. 라프타리아 침대에서 자."

"알겠습니다."

라프타리아 본인이 자리를 비운 틈을 타서, 나는 아트라를 방으로 불러들인다.

……포울이 어떤 상태인지 궁금해지기 시작했다.

아트라가 잠들거든 확인해 봐야겠다.

방으로 들어온 아트라를 라프타리아의 침대로 데려가서 눕힌다.

"나오후미 님은 안 주무세요?"

"그래. 행상용 약을 조합해야 하니까."

여러모로 약의 판매량이 호조를 보이고 있다. 방패를 이용해서도 만들고 있지만, 생산량이 부족한 상황이다.

이제 슬슬 마을 녀석들에게도 본격적으로 약 제작을 가르쳐야겠군.

안정적으로 돈이 돌 수 있는 구도를 완전하게 구축하고 싶건만, 현재로써는 약의 입수량이 아직 모자란다.

일단 이웃 도시를 통해서도 약을 판매하고는 있지만……좀처럼 공급이 따라잡지 못하는 상황이란 말이지.

약초 자체를 파는 방법도 있지만, 그건 단가가 너무 싸다.

여러모로 폭넓게 거래를 한 덕분에 약초 계열 방패는 제법 갖춰졌다.

안력 스킬에 독 감정 능력이 붙거나, 독 자체의 효과 상승이나 내성 향상 같은 것들뿐이지만.

"나오후미 님은 참 부지런하시네요."

"돈을 벌려고 하는 것뿐이야."

"하지만…… 그 덕분에 저는 이렇게 걸을 수 있게 되었지요."

"……."

나는 타산에 따라 움직이고 있는 것뿐인데 이렇게 선의로 받아들이니, 낯간지러운 기분이군.

침묵이 주위를 지배해 나간다.

어째 이 아이는 대하기가 영 껄끄럽다.

라프타리아처럼 나에게 이상을 들이대는 것도 아니고, 뭐든지 다 받아들여 버린다고나 할까.

좋아, 다리 벌려! 라고 하면 고분고분 다리를 벌리는 것도 모자라서, 아예 덮치기까지 할 것 같아서 무섭다.

사디나처럼! 사디나처럼!

그 녀석은 내가 아무 말 안 해도 들이댈 것 같아서 무섭다.

아직 실행으로 옮기지는 않았지만, 녀석에게서는 언제든지 일을 저지를 것 같은 분위기가 풍긴다.

이런……. 그렇게 생각해 보면 단둘이 있는 건 무지 위험한 일이야. 등골이 오싹하잖아!

"나오후미 님."

"뭐, 뭔데 그래?"

"라프타리아 씨한테서 들었는데, 라프타리아 씨는 나오후미 님을 대신해서 적을 물리치는 검 역할을 맡고 계시다죠?"

"그런 셈이지."

나는 지키는 것밖에 못한다.

이건 이 세계에 온 이상 절대로 변하지 않는 방패의 숙명이다.

"라프타리아는 나를 위해서 열심히 애써주고 있어. 나도 라프타리아를 믿고 의지하고 있고."

파도에 대처하기 위해서, 세계를 위해서, 라프타리아는 열심히 애쓰고 있다.

라프타리아를 보고 있으니, 나도 열심히 노력해야겠다는 생각을 하게 되었다.

적어도 이 세계에서 가장 신뢰할 수 있는 사람이 라프타리아라는 것만은 분명한 사실이다.

"이 마을을 보고 있자면, 나오후미 님의 날개 속에서 모두가 보호받고 있는 것처럼 느껴진답니다."

"날개라……."

어미 새의 날개 속에서 보호를 받고 자라는 아기 새 같은 느낌인가?

여기는 새의 둥지……. 대충 그런 비유일까. 필로가 뇌리에 떠오른다.

"모두 나오후미 님의 보호를 받으면서, 언젠가 둥지를 떠날 날을 기다리고 있는 것처럼 보여요."

"둥지를 떠나는 건 좋지만, 최종적으로는 이 마을을 지켜내라고. 안 그러면 벌칙이 있으니까."

여기는 라프타리아의 고향이다.

그 고향을 재건하면, 내가 없더라도 라프타리아는 별문제 없이 살아갈 수 있을 것이다.

내가 원래 세계로 돌아가더라도 키르며 사디나가 있다.

필로는 메르티에게 맡길 예정이다.

라프짱은 모두의 귀여움을 받는 마스코트로서 마을에서 길러질 것이다.

쉽게 망하는 일은 없을 테고, 세계를 구해낸 용사가 만든 마을을 멸망시키려 드는 미친 짓을 벌이는 집단이 있다면, 그게 국가든 뭐든 끝장나기 십상이다.

"이 마을에 와서, 저는 나오후미 님의 위업을 들었어요. 정말이지…… 자랑스러워할 만한 일을 해 오셨더군요. 그 어떤 역경에도 굴하지 않고 극복해 오신 나오후미 님을 존경해요."

"아, 아아……. 그래 보여? 겸손 떨 생각은 없지만, 나도 참 출세했군."

"하지만, 그런 나오후미 님은 누가 지켜주고 있나요?"

"엉?"

이게 무슨 뚱딴지같은 소리야? 지킨다고? 왜?

다른 사람도 아닌 나를 지키다니, 도대체 무슨 소릴 하는 거야?

방패 용사를 지키려고 드는 녀석이 있다면, 그야말로 멍

청한 짓에도 정도가 있는 것이다.

하지만, 나는 많은 녀석들의 도움을 받아서 지금 여기까지 와 있다.

그 점을 잊어서는 안 된다.

"……없는 건 아냐."

라프타리아나 필로, 메르티, 여왕……. 내가 입장이나 신변에 위험이 닥쳤을 때 도와준 녀석들이 있었다.

"저는 이렇게 생각했어요. 라프타리아 씨가 나오후미 님의 검이라면, 저는 나오후미 님을 지키는 방패가 되고 싶다고."

"방패라……. 그다지 좋은 건 아니라고."

다른 누군가의 방패가 돼서 지켜준다는 건 썩 기분 좋은 일은 아니다.

왜 내가 지켜줘야 하는 거냐고 생각한 적이 한두 번이 아니다.

쓰라린 맛을 보게 되는 일도 있었지만, 그런 걸 일일이 신경 쓰다가는 이길 수가 없고, 괜한 불화를 부른다.

그래도…… 라프타리아나 필로를 비롯한 소중한 사람들을 지켜준다는 의식이 불쾌감을 씻어 준다.

그런 나의 방패가 되겠다니…… 참 거창한 목표를 가진 녀석이다.

원래 태어난 이후로 줄곧 다른 누군가의 보호를 받고 자란 아이이기 때문일 것이다.

타인을 지켜주는 것에 대한 동경을 갖고 있는 것이리라.

내 오른팔이 라프타리아라면, 자신은 왼팔이 되겠다는 식의 발언.

하지만…… 불쾌한 기분은 들지 않는 말이다.

"그런 말은 먼저 충분히 강해지고 나서나 해."

"네. 기필코 강해질 거예요. 내일부터, 열심히 노력할게요!"

"그래, 열심히 해."

그렇게 대화를 나누다 보니, 어느덧 아트라는 쌔근쌔근 잠들어 있었다.

나 참, 이런 얘기나 하자고 여기까지 쳐들어온 거냐.

"그럼……."

나는 아트라를 안고, 포울이 잠들어 있는 집으로 들어간다……. 포울은 정말로 잠들어 있었다.

"……어이."

"쿠~울."

"쿠~울이라니……. 무슨 만화냐! 일어나!"

"응아?!"

침대에 아트라를 눕히고 나서, 나는 잠에서 깬 포울을 집 밖으로 불러내 얘기한다.

"동생 잘 돌봐. 나랑 같이 자고 싶다면서 내 집에 쳐들어왔다고."

"뭐, 뭐라고? 그럼…… 아트라는 벌써…… 으윽!"

무슨 부모 죽인 원수라도 되는 양 나를 쏘아보는 포울의 노예문을 작동시키고 꾸짖는다.

"누가 그딴 짓을 한다는 거냐!"

"이 자식! 아트라가 여자로서 매력이 없다는 소리라도 할 셈이냐!"

"아, 진짜! 더럽게 귀찮게 구네! 나는 그런 데에는 관심 없단 말이다!"

"거짓말 마! 나디아가 그렇게 달라붙어 있고, 여자들을 줄줄이 거느리고 다니는 주제에!"

으…… 받아칠 말이 없다!

나는 하렘의 꿈 따위는 한참 전에 버렸단 말이다!

이제 본격적으로 같이 데리고 다닐 녀석을 선정해야 할 때가 온 것 같다는 생각이 든다.

하지만, 나는 내가 동료의 성별을 의식한 적이 없었다는 사실을 떠올린다.

"그 녀석들이 남자라도 별 상관없어. 성별 따위 신경도 안 쓴다고."

"뭐, 뭐가 어째?! 너, 설마……."

포울이 새파랗게 질린 채 나에게서 거리를 벌린다.

뭔가 착각하고 있는 거 맞지? 십중팔구 내가 호모라고 생각하고 있는 것이리라.

"난 그런 취향 없어! 가까이 오지 마!"

"누가 할 소리!"

정말이지, 뭐 이렇게 성가신 남매가 다 있어?!

그나저나…… 내 방패가 되고 싶다니……. 이상한 녀석
이다.

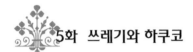

5화 쓰레기와 하쿠코

이튿날 아침, 마을 노예들의 열렬한 리퀘스트가 있었기
에, 내가 요리를 하게 되었다.

기본 준비는 요리 담당 노예가 해 주었으므로, 나는 조리
만 하면 된다.

"자, 너희가 그렇게 기다리던 요리다."

""와~아!""

나 참……. 외모는 커졌는데 정신은 어린애 그대로라니 어
쩌자는 건지……. 라프타리아는 정신도 충분히 성장했다고.

"이야~앙! 이 누나 볼이 터질 것 같앙~!"

"그래, 그래. 아침부터 술 퍼마시지는 말라고."

"알았다니까."

응? 나와 사디나 말고도 떠들어대는 녀석들이 있다.

저건…… 포울과 아트라잖아.

"나오후미 님이 만드신 요리, 접시까지 핥아서라도 다 먹어치우고 말겠어요!"

"아트라! 그런 천박한 짓 하지 마!"

……저기는 그냥 관심 끄자.

그런 생각을 하며, 나는 노예들의 접시에 음식을 담아 나간다.

노예들은 내가 나눠준 음식 접시를 쟁반에 얹고, 각각의 자리에 앉는다.

초등학교의 급식 모습을 연상케 하는 광경이다.

……머릿수가 이제 꽤 많이 늘었군.

도와주는 녀석도 들긴 했지만, 큰 조리용 냄비 세 개 분량이 한 끼에 바닥나다니…….

그렇게 생각하고 있으려니——.

"응? 넌 누구지?"

낯선 녀석이 당연하다는 듯이 줄을 서서 나에게서 요리를 받으려 하고 있었다.

나이는…… 열다섯 살 정도일까? 생긴 걸로 보아 인간이다.

인상으로 봐서는, 졸린 눈이라고나 할까, 졸음에 겨운 표정을 하고 있는 여자아이.

눈 색깔은 은색이고, 머리도 눈과 마찬가지로 은색. 피부는 뽀얗고, 약간 연약한 느낌이 들기도 한다.

아인이 많은 이 마을 노예들 중에서 인간인 이 녀석은 눈에 띌 수밖에 없었다. 성에서 온 병사들에게도 식사를 배급하고 있긴 하지만, 그자들과는 복장이 다르다.

"그러고 보니 누구야, 얘는?"

마을 녀석들도 낯선 여자아이를 보고 수군거리기 시작한다.

"라프타리아, 마을에 이런 녀석이 있었어?"

"아뇨……. 병사 분도 아닌 것 같네요."

"어머~?"

"라프~?"

그때 필로가 이쪽으로 달려왔다.

"주인님! 다녀왔어!"

"오오, 필로. 너도 밥 먹을래?"

"응! 메르네 집에서도 먹고 왔지만 먹을래!"

……잘도 먹는군.

"어라? 삐에로 언니?"

"……맞아."

삐에로 언니? 내가 아는 사람 중에 그런 녀석이 있었던가? 필로의 지인인가?

요즘은 나 없이 혼자서 행상에 보내는 일도 잦으니, 그 과정에서 알게 된 사이라거나 한 걸까.

"무슨 일이야? 왜 여기 있는 거야~?"

"필로, 아는 녀석이야?"

"주인님도 만난 적 있었는데~?"

필로도 알고 있고, 나와도 만난 적이 있는 사람 중에 이런 녀석이 있었던가?

졸려 보이는 표정으로, 나한테서 밥을 받으려고 하고 있는데⋯⋯.

"밥⋯⋯ 치직──."

뭐지? 이 녀석의 말에 잡음이 섞여 나오잖아?

아, 이건 기억이 나는데. 등골이 오싹해지고 식은땀이 배어 나온다.

"넌 누구지? 필로는 알고 있는 모양인데, 대답해."

"응?"

그러자 낯선 여자아이는 배에서 가위를 꺼내서 내보인다.

아니, 가위만 보고 어떻게 알라는 거냐.

그리고 눈앞에서 가위를 털실뭉치로 바꾸고, 품속에서 낯익은 가면을 꺼내 보인다.

"이러면── 알아보겠지."

"너는?!"

그렇다. 며칠 전에 콜로세움에서 나와 사디나가 함께 싸웠던, 머더 삐에로라는 수상쩍은 녀석의 장비다!

가면을 쓰고 정체불명의 장비를 하고 있었기에 한눈에 알아보지 못했었다.

아니, 이 특징적인 잡음 섞인 목소리를 내는 녀석은 하나

밖에 없다!

"머더 삐에로냐?! 어떻게 이 마을에 있는 거냐?!"

"걸어서?"

"이동 방법을 물어본 게 아니잖아! 그리고 왜 의문형인데?!"

개그라도 하는 건가?

애초에 그 잡음 섞인 목소리 좀 집어치워.

"으음……."

머더 삐에로는 신원을 증명하기 위한 가면이며 털실을 집어넣고는, 접시를 내게 내밀며 요리를 달라고 요구하고 있다.

"이건 공짜로 나눠주는 게 아니라고."

"……그래?"

이번에는 주머니에 손을 집어넣더니…… 내 손에 무언가를 쥐어 준다.

확인해 보니 은화 두 닢.

아니, 딱히 돈을 내놓으라는 뜻으로 한 얘기는 아니었는데……. 게다가 은화 두 닢이면 은근히 비싸잖아.

여기는 동화 30닢이면 그럭저럭 호화로운 한 끼 식사를 구할 수 있는 세계라고.

비교적 고급스러운 정식 같은 거 말이지.

일본으로 치자면 고급 음식점 장어 도시락 정도?

그렇게 태클을 걸려 했지만, 머더 삐에로는 빤~히 나를 쳐다보고 있을 뿐이다.

"……하아, 알았어."

어째 평정심을 유지할 수가 없다. 일단 밥이나 주고 나중에 얘기하도록 해야겠다.

나는 음식을 담아서 머더 삐에로에게 건넨다. 그러자 머더 삐에로는 당연하다는 듯 이동해서 먹기 시작했다.

"어머, 어머."

사디나가 반가운 듯 머더 삐에로 옆에 앉아서 뭔가 잡담을 시작한다.

말이 좋아 잡담이지, 머더 삐에로는 제대로 대꾸도 안 했기에, 거의 사디나의 혼잣말 같은 상태지만.

"도대체 정체가 뭘까요?"

"글쎄. 그건 나중에 캐묻기로 하고, 일단 노예들 밥부터 나눠주자."

딱히 날뛰려는 기색은 보이지 않았고, 사디나도 머더 삐에로에 대해서 경계하고 있다는 걸 알 수 있었다.

마을 녀석들도 신경은 쓰고 있었지만, 새로운 노예들이 여럿 등장한 상황이라 그런지 그렇게 놀라지는 않는 것 같다.

도대체 무슨 목적으로 마을에 온 거지?

그렇게 생각하면서 음식 배급을 마치고, 나도 식사를 시작한다.

"나오후미, 저 애, 고용주가 계약을 해지해서 지금은 자유로운 신분이래. 그래서 나오후미가 고용해 주지 않을까

해서 찾아왔다는 모양이야."

콜로세움에서 우리와 싸웠던 건 어디까지나 의뢰 때문이었던 건가.

적 앞에서 도주했으니…… 하는 생각도 들지만, 용병 일이라는 게 다 그런 거지, 뭐.

"용병은 필요 없어."

마을 노예들을 강화하는 작업을 진행 중이기도 하고, 애초에 이런 수상쩍은 녀석을 고용할 생각도 없다.

"……그래? 그럼 동료로 받아 줘."

"내 얘길 전혀 안 듣는 것처럼 보이는데."

"저기, 여기 들어오시려는 이유를 여쭤 봐도 될까요?"

라프타리아가 신중하게 말을 골라 가며 머더 삐에로에게 묻는다.

"……."

그러자 머더 삐에로는 말문을 꾹 닫아 버렸다.

"애초에 콜로세움 때 나한테 '살해당하지 않도록 잘해 봐' 라고 했던 건 뭐였지?"

"응원——."

계속 치직거리는 잡음이 섞여든다.

뭘까. 전파 상태가 나쁜 휴대폰을 통해서 상대방과 얘기하고 있는 것 같은 느낌이다.

"나오후미 님, 왜 그러세요?"

그때 아트라가 포울을 데리고 다가온다.

　식사 다 끝났으면 냉큼 집으로 돌아가서 출발 준비라도 하라고.

　오늘은 너희 남매의 레벨을 리셋하러 성에 가야 하니까.

　"아니, 그게, 이 녀석…… 제르토블의 콜로세움에서 우리와 싸웠던 녀석이 우리 동료가 되고 싶다고 해서."

　"그런가요?"

　아트라는 머더 삐에로 쪽으로 고개를 돌린다.

　"당장이라도 사라져 버릴 것만 같은 아련한 힘과 깨끗한 힘이 느껴져요. 나오후미 님, 나쁜 분은 아닌 것 같아요."

　"아무리 그래도 말이지……."

　나를 처음 만났을 때 얘기한 나에 대한 인상도 그랬지만, 아트라가 얘기하는 감상은 지나치게 독특해서 이해하기가 영 힘들다.

　"이유도 얘기 못해?"

　그러자 머더 삐에로는 붕붕 세차게 고개를 가로젓는다.

　"파도——때까지, 여기——지내게 해 줘. 그러기 위해 필요하다면, 협조할게."

　요령껏 어렴풋이 이해해 가면서 주고받는 대화가 이렇게도 감질날 줄이야…….

　대화하기가 여간 귀찮은 게 아니다.

　"하나 더 묻지. 넌 대체 정체가 뭐지? 네 무기도 포함해서."

내 대꾸에 머더 삐에로는 한동안 생각에 잠겼다가 뻐끔뻐끔 몇 번 입을 움직인다.

하지만…….

"──과──에──"

어째 간단한 단어 이외에는 잡음 때문에 잘 안 들린다.

뭐지, 이 녀석?

"그리고, 콜로세움에서 있었던 일이나…… 얘기의 맥락으로 봐서, 너는…… 칠성무기나 권속기의 소유자 아냐?"

나도 바보는 아니다.

이 녀석의 무기를 보고 그냥 넋 놓고 마냥 신기해하고만 있었던 건 아니었다.

형태를 마음대로 바꾸고, 신비로운 힘으로 상대를 결박. 이런 재주를 부릴 수 있는 걸 보면 권속기가 틀림없으리라.

하지만 여왕이 얘기해 준 칠성용사의 무기 중에 이런 건 존재하지 않았다.

"아마, 이 정도 힘만 가지고는, 쳐들어오는 이세계 권속기 소지자들 손에 죽고 말 거라고 우리에게 경고하러 온 거겠지만──."

그 말에 머더 삐에로 녀석이 연신 고개를 끄덕거린다.

정답이었냐……. 아무튼, 내가 하는 말이 무슨 뜻인지는 전해졌을 것이다.

상황은 대충 짐작이 간다. 이 녀석은 아마…… 글래스 패거리처럼 이 세계에 처들어와서 사성용사를 죽이려 하다가, 영귀의 결계 때문에 오도 가도 못하게 된 신세가 됐다거나 한 것이리라.

"우리가 약하다고 생각하고 있는 모양이지만, 이래 봬도 사성용사의 강화 방법은 다 완료해냈어. 지금은 저주 때문에 약화된 것뿐이야."

하지만, 머더 삐에로 녀석은 그 변명에 대해서는 고개를 가로저었다.

"부족——, 좀 더——"

"그래, 알았어, 알았다고. 제대로 설명해 줄 자신은 없지만, 파도의 정체…… 그리고 너희가 사성용사를 죽여서 자기 세계의 멸망을 늦추려 하고 있다는 것쯤은 알고 있어."

그렇게 말하자 머더 삐에로는 고개를 가로젓는다.

"다른 세계를 멸망——도——않아."

잡음이 아까보다 더 심해져서, 거의 노이즈만 들릴 지경이다.

도대체 뭐야, 이 녀석은?

커스 시리즈라도 쓰는 바람에 대화 기능에 문제라도 생긴 건가?

"미안하지만 잘 안 들려."

내 대꾸에 머더 삐에로는 입을 다문다.

"나오후미 님, 어떻게 하시겠어요?"

"신뢰할 수는 없겠어. 아군인 척하다가 중요할 때 배신당할지도 몰라."

표류자인 척 내게 접근해서, 여차하면 나를 죽이려는 꿍꿍이를 꾸미고 있는지도 모른다.

신원이 밝혀졌다고 해도 신뢰할 수 없는 건 마찬가지다.

"……."

머더 삐에로는 침묵한 채로 나를 빤히 쳐다본다.

대체 뭐지? 이 눈매는, 어딘지 라프타리아나 필로를 연상케 하는 구석이 있다.

적의는 전혀 느껴지지 않는다. 음모의 기운도 마찬가지다.

하지만 신뢰하기에는 무리가 있고, 싸울 생각이 없다면 더더욱 내게 접근하는 의미가 없다.

그냥 파도가 올 때까지 기다렸다가 이동해 버리면 그만일 것 아닌가.

"체류──요하다면 돈은 낼게."

으…… 전력에 보탬이 되고, 게다가 돈까지 지불하겠다는 이 유리한 조건.

이렇게 좋은 조건에는 뭔가 꿍꿍이가 있을 것 같지만, 거절하기가 쉽지 않다.

보나 마나 내가 잠들었을 때 목이라도 치려는 거겠지.

"공짜보다 비싼 물건은 없어. 무슨 말인지 알아들었으면 나가."

"······그래?"

머더 삐에로는 낙담한 듯 고개를 푹 숙였다. 그리고 식사를 마치고 자리에서 일어선다.

분위기만 보자면 뭔가 화해한 후의 글래스와 비슷한 느낌이 있다.

또 다른 패턴의 가능성을 들자면, 라르크 패거리처럼 강해지기 위해서 이세계로 건너와서 강화에 필요한 재료를 모으고 있다거나?

이세계에 와 있다고 해서, 꼭 용사를 죽여야만 한다는 건 아니다.

라르크 패거리의 얘기에 따르면, 이세계에서 얻은 기술이나 능력 향상 방법은 공유가 가능하다는 모양이니까.

확실히 나 역시, 키즈나 세계로 건너갔다가 레벨이 1로 돌아갔었는데, 그때 향상시킨 능력은 원래 세계로 돌아온 지금도 남아 있다.

아마, 다른 사성용사를 죽일 생각은 없는데도 이세계로부터 돌아갈 수 없게 돼서 곤경에 처한 것이리라.

하지만 아트라가 얘기했던, 당장이라도 사라져 버릴 것 같은 힘이라는 말이 약간 마음에 걸린다.

"······."

머더 삐에로가 지연전술이라도 쓰듯 엄청나게 느릿한 걸음걸이로 걸어가면서 이따금 내 쪽을 쳐다본다.

……불러 세워 주기를 바라는 건가?

말없이 노려보고 있으려니, 다시 걸어가면서 연신 뒤를 돌아본다.

"저기…… 나오후미 님?"

"신경 쓰지 마. 저건 내가 불러 세워 주기를 기대하고 저러는 거야."

"나오후미도 참, 알고 있으면 바라는 대로 해 주면 될 거 아냐. 저 애 무지 강하다구~."

"언제 내 목을 노릴 수가 없으니, 신뢰할 수 없어."

"어머나…… 참 힘들게 산다니까."

이때, 머더 삐에로가 다시 뒤를 돌아본다.

"불러 세우는 일은 절대 없으니까 포기해."

뭔가 분위기가 묘하군.

훗날을 생각하면, 일단 곁에 두고 있다가 만약에 녀석이 배신하면 해치우는 것도 괜찮을지 모르지만, 지금의 나에겐 그 정도 여유는 없다.

머더 삐에로는 그렇게, 마을 밖으로 벗어날 때까지 이따금 흘깃흘깃 우리 쪽을 돌아보며 걸어갔다.

"그만 좀 나가!"

녀석이 마을에서 완전히 벗어났을 때쯤, 나는 식당 쪽에서 정리를 시작한다.

그런데 그때 라프타리아가 의문을 입에 담았다.

"저기…… 머더 삐에로 씨는 무슨 수로 여기에 온 걸까 요?"

"걸어서 왔다고 했지만 포털을 쓴 거 아니겠어?"

"예전에 왔던 적이 있었던 걸까요?"

……어쩌려나?

한번 물어볼 걸 그랬다.

그나저나, 아까는 쫓아내는 것만 생각했었는데, 용사와의 전투 방법을 숙지하고 있는 녀석 같으니, 동료가 될 마음이 있을 때 캐물어 두는 게 나았을 텐데 하는 후회가 들었다.

"쫓아갈까요?"

"녀석의 술수에 걸려드는 꼴이야. 이번에는 녀석이 싸울 뜻을 안 보여서 그냥 보내준 거야. 경계를 풀 생각은 없어."

이래 봬도 이 정도면 꽤 관대하게 봐 주는 거라고.

솔직히 말하면, 세 용사 놈들과 마주치면 위험해질 것 같 다.

서둘러 용사들을 보호해야겠다. 머더 삐에로 같은 녀석과 마주치기라도 하면 목숨이 위험해질 수도 있다.

자, 식사도 마쳤으니, 오늘도 오늘 해야 할 일들을 처리해 나가자.

"일단 오랜만에 메르로마르크 성에 가야겠군. 멤버는 라 프타리아와 포울과 사디나. 어제 얘기했던 레벨 리셋을 하러 갈 거야."

"나오후미 님, 저도 가고 싶어요."

"……그럼 아트라도 따라와."

포울이 시끄럽게 굴 것 같으니까 겸사겸사 아트라도 데려가도록 하자.

필로는 식사를 마치기가 무섭게 또 메르티한테 놀러갔다.

라프짱은 자발적으로 리시아와 마을 녀석들의 일을 도와주고 있다.

될 수 있으면 데려가고 싶지만, 어쩔 수 없지.

"포털 실드!"

우리는 포털 실드를 이용해서 메르로마르크 성으로 도약했다.

성에 도착하니, 사디나가 성에서 내다보이는 영귀의 산 쪽으로 시선을 돌리고 말했다.

"헤에……. 오랜만에 성 밑 도시에 왔는데, 성벽 밖이 아주 난리도 아닌걸."

"전에 와본 적 있어?"

"그야 일단 나도 메르로마르크 국민이니까."

사디나가 영귀의 산을 보면서 대답한다.

영귀 쪽은…… 응? 자세히 보니 나무들이 베여 나가 있고, 개척이 진행 중이다.

인간의 생활력이란 참 대단하다니까.

재해를 딛고 일어서려 애쓰고 있는 거군.

"이제 어디로 갈 거니?"

"여왕에게 인사하고 올게. 다짜고짜 레벨 리셋을 해 달라고 하면 준비하기도 힘들 테니까."

일단 여왕을 만나 두자.

클래스 업과는 달리, 리셋 쪽은 보통은 잘 안 하니까.

"성이라. 나 있지, 메르로마르크 성을 본 적은 있어도 들어가 본 적은 없었어."

하긴, 아인이나 수인이 이 인간지상주의 국가의 성에 들어갈 수 있을 리가 없겠지.

"그랬겠지. 여기는 성의 안뜰이야."

"올 때마다 느끼지만 참 큰 성이네요."

"라르크의 성과 비슷한 정도 같아. 그리고 아인에게는 썩 편한 곳이 아냐."

"하긴 그래요. 친한 사람들도 있지만, 여러모로 불편한 곳이에요."

"그렇겠지."

성의 병사가 나를 발견하고 경례한다. 하지만, 어째 사디나를 보고는 미묘한 표정을 지었다.

사디나는 기본적으로 수인으로 지내는 시간이 많다.

그런 사디나를 데리고 다니니 저런 떨떠름한 표정을 보이는군.

아, 그래도 파도가 끝난 후의 승전 기념회에서 모험가들을 초청하기도 했었으니까……. 아, 아인들은 얼마 없었지. 여러 가지 의미로 이 나라에서 아인의 지위는 참 낮구나.

새삼 인식한다.

여왕은 차별의식이 없다 해도, 국민의 차별의식은 뿌리가 깊은 것이다.

"어디 보자, 여왕은 어디 있으려나?"

늘 그렇듯 집무실 같은 곳에서 서류와 눈싸움이라도 벌이고 있으려나?

사용인을 불러 세워 여왕이 어디 있는지를 물으니, 내가 왔다는 소식을 듣고 이쪽으로 오는 중이라 한다.

기다리고 있으면 여왕이 여기로 오는 건가. 뭐, 성 안뜰에서 쉬고 있자.

"여기서 대기하자."

"알았어. 아트라, 서 있으면 피곤하지? 앉을래?"

"괜찮아요, 오라버니."

덜컹덜컹…….

뒤쪽에서 뭔가가 흔들리는 소리가 났다.

소리가 난 쪽을 돌아보니, 뜻밖에도 쓰레기가 이쪽을 응시하며 얼빠진 얼굴로 입을 벌리고 있었다.

"드……."

있었던 거냐. 그나저나…… 왜 반라? 팬티 바람에 망

토…… 완전히 벌거벗은 임금님 스타일이다.

"꼬락서니가 왜 그 모양이야? 벌이냐? 벌칙이냐?"

저도 모르게 웃음이 나온다. 이런 구경거리가 있거든 나한테도 알려줬어야지.

게다가 등에는 '성내를 한 바퀴 도는 벌을 수행 중입니다. 무슨 말을 하더라도 도와주지 말도록.' 이라는 글씨에 여왕의 서명까지 들어간 딱지까지 매달려 있다.

또 무슨 짓을 한 거야, 이 녀석?

"드디어 방패가 정체를 드러냈다!"

이쪽을 삿대질하며 우렁찬 목소리로 고함친다.

"자, 얘들아! 방패를! 방패의 악마를 이 세상에 말살시켜 버리는 거다!"

딱지를 손에 움켜쥐고 이쪽을 향해 달려온다.

주위에 있던 병사는 황당해하면서 쓰레기를 막아섰다.

그리고 쓰레기는 저지당한다.

"이거 놔라! 방패가, 방패가 그 하쿠코를 데리고 성에 쳐들어왔지 않느냐! 뭣들 하는 거야! 다들 비켜! 방패를 죽일 수 없잖느냐!"

……하쿠코 종과 쓰레기 사이에 악연이 있었다고 듣긴 했는데, 그걸 고려하더라도 엄청난 기세다.

유명한 대사와 비슷한 말까지 튀어나왔다.

"에?"

그때 아트라가 그쪽을 돌아본다.

"어…….."

발을 동동 구르던 쓰레기의 움직임이 점점 느려지다가 멈추고…… 그리고, 뭐지?

뭐라 형언하기 힘든 표정으로 멍하니 서 있다.

울고 있는 것 같기도 하고, 한편으로는 웃고 있는 것 같기도 한 복잡한 표정이다.

"어라? 오라버니? 언제 분신을 만드셨어요?"

아트라는 포울과 쓰레기를 번갈아 쳐다본다.

"무슨 소릴 하는 거야, 아트라?"

아트라 녀석, 다른 사람도 아니고 자기 오빠와 쓰레기를 착각하다니 좀 너무한 거 아냐?

바로 눈앞에 있는데 말이지.

시끄럽게 군다는 면에서는 좀 비슷한 구석도 있는 것 같긴 하지만, 근본적으로 다르잖아.

특히 연령이나 체격이……. 하긴, 맹인인 아트라에게는 안 보이겠지만.

"……."

잠시 후 제정신으로 돌아온 쓰레기는 의욕을 상실한 듯 발걸음을 돌려서, 터벅터벅 물러간다.

"어이."

쓰레기 녀석, 내 말이 귀에 들어가지 않는 모양인데.

도대체 무슨 일인데 저러는 거야?

"왜 저러는 걸까요? 꼭 알맹이가 빠져나간 사람 같잖아요?"

"아트라를 보고 엄청나게 놀라는 것 같던걸."

"그러게."

아트라의 얼굴에서 뭔가 불길한 것이라도 본 걸까?

"왜 이렇게 시끄럽죠?"

여왕이 소란을 듣고 달려온 것은 그 뒤로 몇 분이 지난 후였다.

나는 쓰레기가 포울을 보고 난리를 피우다가, 아트라의 얼굴을 보고는 바로 떠나간 일에 대해 얘기해 주었다.

"그랬군요. 그런 일이……."

"뭐 짐작 가는 거 없어? 쓰레기가 그런 표정을 짓는 건 처음 봤어."

"아트라 씨라고 했던가요? 얼굴을 좀 보여주세요."

"네?"

아트라는 고개를 내밀어서 여왕에게 얼굴을 찬찬히 보여준다.

"……그랬군요. 대충 짐작이 가네요."

"뭔가 좀 알아냈어?"

"얘기가 좀 길어질 텐데, 괜찮으시겠습니까?"

"글쎄……. 좀 귀찮지만, 쓰레기가 그러는 모습을 보니까 궁금하긴 하군."

"과정은 어느 정도 생략할 테니 걱정하지 않으셔도 됩니다."

그렇게 여왕은, 쓰레기가 아트라를 보고 얌전해졌던 이유를 설명해 주었다.

"지팡이의 용사인 루주에게는, 나이 터울이 있는 맹인 여동생…… 루시아가 있었습니다."

이럴 땐 쓰레기라고 안 하는 거냐. 뭐, 상관없지만.

그나저나, 여동생이라고?

"이 루주의 출생에는 여러모로 문제가 있었지요."

"그래?"

"네. 루주의 본래 이름은 루주 랜서스 포브레이. 포브레이의 왕위계승권 제30위에 해당하는 적정자였습니다."

"포브레이라면 이 세계에서 제일 강한 대국이었다고 했던가? 그 나라의 왕자라는 거야?"

"말단이긴 합니다만, 그렇습니다. 하지만 그가 왕위계승권을 포기하게 되는 사건이 일어났는데…… 그게 바로, 하쿠코 종에 의해 부모와 친지들이 몰살당한 사건이었습니다."

쓰레기도 의외로 엄청나게 파란만장한 인생을 보내 온 녀석이었군.

아아, 그래서 하쿠코 종인 포울을 그렇게 증오했었던 건가.

"다행히 루주와 그 여동생은 현장에 없었던 덕분에 목숨을 건졌지만, 포브레이는 정치적인 이유로 인해, 그 사건에 대한 책임을 실트벨트에 묻지 않았습니다. 그 때문에 루주는 포브레이, 실트벨트 양쪽에 대해 원한을 품고, 아인을 적대하는 우리 나라로 이주하면서 성까지 바꿨지요."

여왕은 이야기가 쓰레기의 싸움이 시작되는 부분에 이르기 전에 한 번 말을 끊는다.

"루주는 자신이 왕족이라는 사실을 숨기고, 전란의 소용돌이에 빠진 메르로마르크에서 장병이 되어 활약을 펼쳐 나갔습니다. 나아가 칠성무기 중 하나인 지팡이에게 선택을 받아, 용사로서 이름을 떨치게 되었지요."

완벽한 성공가도다. 살짝 부러울 정도다.

하지만, 아무래도…… 여왕 녀석은 약간 난처해 보이는 표정을 짓고 있다.

"저도 젊은 시절에는 그런 그의 지략과 힘에 마음을 빼앗겼었지요."

"팔불출 짓은 됐고, 얘기나 계속해."

"그런 와중에, 눈에 넣어도 아프지 않을 만큼 애지중지했던 맹인 여동생이, 하쿠코의 손에 의해…… 아마 죽었을 거라고 생각할 수 없을 만큼 대량의 핏자국을 남긴 채로 실종되고 말았습니다. 그때부터 루주는 더더욱 복수심에 마음을 사로잡혔고, 결국은 실트벨트의 왕이었던 하쿠코를 타도하기에 이르렀지요."

"……그래서? 그 일이 이번 일과 무슨 관련이 있는 거지?"

대충 짐작이 가긴 하지만 말야.

아마도——.

"네, 이와타니 님이 짐작하신 대로, 아트라 씨의 얼굴이 루주의 소중한 여동생인 루시아와 판박이였던 거죠."

"역시 그랬군."

"네."

여기부터는 그저 추론일 뿐이지만, 어떤 생각이 떠오른다.

그 쓰레기가 애지중지하던 여동생이, 노리개가 되어 실트 벨트에 있는 하쿠코에게 겁탈당했고, 그 결과 태어난 아이들이 포울과 아트라일 가능성이다.

하지만 그랬다면 인질로 썼을 법도 한데 그렇지 않았던 점 등, 여러모로 의문이 남는군.

아침 드라마 스토리처럼, 사실 여동생은 상대 하쿠코와 서로 사랑하는 사이였다거나?

어떤 경위가 있었던 건지는 알 수 없다. 하지만, 아트라가 쓰레기를 포울로 착각했다는 건, 뭔가 혈연을 느꼈기 때문이라고 할 수도 있다.

그러고 보니, 포울은 아트라의 치료비 때문인지 은근히 돈을 갖고 있었던 것 같았다.

"그렇게 딱딱 들어맞을 수도 있는 거군요……."

"어머나? 라프타리아는 나오후미와의 만남이 너무할 정도로 딱딱 들어맞는 만남이라고 생각하지 않았어? 이 언니는 그렇게 생각했는데."

"하긴…… 그렇긴 하지만요."

아니아니, 라프타리아와의 만남은 딱히 운명 같은 건 아니라고.

사디나는 그저, 내가 이 세계 술에 취하지 않는 체질인 걸 보고 운명을 느끼는 것뿐이라니까.

"포울과 아트라는 인간과의 혼혈이야?"

"글쎄요……. 그때는 마침 제 부모님이 돌아가셨던 무렵의 일이라……. 자세한 건 오빠에게 직접 여쭤보는 게 좋을 것 같아요."

"나도 할아버지가 대단한 사람이었다는 것밖에는 몰라. 성도 얘기하지 말라고 했고, 부모님도 내가 어렸을 때 전쟁 때문에 돌아가셔서 기억이 잘 안 나. 그래도 제법 유복했었다는 건 사실이야. 심부름꾼이나 이것저것 도와주는 사람들이 있었으니까."

"부하가 착복이라도 한 거 아냐?"

이 세계 녀석들은 쓰레기들이 많으니까, 보나 마나 그런 녀석들에게 당해서 노예로 전락한 거겠지.

"그런 녀석은 없었어. 아트라의 치료비가 떨어져서, 부하들에게 가산을 나눠주고 헤어진 게 끝이었어."

아트라의 약값 때문에 몰락한 건가……. 충성심 있는 부하까지 있었다니, 부하 복은 있었던 모양이군.

"할아버지라고 하셨나요?"

여왕이 포울의 얼굴을 빤히 쳐다본다.

"운명은 신비로운 인연을 가져오기도 하는군요."

"뭐야?"

"당신…… 혹시 성이 페온 아닌가요?"

"아……. 밝히지 말라고 신신당부를 들었었지만, 그랬던 모양이야. 그게 어쨌다는 건데?"

그 말을 듣고, 여왕은 납득이 간다는 듯 고개를 끄덕인다.

"모쪼록 방패 용사를 잘 따르도록 하세요. 돌아가신 당신 할아버지가 기뻐하실 거예요."

"알 게 뭐야!"

아……. 포울은 그런 면에서는 반항적이니까. 나를 따르려고 들 리가 없잖아.

"어떻게 내 할아버지에 대해 알고 있는 거지?"

"아까 난리를 피운 자가, 당신 할아버지의 원수이기 때문이지요."

"뭐, 뭐라고……?!"

아…… 그런 거군. 쓰레기는 포울과 아트라가 자신에게 저주스러운 적의 손자이며, 한편으로는 소중한 여동생의 혈연이라는 것을 감지하고 그런 표정을 지으며 떠나간 거였다.

"당신은 자신의 할아버지에 대해 자세히 알고 계신가요?"

"부모님이 가르쳐준 건 할아버지가 대단한 사람이라는 것뿐이었어. 실트벨트의 왕이었다나 뭐라나."

"그랬군요……. 그럼 제가 실례를 한 셈이네요."

"……."

포울은 영 마뜩찮은 표정이었다.

부모가 가르쳐주지 않았었던 사실을 이런 식으로 알게 되니, 기분이 묘할 만도 하지.

뭘 그렇게 안 가르쳐주고 뜸을 들였는지 몰라. 자기 조상을 궁금해하는 건 당연한 건데.

하지만, 포울도 아트라도, 여왕에게 더 이상의 질문을 하려는 기색은 없었다.

"……."

포울 쪽은 잠시 생각에 잠겨 있었다.

"뭐가 어찌 됐든 저에게는 오직 나오후미 님뿐이에요!"

아트라 쪽은 별 관심이 없는 모양이다.

"괜히 소란을 피워 죄송합니다, 이와타니 님. 상황은 좀 어떤가요?"

여왕이 화제를 전환하기 위해 내게 묻는다.

"뭐, 순조롭게 잘돼 가."

"영지 쪽 말씀이죠? 저도 소식은 들었습니다. 마침 딱 좋은 때 오셨네요."

"무슨 일이라도 있어?"

"우선은 나오후미 님의 용건을 듣도록 하지요. 오늘은 무슨 용건으로 여기까지 오셨는지요?"

"아아, 노예들 중에서 레벨을 리셋해서 처음부터 다시 키우고 싶은 녀석이 있어서 데려왔어."

내가 여기 온 이유를 설명하자 여왕은 흔쾌히 승낙해 주었다.

"알겠습니다. 바로 준비를 해 두도록 하지요. 이와타니 님 일행께서 용각의 모래시계에 도착하실 때쯤이면 준비가 다 끝나 있을 것입니다."

"고마워. 그런데 여왕, 네 용건은 뭐지?"

여왕은 부채를 펼쳐서 입가를 가리고 내게 말했다.

"메르로마르크 인근에서 사성용사 분들이 목격되어, 근시일 내에 나타날 확률이 높을 것으로 추정되는 장소를 밝혀냈습니다."

"뭐라고? 그게 정말이야?"

내 질문에 여왕은 고개를 끄덕인다.

"네, 아마 창의 용사이신 키타무라 님이 나타나실 것으로 추정됩니다."

모토야스라……. 왜 하필이면 모토야스인지 불안하긴 하지만, 지금은 그런 걸 따질 때가 아니다.

"창의 용사의 동료가 발견되었거든요."

모토야스의 동료가 발견됐다고?

여왕의 표현으로 보아 빗치는 아닌 것 같다. 그렇다면 같이 있던 여자 둘을 얘기하는 건가.

임시로 여자1과 여자2라고 해 두자.

이렇게 표현하면 누가 어느 쪽인지 구분이 안 가려나?

하지만 나는 그 녀석들 이름도 모르고, 제대로 얘기해 본 적도 없다.

기억해 내는 것도 귀찮을 정도지만, 여하튼 짜증 나는 여자들이라는 인상밖에 없군.

"시체로?"

"아뇨. 그녀들의 부친들은 우리 나라의 귀족인데, 행방불명된 딸들을 걱정하던 어느 날, 집에 돌아가자 당연하다는 듯이 어머니의 집안일을 돕고 있었다고 하더군요."

도대체 어떻게 된 상황이야?!

행방불명된 딸이 당연하다는 듯이 집에 있는 광경이라니, 어째 무슨 농담처럼 들리는데.

"예전에 본 여자들 중에 한 명일까요?"

"모토야스의 동료 중에 빗치를 제외한 여자들이겠지."

"어머? 친구 얘기?"

"말도 안 되는 소리 마."

"빗치라니 이름 한번 굉장한데."

"후후……."

포울의 말에 절로 웃음이 나온다. 내 위업이라 이거야.

"나오후미 님, 뭘 그렇게 득의양양해 하시는 거예요……."

"나오후미 님의 영광이군요. 아마 그 이름에 걸맞은 분이겠죠."

"아트라 씨, 틀린 말은 아니지만, 그 이해 방식은 어째 좀……."

라프타리아는 너무 고지식하다니까.

얘기를 계속하자.

"잡아 두지는 않은 거야?"

"정황에 대한 증언은 확보했습니다. 이와타니 님이 그 동료들을 만나서, 창의 용사님을 유인해 내 달라고 설득해 주셨으면 합니다."

그렇군……. 그럼 모토야스가 합류를 도모하려 할 가능성이 있다는 건가.

일이 순조롭게 풀릴지 어떨지는 도박이 되겠지만, 모토야스를 잡을 수만 있다면 나쁠 건 없다.

"모토야스의 동료들이 그 작전에 협조해 줄까? 녀석들이 배신이라도 하면 모토야스에게 정보만 털리는 꼴이 될 텐데."

"이미 그림자를 붙여서 감시해 두고 있습니다. 본인들도 현재까지는 협조적입니다."

"흐음……."

사법거래를 하듯이 자신의 입장을 유리하게 만들려 하고 있는 건가.

어째 모토야스 곁에는 하나같이 천박한 여자들만 모여 있는 이미지이기도 하고.

"알았어. 레벨 리셋이 끝나는 대로, 마을로 돌아가서 출발하지."

"그럼 소재지를 가르쳐드리겠습니다."

여왕은 지도를 펼쳐 놓고, 모토야스의 동료가 있다는 곳을 가르쳐주었다.

"그럼 냉큼 레벨 리셋을 해치우고 마을로 돌아가자. 중요한 일거리가 들어왔으니까."

"순조롭게 설득이 되면 좋을 텐데요."

"그러게……. 뭐, 낙관적 관측이지만."

불안이 가시지를 않는군.

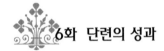 6화 단련의 성과

그 후로 우리는 곧바로 용각의 모래시계로 이동해서, 접수 담당 병사에게 인사했다.

이미 여왕의 명령이 하달되어 있었던 듯, 언제든지 의식을 거행할 수 있는 상태였다.

"그럼 사디나가 먼저 해."

"네~에! 이 누나 열심히 해 볼게!"

응? 클래스 업 때와 마찬가지로 의식을 돕는 이들도 있지만, 어째 들것이 준비돼 있잖아.

좀 이상하다 싶어서, 옆에 있는 병사에게 물어보았다.

"리셋에 의한 반동입니다. 며칠 동안은 재활이 필요할 테니까요."

하긴 그럴 만도 하지. 지금까지 당연하게만 여겨왔던 스테이터스가 급격히 떨어지면 몸도 무거워지니까…….

저주 때문에 스테이터스가 좀 깎인 나도 이 정도이니, 레벨1로 돌아가면, 그야말로 몸이 생각대로 움직여 주지 않을 것이다.

"개인차는 있지만 말이죠."

병사는 그렇게 말하면서 의식을 시작한다.

용각의 모래시계가 빛을 뿜고, 마법진에 힘을 불어넣는다.

클래스 업 때 보았던 광경과 비슷하다.

"지금 여기, 새로운 길을 걷기 위해 스스로의 힘을 풀어놓으려는 자가 있노라. 세계여, 그자에게 길을 찾아갈 호기를 부여할지어다."

사디나가 마법진 속에서 내 손을 붙잡고 있다.

"잘 봐, 나오후미, 이 언니가 새로 태어나는 순간이라구~."

……여유가 있어도 너무 있잖아.

이윽고 사디나의 몸속에서 무언가가 훅 하고 빠져나가서 흩어지는 걸 확인할 수 있었다.

"끝났습니다. 몸 상태는 좀 어떠신지?"

"몸이 무지 무거워지긴 했어. 그리도 못 움직일 정도는 아닌걸."

사디나는 느릿느릿 내게 걸어온다. 몸이 꽤 튼튼한 건가?

"다음은 포울 차례군."

"자, 자, 오라버니! 나오후미 님의 명령이에요."

"아, 아트라……. 아, 알았어!"

어째 포울이 불쌍해 보이기 시작했다.

그리고 포울도 사디나와 마찬가지로 레벨 리셋을 완료했다.

포울 역시 멀쩡하게 걸어온다.

"레벨만 리셋됐을 뿐이지, 의외로 멀쩡하게 움직이는군. 들것 같은 게 필요한 거 아니었어?"

"못 움직이게 되면 나오후미가 부축해 줄 거야?"

"난 그렇게 약해 빠진 놈이 아냐!"

"둘 다 도대체 어떻게 돼먹은 놈들이야?"

정말 괜찮은 건가 궁금해서 포울의 팔을 쿡 찔러 보았다……. 아트라가.

"~~~~~~윽!"

역시 아픈 모양이군.

"아하하, 간지러워라."

사디나는 그냥 끄떡없는 것 같다.

몸을 단련했을 경우에는 괜찮은 건가?

그럼 둘 다 몸을 단련했다는 거군.

단련은 레벨 상승과는 다른 범주에 들어가는 모양이니까 말이지.

어설프게 스테이터스의 가호를 받는 것과는 달리, 몸을 단련해 두면 다소의 난조는 견뎌낼 수 있는 걸까.

그 두 사람은 그렇게 스스로를 단련해 온 것이리라.

라프타리아도 비슷한 훈련을 하고 있었다. 스테이터스는 레벨 리셋을 거치면 사라지지만, 단련으로 강화한 부분은 그대로 유지된다.

더불어…… 방패의 효과로 인해 다소나마 보전된 건지도 모른다.

요컨대 들것이 필요한 녀석은 마법을 주로 쓰는 녀석이나, 강한 녀석에게 빌붙어서 레벨을 올린 녀석이리라.

모험가를 고용해서 레벨만 올리는 수법을 쓰는, 귀족 집안 도련님 같은 녀석.

어느 정도의 효과는 볼 수 있고, 내 마을 녀석들도 비슷한 방법으로 레벨을 올리고 있으니 나쁜 방법은 아니다.

문제는 레벨업 한계에 도달한 후다. 그때부터는 자기 단련이나 할망구의 수련 같은 방식으로 능력을 올릴 수밖에 없는 것이다.

용사의 경우에는 레벨 제한이 없다는 모양이지만, 역시 나도 수행 같은 것도 병행하는 게 좋으려나.

레벨이나 스테이터스 같은 게 자연스럽게 존재하는 세계

니까, 신체 단련이나 마법 수련을 매일 반복하는 식으로 한 계치를 올릴 수 있을지도 모른다.

그렇게 따지면, 포울이나 사디나처럼 어린 시절부터 수련을 쌓으면, 그만큼 더 강해지는 거라 생각할 수도 있다.

실제로는 어떤지 불확실하고, 나는 어차피 평생 이 세계에 살 것도 아니니까, 파도를 극복할 때까지의 한정적 수행이라고 생각해 두자. 원래 세계로 돌아가면 레벨이니 스테이터스니 하는 건 아무 상관도 없으니까.

방패도 마찬가지다.

절대로 떼어낼 수 없는, 기껏해야 북 실드로 변화시켜서 숨기는 방법 이외에는 은폐할 방법이 없는 이 방패를 원래 세계에서도 계속 달고 다녀야 한다면, 그건 아예 저주받은 아이템의 영역에 속하는 수준이다.

사회인이 되었는데도 항상 이상한 책을 들고 다니는 남자라니, 실소밖에 안 나올 것이다.

……이 생각은 위험하다.

애초에 아직 파도를 이겨내지도 못한 상황에서 그런 상상을 해 봤자 아무 의미도 없다.

만약에 계속 방패가 붙어 있다고 해도, 그건 그때 가서 생각하면 될 일이다.

"자, 그럼 당장 마을로 돌아가서 출발 준비부터 하자."

우리는 포털을 이용해서 마을로 귀환한다.

"사디나, 포울, 아트라. 너희는 곧바로 레벨 업에 들어가. 우리는 지금 바로 출발할 테니까. 누가 가서 필로 좀 불러다줘."

"네에, 네~에. 이 누나 열심히 할게."

그렇게 말하고, 사디나는 혼자서, 어째선지 바다 쪽으로 걸어간다.

이봐……. 혼자 가도 괜찮은 거야?

"알았어. 자, 아트라, 가자. 너는 그냥 보고만 있어도 돼."

"싫어요! 나오후미 님! 저도 같이 데려가 주세요."

"미안하지만 넌 여기서 레벨업을 하고 있어. 최소한 자기 몸은 지킬 정도는 돼야 데리고 다닐 수 있으니까."

내가 이제부터 유인해 내야 하는 건 모토야스다.

자칫 녀석이 날뛰기라도 한다면, 아트라는 그냥 좀 다치는 정도로 넘어갈 수 없을 것이다. 그러니까 데려갈 수 없다.

"제가 레벨을 올리면 오라버니를 제치고 나오후미 님을 독점할 수 있다는 말씀이군요. 그럼 저도 열심히 해 보겠어요."

"너 지금 무슨 소리를 하는 거야?"

"맞아요! 적당히 좀 하세요!"

그러게 말이다. 뭐…… 방금 라프타리아가 한 말은 주로 나에 대해서 한 거겠지만.

그나저나 아트라의 정신머리는 완전히 고래심줄이 따로 없군.

병약 설정은 어디로 간 거야?

그렇게 포울과 아트라, 그리고 마을 녀석들을 필로의 부하 1호가 끄는 마차에 태워서 출발시켰을 무렵, 필로가 달려왔다.

"불렀어, 주인님?"

"그래. 지금부터 가고 싶은 곳이 있어. 필로, 출발할 수 있어?"

"응!"

일단 데려갈 멤버는…… 라프타리아와 필로면 충분하겠지.

리시아는 에클레르와 같이 할망구에게서 수련을 받는 중이니, 변환무쌍류라는 유파를 익혀 둬서 손해 볼 건 없다.

모토야스는 리시아를 껄끄러워하는 것 같지 않았던가. 데려갔다는 괜히 문제가 복잡하게 꼬일 것 같으니 그냥 두고 가자.

라프짱은 마을 녀석들에게 애교를 떨어서 정신을 위로해 주고 있는 것 같으니, 굳이 데려갈 필요는 없겠지.

"그럼 라프타리아와 필로만 데리고 가지. 딱히 행상을 하려는 건 아니니까 그냥 필로의 등에 타고 갈까?"

"마차~!"

"아아, 그래, 그래."

"드디어 필로의 마차를 쓸 수 있어~, 필로의 마차~."

포털을 사용하게 된 후로부터는, 마차도 대여해서 쓰는 경우가 많았었으니까.

요즘 필로는 자기 마차를 끌 기회가 별로 없었다.

기껏해야 행상에 사용할 때 정도가 고작이었다.

뭐, 아무렴 어떤가. 마차는 똑같은 마차니까.

"돌아오는 길에는…… 겸사겸사 행상이라도 하면서 올까."

좋아, 냉큼 모토야스의 동료들을 찾아가도록 하자.

우리는 필로의 마차에 올라타고, 모토야스의 동료들이 있는 곳을 향해 출발했다.

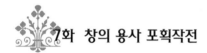

7화 창의 용사 포획작전

"엘레나! 다행이다. 살아 있었구나!"

보고를 받고 모토야스의 동료가 있는 곳으로 서둘러 가 봤더니, 거기에서는 모토야스 본인이 커다란 상점 안내 데스크를 맡아 보고 있는 여자1을 향해 친근하게 말을 걸고 있었다.

참고로 우리는 가게에서 약간 떨어진 뒷골목에서 그 광경을 훔쳐보고 있다.

젠장! 작전을 짤 틈도 없이 먹잇감이 눈앞에 닥쳐왔잖아!

모토야스가 와 있으면, 준비고 뭐고 할 여지도 없다.

"어머나, 창의 용사님이잖아."

여자1이 모토야스에게 쌀쌀맞게 대꾸한다.

그나저나…… 내 기억이 옳다면, 이 녀석은 좀 더 시끄럽게 꺅꺅거리는 골 빈 녀석이었던 것 같은데, 반응이 내 예상과는 다르잖아.

비록 모토야스를 버리고 도망쳤다 해도, 좀 악녀 같은 대응을 할 줄 알았는데.

"무, 무슨 일 있었어?"

"무슨 일이 있기는 뭐가 있겠어요."

"내가 얼마나 걱정했는데."

"그렇게 걱정하실 것 없어요. 그나저나 살아 있었네요?"

"그야. 당연하지. 엘레나와 동료들이 있는데, 내가 죽을 수는 없지 않겠어?"

모토야스 녀석, 신이 나서 대답하고 있군.

반대로 여자1의 분위기는 그야말로 얼음장이 따로 없다.

눈매가 쌀쌀맞다. 쓰레기를 보는 것 같은 시선이란 건 아마 저런 걸 두고 하는 표현이리라.

"나오후미 님, 얘기하러 가지 않으실 건가요?"

"모처럼 즐겁게 문답을 주고받는 중인 것 같지만, 할 수 없지. 일단 가서 얘기를 해 보자."

"으응?"

필로는…… 모토야스를 보고 걷어차는 모션을 취하고 있다.

볼 때마다 걷어차라고 명령했었으니까.

"또 같이 세계를 구하러 가자!"

"미안해요. 이제 집안을 계승해야 해서, 다시 같이 갈 수는 없겠어요."

담담하게 대답한다.

모토야스의 제안을 받아들이려는 기색은 티끌만치도 없다.

"그, 그럴 수가……."

그런 마음은 모토야스에게도 전해진 듯, 곤혹스러워 어쩔 줄 몰라 하는 표정이다.

지금까지는 모든 일들이 다 자기 뜻대로 풀려 왔겠지.

솔직히 부럽다.

나는 백작이 되고 영지까지 손에 넣었는데도, 매일 노예들의 밥을 해 먹여야 하는 신세다.

솔직히 노예들의 부모 노릇을 하고 있는 거나 다름없다고. 요즘은 병사들이 밥의 용사라느니 수군대기까지 한다.

구체적으로 표현하자면…….

『정말이지, 밥의 용사가 만든 음식은 진짜 대단하다니까』

『버릇없는 소리 하지 마. 밥이 아니라 방패의 용사라고, 그 사람은.』

『아아, 그랬었지. 그 사람 방패도 이제 냄비 뚜껑으로 보이기 시작했어…….』

『너 언제 치료원에나 한번 가 보라고.』

『하하하.』

뭐가 냄비 뚜껑이라는 거냐.

두고 보자고, 그 병사 놈들. 재건 계획에 개처럼 부려먹어 줄 테니까.

아니, 그게 중요한 게 아니다. 지금은 모토야스부터 어떻게 해야 한다.

"엘레나, 진짜 왜 그러는 거야? 평소의 엘레나가 아니잖아."

"평소와 다르긴요……. 그냥 이제 슬슬 물러나는 게 좋을 것 같아서요."

"뭐?"

"모토야스…… 아니, 창의 용사님. 당신이랑 같이 행동하는 건 이제 한계인 것 같아서요."

"무, 무슨 말을……."

"명성이 오르고 수입이 짭짤했던 것도 다 옛날 얘기. 지금의 당신은 어떻죠?"

"뭐? 아니, 나는 용사라고."

"솔직히…… 이제 지쳤어요. 당신의 동료로 지내는 게."

"내, 내가 뭐가 문제라는 거야?"

"언제 어디서나 여자 꼬시는 데 여념이 없고, 그러면서도 여심은 전혀 이해하지 못하고, 그냥 여자를 일종의 스테이터스 정도로만 인식하고 있었잖아요."

모토야스의 얼굴에서 핏기가 가신다.

아아, 지금껏 여자한테 차인 경험이 없었던 건가?

이런, 모토야스의 불행을 보니 웃음이…….

"나오후미 님, 웃고 계신 거예요?"

"그게 말야, 모토야스가 저렇게 새파랗게 질려 있잖아."

그나저나 저 여자, 말하는 게 아주 거침이 없네.

모토야스도 일단은 용사인데 말야.

"저를 꼬시려고 들 시간이 있으면, 빨리 성으로 돌아가는 게 좋지 않을까요?"

"큭…….

모토야스가 말문이 막혀 있다.

"당신은 이미 하락세예요. 저랑 사귀고 싶으면 출세하세요. 방패 용사처럼."

내가 싫어하는 여자의 전형적인 방식으로, 여자는 모토야스를 거부했다.

나는 아무 잘못 없고, 다 네가 나쁜 거라는 식의 발언이군.

이것 참, 연애 시뮬레이션 게임의 히로인이 저랬다면 게임 사이트가 아주 난장판이 됐을 법한 광경이군.

그런데 왜일까. 당하는 사람이 모토야스가 되니 통쾌하기 짝이 없다.

나 보고 치트 타령을 하면서 욕한 벌이다!

"나오후미 님!"

라프타리아에게 혼났다.

더 웃고 있다가는 라프타리아가 넌덜머리를 내고 사디나를 내게 떠넘길 것 같다.

그런 사태는 피하고 싶다.

"도, 도대체 왜 그러는 건데? 전에는 좀 더 뜨거운 마음을 가진 녀석이었잖아."

"옛날 얘기를 하셔서 어쩌자는 건지……."

모토야스는 문답에 정신이 팔려서 나를 발견하지 못하고 있다.

"이봐, 거짓말이지?"

"거짓말 아니에요."

내가 가까이 가자 여자1이 나를 발견했다. 사정을 어렴풋이 이해한 모양이다.

"어이, 모토야스."

내 목소리에 모토야스가 화들짝 놀라 나를 돌아본다.

"나, 나오후미?!"

"여어, 나는 다른 이세계에서 죽을 고생을 하면서 사건을 해결하고 간신히 돌아왔는데, 너는 팔팔한가 보네. 성가신 일은 나한테 몽땅 떠맡겨 놓고 말야."

솔직히, 너 하나라도 내 얘기를 제대로 들어 줬다라면 이런 결말이 나지는 않았을 거라고.

여자 뒤꽁무니만 쫓아다니지 말고 용사로서의 책무를 다하란 말이다.

"큭…… . 엘레나, 나를 팔아넘긴 거야?!"

"남들 들으면 오해할 소리 하지 마세요. 저는 강한 사람 편이에요. 예나 지금이나."

"쓰레기 같은 소리군. 내가 모토야스였더라면 죄니 벌이 니 하는 거 다 무시하고 창으로 찔러 죽였을 텐데."

모토야스를 설득해야 할 상황이건만, 어째 여자1을 힐문 해서 해치우는 분위기로 돌아가는 건 왜일까?

"어이, 나오후미! 엘레나한테 무슨 짓을 하려는 거야?!"

……난 네 역성을 들어주려고 한 얘기였는데.

그나저나 오랜만에 얘기를 나눠 보는 건데, 역시 이 녀석 은 대단한 놈이군.

여자가 그렇게 소중하냐.

"자, 당신도 방패 용사처럼 강해지세요. 방패 용사가 그 랬던 것처럼."

"에, 엘레나……!"

빗치보다는 배려심이 있는 건가? 쓰레기 같다는 점에서 는 그게 그거지만.

모토야스는 형세가 불리하다는 걸 이해하는 즉시, 창을 꼬나쥔다.

이런 길바닥에서 싸울 작정이냐?

"얘기부터 들어, 모토야스."

"미안하지만 나는 내 결백을 증명해야 해."

"결백이라니……. 나는 널 죽일 생각은 티끌만치도 없어. 아니, 오히려 네가 파도와의 싸움에서 빠져 버리는 게 더 곤란하다고. 전에도 몇 번을 말했었지만, 나는 방어 전문이라 공격은 거의 불가능하니까."

"나는 약하지 않아!"

"얘기 좀 들어!"

"동료들과 재회해서 세계를 구할 거야!"

"얘기를 좀…… 아아, 귀찮은 녀석!"

내가 하고 싶은 얘기는, 무기의 올바른 강화 방법을 제대로 익히고 더 강해져서, 나나 국가, 나아가 세계에 민폐 좀 끼치지 말라는 것뿐이다. 그것 이외에는 멋대로 설치고 다녀도 별 상관없다는 말이다.

물론, 파도 때는 나서서 싸워 줘야겠지만.

"어쨌거나, 딱히 널 비난하려고 온 건 아니니까 얘기만이라도 들어."

"거절한다!"

"너, 예전에 나한테 똑같은 얘기했었지? 입장이 반대가 되니까 그렇게 나오기냐? 아니면 내가 그랬던 것처럼 뭔가 이유라도 있는 거야?"

"없어!"

"이봐……."

아니…… 그럼 도대체 왜 모토야스는 완고하게 내 제안

을 거절하기만 하는 거지?

"나는 여기서 붙잡힐 수는 없어!"

"지명수배 같은 거 한 적 없어! 그냥 얘기만 좀 하자는 거라고!"

말이 안 통한다. 이렇게 되면 일단 힘으로 제압하는 수밖에 없다.

3분의 1까지 저하된 스테이터스로 모토야스와 싸울 수 있을까?

하지만 라프타리아와 필로가 함께 있다. 아마 괜찮을 거다.

1인분의 강화만 한 상태라면, 아무리 레벨이 높더라도 좀 약할 것이다.

보아하니 혼자인 것 같고. 모토야스가 도망치지만 않으면 문제될 것 없다.

"얌전히 동행해 주세요."

"으~응?"

도(刀)를 뽑는 라프타리아와, 마물 형태로 멍한 소리를 내는 필로.

"라프타리아, 모토야스의 SP를 고갈시켜."

포털 스킬은 SP를 소모해서 발동한다. 본래는 다른 수단으로 도주로를 봉쇄해야겠지만, 지금의 우리는 그 수단을 강구할 여유가 없다.

전이 방해 방법……. 현재까지 겪었던 전이 불가 상황으로 미루어 보아, 수호수 근처나, 주위 지형에 모종의 영향을 끼치는 부류의 마법이 작용하는 상황에서는 전이가 불가능하다는 건 알고 있다.

원래는 모토야스가 오기 전에 함정을 파 두고, 전이를 봉쇄한 상태에서 설득을 시도할 생각이었다.

하지만 함정을 파기도 전에 사냥감이 나타나고 만 것이다.

그렇다면 일격으로 기절시키거나 SP를 고갈시키는 수밖에 없다.

우리가 야금야금 다가가자, 모토야스는 창을 드높이 치켜든다.

"포털 스피어!"

칫! 부웅 하는 소리와 함께 모토야스의 모습이 일그러진다. 그리고 모토야스는 순식간에 사라져 버렸다.

"놓쳤군."

예상했던 결과이긴 하지만, 이거…… 용사를 붙잡는 건 보통 힘든 일이 아니겠는데.

"어디로 사라진 걸까요."

"글쎄."

"어디 보자, 오랜만……이라고 해야 하나? 아니면 처음 만나는 건가?"

"……글쎄."

나는 여자1—본명은 엘레나라고 했던가?—에게 말을 건다.

"일단 성 녀석들에게는 얘기했다고 들었는데, 나한테도 사정을 좀 가르쳐줘."

"……알았어."

엘레나는 땅이 꺼질 듯 한숨을 짓고는, 이야기를 시작했다.

엘레나의 얘기는 이러했다.

모토야스는 렌이나 이츠키와 마찬가지로, 나를 앞질렀다고 득의양양해 하며 영귀가 봉인된 국가로 향했다고 한다.

"평균 레벨 60이면 식은 죽 먹기로 해치울 수 있으니까. 여기 잠들어 있는 녀석에게서 나오는 소재나 무기가 성능이 죽여주거든."

모토야스는 빗치와 그 패거리를 거느리고, 멀리 보이는 영귀를 가리키며 그렇게 얘기했다고 한다.

물론 그런 괴물이 닥쳐온 상황이었던 만큼, 주민들은 모토야스 패거리와는 달리 모조리 도망칠 준비를 하고 있었다.

"핫핫핫! 이봐, 창의 용사인 내가 영귀 따위는 당장 해치워 줄 테니까 도망칠 거 없다고!"

모토야스는 그렇게 소리 높여 선언하고는 창을 들어 내보였다고 한다.

"뭐라고……? 창의 용사라고?!"

"그래, 미안하게 됐어. 작은 이벤트를 좀 클리어하려고 왔어. 모두, 방패 용사 따위보다 내가 훨씬 강하다는 걸 똑똑히 보여주지."

모토야스는 풍차를 향해 돌격하는 돈키호테와도 같이, 어리석게도 영귀를 향해 내달렸다.

정신없이 도망치던 사람들은 모토야스에 대한 일말의 기대와 자신의 안전을 저울에 재어 보고, 이따금 뒤쪽을 흘깃거리며 상황을 살피고 있었다.

"생긴 건 거창해 보여도, 별거 아냐. 덩치에 쫄 것 없어! 가자!"

"네!"

"가요!"

이렇게 엘레나와 동료들도 영귀를 향해 돌격했다.

그것이 바로 절망의 시작이었다.

영귀가 사역마들을 소환해서, 주위의 생명력들을 앗아가려 하기 시작한다.

그것을 저지해 가면서, 모토야스와 엘레나 일행은 쉴 새 없이 달렸다.

이윽고 영귀의 얼굴에까지 도착.

"간다! 번개 스피어!"

모토야스가 필살기를 내쏘았다.

하지만…… 째질 듯한 소리와 함께 영귀의 얼굴에 미세한 생채기가 났을 뿐. 게다가 그 생채기도 곧바로 복구되고 말았다.

"어, 어라? 유성창!"

영귀의 사역마가 몰려왔기에 모토야스는 그것들을 요격했지만, 영귀가 타격을 입는 기미는 조금도 보이지 않았다.

"있잖아……."

"설마……."

"그럴 리가……."

빗치와 엘레나, 여자2는 그렇게 속닥거린다.

결정타가 된 것은, 영귀가 모토야스를 무시하고 걸어가고 있다는 점이었다.

영귀에게 모토야스는 조금의 위협조차 되지 못한다는 뜻이리라.

나와 싸울 때는…… 필사적으로 필살기며 중력 마법을 쏘아댔었으니까.

모토야스 정도라면 사역마만 가지고도 제압할 수 있다고 생각한 건가.

뭐, 이쑤시개로 사람을 처치하려는 것과 다를 게 없는 상황이었던 셈이다.

라프타리아와 필로, 에클레르와 할망구 등의 힘으로 그 정도까지 부상을 입힌 게 용할 정도다.

게다가 결과적으로는, 외부를 처치해도 재생해 버리니까.

쿄가 얘기했던 대로, 역시 패배했다는 거군.

"조, 좋아! 얘들아, 내가 이 녀석을 맡을 테니까 마법으로 지원해 줘! 간다!"

모토야스는 야아아아앗 하는 고함과 함께 내달렸지만, 엘레나는 그런 그를 내버려두고 곧바로 내뺐다.

곁눈질 한 번 하지 않고 도망치는 바람에, 빗치와 여자2와도 떨어지고 말았다는 모양이다.

그런 다음에는 영귀의 진군으로부터 몸을 피했다가, 소동이 잠잠해진 걸 확인하고 집으로 돌아왔다.

어머니는 딸이 살아 있다는 것을 기뻐하면서, 역시 모험가 일은 위험하다면서 가업을 잇게 했다고 한다.

아버지에게는 직접 만나고 나서 얘기해도 될 거라 판단한 어머니는, 일단 딸의 목숨을 우선시한 모양이었다.

만약에 섣불리 국가에 보고했다가는 중죄인으로 취급받아 사형당할지도 모른다는 공포에…… 결국은 아버지의 연줄을 동원한 사법거래 같은 형태로, 모토야스가 오면 은근슬쩍 유인해 내는 식으로 결론이 났다.

엘레나는 그렇게 사태의 전말에 대해 얘기했다.

"설마 그 괴물을 상대로 싸우고 살아 있다니, 깜짝 놀랐어."

"녀석을 물리친 나한테 하는 소리야?"

"아아, 그러고 보니까 그걸 처치한 게 당신들이었지? 정말 굉장하다니까. 내가 잘못 생각했어. 설마 그런 나락에서 기어 올라올 줄이야……. 정말이지, 아양 떨 사람을 잘못

골랐다니까.”

하아…… 하는 엘레나의 탄식이 무겁다.

솔직히 하는 짓거리가 빗치와 판박이라서 한 대 쥐어 패고 싶은 마음이 굴뚝같았지만, 신기하게도 이쯤 되니 그저 후련하게 느껴질 뿐이었다.

“뭐, 모토야스 님한테는 이것저것 받은 것도 있고, 덕분에 레벨도 올릴 만큼 올렸으니까 됐어. 이제 집안일이라는 성가신 일만 참으면 되니까.”

“너 말야…….”

“뭔가 차가운 분이네요. 예전에 만났을 때는 더 뜨거운 분이라고 생각했었는데…….”

“그러고 보니 카르밀라 섬에 가기 전에 섬에서 말다툼을 했었지? 솔직히, 귀찮았어.”

연기였냐……. 빗치의 의견에 동조하는 척까지 하다니, 뭐 이런 놈이 다 있담.

그런 똥 같은 계집의 비위를 맞추다니, 나 같으면 위장에 구멍이 났을 거다.

“으~응?”

어째 요즘 필로는 이상한 말버릇이 붙었단 말이지.

“그러니까 다음에 또 오면 일단 통보는 하겠지만, 아까 그 모양새를 보아하니 별 기대는 안 하는 게 좋을 거야.”

“하긴 뭐……. 덤으로, 혹시 빗치가 어디 갔는지 몰라?”

"그건 나도 모르겠는걸. 그런 타입은 목숨줄이 질기니까 아마 죽지는 않았을 거야."

모토야스는 잡기 힘들고, 빗치도 소식 불명 상태인가.

이 녀석은 이번에는 모토야스 일로 국가에 협조했으니까, 새삼 죄를 묻는 것도 좀…… 껄끄럽기는 하다.

애초에 '우리는 용사의 뜻을 따른 것뿐, 아무것도 몰랐어요!' 라는 식으로 주장하면 죄를 추궁하려야 추궁할 수도 없겠군.

뭐, 그래도 억지로 죄를 물을 수는 있겠지만, 여왕도 그렇게까지 독한 사람은 아니니까.

문제는 모토야스다.

붙잡고 나면 게임 등에 나오는 '침묵' 상태 같은 상태이상을 걸어 두지 않으면 잡아두기 힘들다.

게다가 영속적인 상태이상이 아니라면, 회복하는 즉시 도망칠 것이다.

모토야스 녀석이라면 설득하려고 해 봤자 귀담아듣지도 않을 테고 말이지.

어떻게든 전이를 저지할 방법이 없을까?

……키즈나의 세계에서는 용각의 모래시계를 이용해서 귀로의 사본을 제어할 수 있었지만, 이쪽에서는 그것도 안되는 것 같았고 말이지.

함정을 파서 도망치지 못하게 만들어 놓고 얘기하지 않

으면, 내 얘기는 안중에도 없는 녀석들의 도주를 막을 수 없다. 그랬다가 녀석들이 어디서 죽기라도 한다면 열불 나는 상황이다.

"어쨌거나, 협조해 준 건 고마워."

"고맙기는 뭘⋯⋯. 아아, 그러고 보니까 뭔가 크게 장사를 시작했다지? 소문은 들었어."

"그렇지 뭐. 뭘 하건 일단 돈이 있어야 하니까."

"근시일 안에 물건을 팔러 거기로 갈지도 몰라⋯⋯. 귀찮지만."

"살지 말지는 먼저 물건을 보고 결정해야겠지. 그리고, 넌 진짜 게으른 녀석이군."

"나는 편하게 먹고살고 싶다구."

모토야스는 이 여자의 어디에서 매력을 느낀 걸까⋯⋯. 빗치도 그렇지만, 정말 이해가 안 간다.

"뭔가 굉장한 사람이네요."

라프타리아는 엘레나와의 대화를 듣고 그런 감상을 술회했다.

"라프타리아는 이런 사람 되면 안 돼."

"안 돼요!"

"필로 달리고 싶어."

밑도 끝도 없이 무슨 소릴 하는 거야?

애초에 필로는 엘레나에게는 전혀 관심이 없는 모양이다.

심심한가 보군.

"그럼 또 보자고."

"그래, 잘 가."

엘레나는 깊은 탄식을 내쉬고는, 다시 안내 데스크에 앉아 따분한 듯 턱을 괴고 있었다.

정말 게을러터진 녀석이군.

그렇게 해서, 모토야스 포획 작전은 실패로 끝났다.

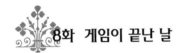 **8화 게임이 끝난 날**

"응?"

모토야스 설득에 실패한 우리는 마을로 돌아가기 위해 길을 가고 있었다.

겸사겸사 적당히 행상이라도 할까 하고 필로의 마차를 끌고 왔던 것이었는데…… 어느 마을 자경단 대기소에서 뭔가 소동이 벌어지고 있었다.

무시하면 그만이긴 하지만…….

"왜 이 녀석들은 무죄 방면이고 내가 의심을 받는 거냐!"

그런 낯익은 목소리가 들려왔기에, 마차를 멈추고 다가간다.

인파가 몰려 있었으므로, 한 사람을 붙잡고 물어본다.

"무슨 일이야?"

"듣자 하니 용사가 도적을 붙잡아서 끌고 왔는데, 뭔가 좀 수상하단 말이지."

……어디선가 들은 적이 있는 얘기군.

나는 도적으로부터 금전을 갈취해서 방치했었지만.

"다, 당신 방패 용사잖아?!"

그때 상대가 나를 알아보았다.

뭐, 뒤에 요란만 마차가 있고, 필로도 같이 있으니까.

인파가 갈라지고 소란의 당사자가 눈에 들어온다.

거기에는 히죽히죽 웃고 있는 도적놈들과, 자경단 녀석들을 향해 항의하던 렌이 있었다.

……경위는 대충 상상이 가는군. 도적놈들은 나와 조우했을 때도 비슷한 짓을 했으니까.

할 수 없지. 나는 사람들 사이로 난 길을 따라 렌 쪽으로 간다.

"여어."

섣불리 자극하면 위험할 테니, 자연스럽게 말을 건다.

"거기 있는 건 나오후미잖아!"

"……오랜만이군."

렌이 마침 잘됐다는 듯 나를 손짓해 부른다.

방금 그건 렌이 아니라 도적에게 한 말이었는데…… 뭐, 아무려면 어떤가. 렌과 만난 건 행운이군.

이번에는 모토야스 때처럼 놓치지 않도록 조심해야지.

자극하지 않도록 주의해야겠다.

도적 쪽은 나를 한 번 보고는 곧 얼굴이 새파랗게 질렸다.

뭐…… 지금까지 두 번, 이번까지 치면 세 번째 조우니까. 몰라볼 리는 없겠지.

애초에 지금의 나에게는 녀석들을 일방적으로 자경단에 넘겨 버릴 수 있을 만큼의 권력이 있다.

"네놈들도 참 어지간하군. 하락세에 있는 녀석이라면 자기들 마음대로 누명을 씌울 수 있을 거라고 진심으로 믿고 있는 거냐?"

"시, 시끄러!"

아, 이거 괜찮은 실험이 되겠군.

내가 필로를 부추겼던 건 사실이지만, 근본적인 원흉은 이 녀석들이었으니까.

"필로."

"왜~애?"

필로가 인파를 뛰어넘어서 이쪽으로 다가온다.

도적 녀석들의 얼굴이 한층 더 새파랗게 질린다.

"잡수셔."

"응?"

"뭐예요, 그 명령은?!"

라프타리아의 태클을 무시한다.

지금의 필로는 마차를 끄느라 필로리알 퀸 형태. 위압감은 충분할 것이다.

필로 자신은 제대로 이해하지 못하고 있는 것 같지만.

쿵 하고 한 발짝 내딛는 필로를 보고, 도적 녀석들은 자경단에게 매달린다.

"우리가 범인입니다! 제발 살려주세요!"

벌써 자백하는 거냐……. 필로가 그렇게 무서운가?

아지트를 캐내서 훔친 물건을 뜯어내야겠군.

어중간하게 능력이 제법 괜찮은 편이라, 이 녀석들은 꽤 빨리 부활하고, 돈 긁어모으는 솜씨도 제법이라니까. 이번에도 일단 풀어 줬다가 다시 붙잡아서 짭잘하게 한몫 벌어볼까?

아무래도 그건 좀 무리가 있겠지.

"우리는 도적이다! 뭐든 다 불고 돈도 줄 테니까, 제발 그 새 먹이로 주지만 마!"

"있잖아 주인님, 필로 무지 불길한 예감이 드는데 그냥 착각이야?"

"됐으니까 잔말 말고 머리라도 쪼아."

"우우……."

인파가 수군거리고 있다.

『저 신조, 식인도 하는 거였어?』

『아닐 거야. 방패 용사님은 협박의 도사라는 소문을 들었으니까.』

『아아, 역시 그렇지? 여러 마을에서 아이들이랑 즐겁게 노는 신조를 봤다는 얘기를 들었는걸.』

좋겠네, 필로. 네 본성이 식욕의 화신이라는 식으로 알려지지는 않은 모양이니까.

마물로 취급받을지 인간으로 취급받을지는, 앞으로 필로가 하기에 달렸다.

"다들 봤겠지? 그 녀석들은 내 평판이 안 좋았을 때도 똑같은 방식으로 나한테 누명을 뒤집어씌우려던 놈들이야. 철저하게 취조해 줘."

"아, 네에……."

자경단 녀석들도 어안이 벙벙한 표정으로 내게 인사한다.

"이 녀석들에 대한 현상금은 당연히 주겠지?"

"아, 네……. 하지만 도적의 수령을 붙잡아야 합니다."

"아지트……."

"네! 지도를 보십시오!"

말귀를 잘 알아들어 다행이군.

"좋아, 필로. 라프타리아를 데리고 여기에 있는 녀석들을 해치우고 와."

"응!"

"알았어요. 그런데, 검의 용사는 괜찮으시겠어요?"

"자극하지 않도록 나 혼자서 얘기하는 게 좋을 것 같아."

렌도 포털 기술을 갖고 있는 이상, 자칫 잘못하면 모토야 스처럼 도망칠 수도 있다.

어차피 놓칠 바에야, 이 기회에 설득에 주력하는 게 좋을 것이다.

"알았어요. 그럼 다녀올게요."

나는 필로와 라프타리아에게 지도를 건네고 출발시킨다.

조금만 기다리면 나머지 도적들도 붙잡혀 올 거라고 자경단 측에 전해 둔다.

그에 대한 현상금은 라프타리아에게 전달해 달라고 덧붙여서.

"방패 용사님이 모든 상황을 정리하셨어."

"굉장해. 저 거짓말쟁이 도적들에게 자백을 받아내다니."

"그만큼 방패 용사님에게 당했었다는 거겠지."

"그러게 말야."

맞는 말이다. 올바른 일을 하는 자라고 해서 올바른 벌을 내릴 수 있다는 보장은 없다.

"여어, 오랜만이네, 렌."

"그, 그래……."

렌은 경계하면서 야금야금 거리를 벌린다.

"아니, 잠깐. 난 딱히 널 붙잡으려고 여기 온 게 아니라고. 얘기를 좀 듣고 싶은 것뿐이야. 어차피 방패 용사인 나혼자서 널 어떻게 할 수도 없잖아."

라프타리아와 필로를 보낸 것은, 적의가 없다는 걸 보이기 위해서였다.

이렇게라도 안 하면 경계를 살 테니까.

"그, 그래……. 하나같이 나를 의심하는 녀석들뿐이야."

렌이 퉁명스럽게 대꾸한다. 그 정도에 그친 것만 해도 그나마 나은 편인 거 같은데.

나는 영문도 모르는 이유로 악마라는 욕을 들어먹었다고.

주된 원인은 쓰레기와 빗치, 삼용교였지만.

"일단 술집에라도 들어가서 얘기할까."

제대로 설득이 되면 좋을 텐데. 왜 이 녀석들은 이렇게 하나같이 준비가 덜 됐을 때 나타나는 거냐.

렌을 데리고 술집에 들어가서, 카운터에 앉아 음료를 주문한다.

응? 루코르 열매가 같이 나왔잖아. 술집 주인장이 기대 가득한 눈초리로 쳐다보고 있다.

할 수 없지. 한입 베어 문다.

"진짜다!"

"굉장해!"

루코르 열매가 내 신분 증명의 정석으로 자리잡은 건가. 취급이 어째 미묘하다.

사디나에게 보여주면 미친 듯이 좋아했겠지.

"여러모로 고생이 많은가 보군."

일단 무난한 말을 렌에게 던져 본다.

이렇게 혼자 돌아다니기 좋아하는, 게다가 궁지에 몰린 녀석은 무슨 짓을 저지를지 알 수가 없으니까.

실제로 나 역시, 라프타리아와 필로를 수하에 받아들이기 전에는 머릿속에 복수 생각만 가득했다.

"그래……. 길드에서 일단 국가로 돌아가라고 들볶아대고. 프리랜서로 마물 퇴치나 현상금 사냥꾼 노릇을 해 봐도 현상금은 갈취당했어. 심지어는 이런 꼴까지 당하고!"

쿨가이를 자처하는 렌이 노골적으로 분노를 드러내며 투덜댔다.

뭐, 그 기분은 이해가 가긴 한다. 나도 같은 경험을 했으니까.

"그러니까 마물에서 나온 드롭 아이템을 풀어서 근근이 연명하고 있지만…… 그것도 이제 넌덜머리가 나. 이놈 저놈 할 것 없이 손바닥 뒤집듯 태도를 바꾸잖아. 왜 내가 이따위 세계를 지켜야 하는 건지."

칭찬받고 싶은 생각밖에 없는 건가 싶어 황당할 정도다. 아직도 게임 감각을 못 벗고 있는 모양이다.

"인간이란 다 그런 거야. 방패의 악마였던 시절의 나는 너와 비슷하거나, 아니면 너보다 더 심한 대우를 받았으니까."

자신의 경험에 대입시켜서, 이해하는 척을 해 본다.

렌도 조금이나마 마음을 열었는지, 내 말에 고개를 끄덕였다.

"그, 그랬군⋯⋯."

내가 겪은 경험도 좀 체험시켜 주고 싶지만, 여기서 마음이 꺾여서 죽기라도 한다면 미칠 노릇이다.

애초에 모든 면에서 약해도 너무 약하잖아.

"자, 무슨 얘기를 해야 하려나."

솔직히 말해 렌과 무슨 얘기를 해야 할지 생각해 봐도, 딱히 뭘 화제로 삼아야 할지 생각이 나지 않는다.

아니, 파도에 맞서 싸우라고 요구하거나, 영귀 사건 때 무슨 일이 있었는지 물어보거나 할 수도 있겠지만, 섣불리 자극하면 위험하다.

"⋯⋯."

침묵이 나와 렌을 지배한다.

세상 돌아가는 얘기, 근황, 지금까지 겪었던 상황 같은 걸 얘기하더라도, 지금의 렌에게는 자랑으로만 들릴 것이다.

어쩔 수 없다. 비슷한 처지에 있는 모토야스에 대한 얘기를 꺼내서, 너는 그 녀석과는 다르지 않느냐는 식으로 얘기를 유도해 가자.

"몇 시간 전에 모토야스를 만났어. 나도 그렇고 나라도 그렇고, 딱히 처벌하거나 할 생각은 없다는 얘기를 하려고 했던 건데 말이지. 내 얘기도, 살아남은 동료의 얘기도 제대로 안 듣고 도망쳐 버렸어."

정확하게는 엘레나가 모토야스를 처참하게 찬 것이었지만, 그건 굳이 언급하지 않는다.

"……그래? 모토야스의 동료는 살아 있단 말이군."

그렇게, 렌은 뭔가 착 가라앉은 목소리로 우두커니 뇌까렸다.

"그러고 보니……."

렌의 동료는 죽은 건가?

쿄가 그런 느낌의 얘기를 했었던 것 같긴 한데…… 아니었나?

멧돼지처럼 돌격했다고 그랬었지, 아마.

"……."

내가 입을 다물고 있으려니, 렌은 무겁게 입을 열어 얘기를 시작했다.

"나는 나오후미를 앞질러서 영귀를 물리치러 갔었고……."

들자 하니 렌이 알고 있는 게임 속에서의 영귀 사건은, 이 지역 일대 전체가 이미 손쓸 수 없을 만큼 막대한 피해가 발생해서, 그야말로…… 국력을 총동원한 조사대가 조직될 정도의 규모였다고 한다.

그따위로 운영하면 커뮤니티 사이트가 폭발했을 거 아냐, 라는 태클은 일단 넣어 두자.

적정 레벨은 60 전후. 80 정도면 보스인 영귀까지 손쉽게 처치할 수 있을 거라는 게 렌의 예측이었다.

……모토야스와 마찬가지군.

나를 앞지르고, 영귀에서 나오는 강력한 무기를 얻을 생각이었던 것이리라.

확실히 엄청나게 강한 무기가 나오는 건 사실이다.

하지만 기본적인 성능으로 보면, 카르밀라 섬에서 강해진 내 발끝에도 미치지 못한다.

멀리에 나타난 영귀를 가리키며, 렌은 동료들과 함께 내달렸다.

"좋아! 간다!"

너무나도 압도적인 거구에 놀란 동료들이 렌에게 물었다.

"저렇게 클 수가……. 저런 녀석을 상대로 이길 수 있는 겁니까?!"

"이길 수 있어! 우리는 충분히 강해졌으니까!"

렌은 확신에 찬 목소리로 소리치고, 영귀를 향해 달려가서, 접근했다.

그 도중에 누군가가 스킬을 내쏘고 있는 것 같은 광경이 보였지만, 근처에 있는 모험가가 싸우고 있는 걸 거라 생각하고 딱히 신경 쓰지 않았다.

보통 모험가들이나 자신 이외의 용사들은 이 괴물을 물리칠 수 없을 거라는 자만에 빠진 채, 영귀를 향해 검을 휘둘렀다.

"헌드레드 소드!"

물 흐르듯 발동과 동시에 걸리는 스킬에 유성검을 덧붙인다.

"유성검!"

하지만…… 영귀에게는 이렇다 할 대미지를 주지 못했다.

이 부분은 모토야스와 별반 차이가 없었으니 생략하기로 하자.

렌은 고개를 갸웃거리면서 검을 휘두른다.

포기하지 않고, 영귀를 물리쳐서 사람들을 구하기 위해 싸워 나갔다.

"우오오오오오오오오오오오오오오오오오오오오!"

──정신이 들었을 때, 렌 주위에는…… 동료들의 시체가 나뒹굴고 있었다.

그건 이루 말할 수 없이…… 참혹하게 당해서 신원조차 알아볼 수 없을 지경의 시체들이었다.

그저, 동료들이 죽었다는 것만을 어렴풋이 이해할 수 있었다.

"어…… 어떻게 이럴 수가……. 모두 분명히 레벨 80은 됐었는데……."

말도 안 돼! 렌은 얼굴이 창백해졌다. 그 후로 한동안 넋이 나가 있었다.

물에 빠진 사람이 지푸라기라도 잡듯, 게임 속에서처럼 동료들이 소생하기를 기도했다.

하지만 그런 일은 있을 수 없다는 걸, 이제 렌도 이해하지 않을 수 없었다.

그런 절망적인 광경 속에서 멍하니 서 있다가, 누군가에게 기습을 당해서 정신을 잃었다고 한다.

아마 쿄가 조종한 영귀의 사역마에게 당한 것이리라.

그리고 정신을 차리고 보니 치료원 병상 위였다는 것이다.

"내가 패배한 건 그 녀석들이 약했기 때문이야. 그리고 약해서 죽은 거고……. 연계 작전을 제대로 구사했더라면 이길 수 있었어."

담담하게, 자기 잘못은 없다는 듯이 뇌까리는 렌.

이건…… 구제불능이다.

렌을 믿고 마지막까지 싸웠던 그 녀석들도 편히 눈 감기는 글렀군.

"나는 잘못 없어. 그 녀석들이 내가 상상했던 것보다 훨씬 더 약했던 게 원인이야. 난 잘못 없어. 잘못 없다고!"

……이건 자신의 죄로부터 도망치기 위해 지껄이는 소리군.

동정할 필요 따위는 없다.

하지만 그렇다고 해서 섣불리 자극했다가는, 또 도망쳐 버릴지도 모른다.

"그건…… 어쩔 수 없는 일이었잖아."

나는 마음에도 없는 말을 자아낸다.

솔직히 말하면 렌 자신의 나태함이 원인이라는 건 명백하다.

자신이 알고 있는 게임 지식만 갖고 돌진해 놓고, 동료들의 죽음에 대해 자기 변호를 함으로써 죄의식으로부터 도망치는 것.

그 당시…… 라프타리아와 필로는 어느 정도의 힘을 갖고 있었을까?

적어도 영귀를 상대로 방심하는 일은 없었고, 아마 맞붙어도 죽지는 않았을 거라 생각한다.

그 정도의 잠재적인 힘은 갖고 있었을 것이다.

애초에 요령껏 대응하니 그 리시아조차도 살아남을 수 있을 정도였다.

남 탓을 하기 전에 반성부터 하라고 한마디 해 주고 싶다.

그런 충동이 솟구쳤지만, 일단은 참아 두기로 하자.

"렌, 이번에는 내가 얘기한 방식으로 강해져서, 새로운 동료들을 이끌고 파도에 맞서면 돼. 다음에 봉황의 봉인이 풀리기까지는 두 달 하고도 3주일이나 남았어."

시간은 아직 충분하다.

그때까지 내가 가르쳐준 지식을 바탕으로 노력하면, 렌은 충분히 다시 일어설 수 있을 것이다.

마음 같아서는 렌을 규탄하고 싶다.

하지만 세계를 위해서 그가 죽으면 곤란한다.

사성용사가 서로 협력하지 않으면 파도나 봉황으로부터 세계를 지킬 수가 없다.

……뭐, 오스트의 얘기가 사실이라면, 세계 평화를 위해서는 이 세계 사람들을 희생시키는 것도 한 방법이라고는 한다.

하지만, 영귀 때 같은 사건이 또 벌어지지 않는다는 보장은 없다.

"그래."

"형편이 안 좋으면 내가 관리하고 있는 마을로 와도 돼. 라프타리아는 알고 있지? 그 녀석의 고향이야. 처음에 파도에게 피해를 입었던 곳인데, 현재 재건 중이야. 원한다면 한동안 동료를 빌려줄 수도 있어. 너무 험하게 부려먹으면 곤란하겠지만."

"괜찮은 거냐?"

렌은 내 말을 선의로 해석하고 있는 모양이다.

나쁘지 않은 분위기다.

화술을 이용해서 요령껏 끌어들인 다음, 길들인 후에 강화방법을 가르친다.

그렇게 하면 손쉽게 죽는 일은 없을 것이다.

그런 후에는 언제든지 마을을 떠나도 좋다.

지금 렌에게 필요한 건 진정으로 강해지는 방법이니까.

우리만이 알고 있는 얘기를 해 주면, 시야도 넓어질 것이다.

"알았어."

"좋아! 그럼……."

그렇게 말하려 했을 때, 술집 문 쪽에서 낯익은 사람이 나타났다.

"여기서 좀 기다려 줘."

"왜 그러지?"

섣불리 렌을 데려가는 건 위험하겠군.

대답 내용에 따라서는 의심을 살 수도 있다.

어찌 됐건 렌은 감이 좋은 편이니까, 이번에 잘못 대답하면 지금까지의 모든 대화가 물거품이 될 수도 있다.

"그냥 좀. 마을에 돌아갈 땐 돌아가더라도, 라프타리아와 필로가 돌아온 후에 가는 게 좋을 것 같아서. 마차에 중요한 짐을 두고 왔던 게 생각나서, 좀 가져와야겠어."

"그래?"

"덤으로 맛있는 음식을 가져올 테니까 기대하라고."

마차에는 필로가 먹고 싶다고 난리를 치던, 고이 아껴 둔 훈제육이 있으니까.

미식가인 필로가 좋아한 음식이다. 렌도 먹어 보면 만족할 것이다.

"이 술집에서 잠깐 쉬고 있어."

렌은 여기에 두고 가는 수밖에 없다.

"알았어."

렌이 침울한 얼굴로 카운터석에서 고개를 끄덕였다.

나는 자리에서 일어나서, 아까 발견한 사람을 쫓아 걸음을 서둘렀다.

9화 윗치 명명

나는 혼자서 미행을 개시했다.

라프타리아가 있었으면 좋았겠지만, 도적 사냥을 보낸 상태이니 어쩔 수 없다.

하다못해 라프짱이라도 있었다면……. 데려올 걸 그랬다.

보아하니 녀석도 누군가를 미행하고 있는 모양이다.

아니, 정확히 말하자면 말을 걸 타이밍을 재고 있는 것처럼 보인다.

인적 없는 곳을 걸어가고 있다.

도대체 어디까지 이동할 셈이지?

젠장……. 라프타리아가 없으니 들키지 않도록 건물 뒤에 숨거나 해야 한다.

성가시기 짝이 없지만 직접 말을 걸었다가는 도망쳐 버릴 테니까.

어딘가를 거점으로 삼고 있다면, 라프타리아가 돌아오기를 기다렸다가 뭔가 계책을 이용한 기습을 가해서 생포해야 할 것이다.

"이걸 어쩌지……. 엘레나 때처럼 되면 곤란한데."

내가 뒤를 밟고 있다는 걸 전혀 눈치채지 못하고 있는 건지, 미행 상대는 안절부절못하며 앞만 보고 걸어가고 있다.

도대체 뭘 그렇게 불안해하는 거야, 저 바보는.

그렇게 생각하면서, 바보의 시선이 향하는 곳을 살펴본다.

그때 바보가 당황한 듯 멈춰 섰다.

그 시선 너머에 있는 광경을 본 나도 할 말을 잃었다.

놀랍게도 빗치가 여자2를 데리고…… 어째선가, 아까 그 술집에서 렌과 얘기하고 있었다.

무슨 얘기를 하는 거지?

바보=모토야스를 무시하고 빗치에게 다가간다.

아니, 붙잡기 위해 나아간다.

모토야스는 포털을 이용해서 도망칠 테니 붙잡을 수 없지만, 빗치는 다르다.

애초에 렌에게 뭘 저렇게 속닥거리는 거지?

"창은 용사의 그릇이 아니었어요. 저는 처음 만났을 때부터, 렌 님이야말로 세계를 구원할 용사라고 확신하고 있었답니다."

빗치가 터무니없는 소리를 지껄이고 있다.

지금 당장이라도 달려들어서 면상에 주먹을 꽂아 넣고 싶다.

나는 모토야스를 무시하고 성큼성큼 술집으로 향한다.

"그리고…… 창은 방패와 마찬가지로 저희와 무리한 성관계를 강요했답니다. 저는 차마 말할 수가 없어서…… 이렇게 자유의 몸이 된 지금이 되어서야, 렌 님을 찾고 있었던 거예요."

구역질 나는 소리다. 그리고 뒷북도 이런 뒷북이 없다.

이봐, 너 모토야스랑 몇 달을 같이 다녔는지 기억은 하는 거냐?

나는 무심코, 넋이 나가서 내가 옆에 있는 것도 알아채지 못하는 모토야스를 쳐다본다.

"크으윽…… ."

우와아, 만화에 나오는 것 같은 표정으로 쳐다보고 있잖아.

"하지만, 여왕이 말하길, 예전부터 넌 뭔가 문제가 있다고 그랬던 것 같은데…… ."

렌도 경계하는 기색이 역력하다. 뭐, 빗치 녀석이 워낙 날뛰고 다녔으니 말이지.

"렌 님은 엄마의 정체를 모르고 계셔서 그래요. 엄마는 메르로마르크의 암여우라고 일컬어지는 여자고, 저를 괴롭힘으로써 막대한 이익을 이끌어내는 구도를 만들기까지 했어요. 사악한 방패의 신뢰를 얻기 위해서. 거기에 창까지 말려들고 만 거죠."

빗치는 덧붙여 쏘아붙이듯이 지껄였다.

나는 빗치의 말에 아연실색하고, 분노에 와들와들 떨었다.

"그리고 렌 님의 목숨을 앗아간 영귀를 배후에서 조종하고, 비열한 수완으로 이 세계 사람들의 신뢰를 얻어낸 건 방패의 악마라구요!"

이 자식, 무슨 소리를 하는 거야?

모든 게 다 나 때문이라는 건가. 예전과 달라진 게 없군.

좋아, 이번에야말로 처형해 주마.

"그, 그랬었나……. 그래서 그렇게 강력해졌던 거였군!"

어이! 왜 믿는 거야! 누가 들어도 완전 억지잖아!

이윽고 빗치는 렌을 끌어안고 머리를 쓰다듬었다.

"렌 님……. 동료를 잃고 많이 힘드셨겠죠……. 지금은 울어도 된답니다. 괜찮아요. 세상 모든 사람들이 렌 님을 죄인이라 내몬다 해도, 저는 믿고 있어요. 렌 님이 세상을 위해 싸우고 계신다는 걸."

나약한 녀석의 환심을 사는 데 도가 텄군.

그나저나 저거 라프타리아의 말을 표절한 거 아냐?

망할 자식! 라프타리아와 나의 소중한 추억이 네놈 때문에 더럽혀졌잖아!

절대 용서 못 해!

내가 빗치를 향해 고함을 치기에 약간 앞서——"잠깐!"

모토야스가 소리치며 달려간다.

그 눈에서는 증오가 넘쳐흐르고 있다.

이런 걸 두고 *NTR이라고 하는 건가.

아니, 지금은 그럴 때가 아니지…….

"어머나, 창이잖아요."

빗치는 밉살맞기 짝이 없는 얼굴로 머리를 뒤로 넘기며 여유 있게 모토야스를 노려본다.

"무슨 일이에요?"

"누가 할 소리! 도대체 왜 그러는 건데? 렌에게 아양이나 떨고. 내가 얼마나 찾아 다녔는지 알아?"

"아하하, 저는 무모한 돌격이나 할 정도로 바보는 아니에요. 렌 님, 제 얘기 좀 들어 보세요."

빗치는 우는 시늉을 하면서 렌에게 매달린다.

"위기에 빠졌을 때, 저 창은 저희에게 '주의를 끌어. 나는 그 틈에 도망칠 테니까.'라면서 저희를 미끼로 쓰려고 했어요. 저희는 무서워서 도망친 거였어요. 그랬더니 이렇게 끈질기게 쫓아다니지 뭐예요? 적 앞에서 도주하는 행위는 용서 못 한다면서."

"거짓말 마!"

---

* NTR : 일본 서브컬쳐의 장르 중 하나를 가리키는 신조어. 寝取られ(NeToRare)의 약자. 자신의 배우자나 애인을 타인에게 빼앗기는 상황을 가리킨다.

머리가 지끈거린다. 그나저나 모토야스의 이 표정, 어째 낯이 익다.

당연한 거다. 이건 그날의 내 표정이잖아!

빗치……. 네놈은 또 같은 짓을 되풀이하려는 거군.

용사 셋에게 독니를 들이대다니……. 네놈은 빗치를 초월한 빗치, 이름 하여 윗치다.

마녀라는 의미를 겸한 이름이다.

저항했다는 구실로 죽여 버릴까. 모토야스를 부추기기에도 딱 좋은 상황이다!

아무리 약하다고는 해도 윗치를 해치우는 것쯤은 식은 죽 먹기겠지.

"자! 렌 님! 창은 방패의 악마와 함께 다니고 있어요! 방패는 렌 님을 사로잡으려고 창과 결탁한 거라구요!"

응, 그렇게 하자. 그것 이외에 다른 방법은 생각도 안 난다!

젠장! 라프타리아와 필로가 있었더라면 모토야스에 의존하지 않고도 저 망할 년의 숨통을 끊어 버릴 수 있었을 텐데!

"너, 그런 짓을 하려고 했었던 거냐. 나오후미와 같은 수준이거나, 그보다 더한 악당이군. 신뢰를 배신하다니, 인간 축에도 낄 수 없는 녀석이야."

"렌, 걸레는 지금 거짓말하는 거야! 제발 믿어 줘!"

"누가 믿을 줄 알고?"

"맞아요! 밤마다 저희에게 성관계를 강요하고…… 안 그러면 아빠를 죽일 거라고 협박했어요! 저를 계속 걸레라고 부르는 게 바로 그 증거라구요!"

"거짓말 마! 나는…… 진심으로 걱정했어!"

"진짜 동료라면 이름부터 제대로 부르는 게 정상이야!"

"그렇게 안 부르면 처벌을 받으니 어쩔 수 없잖아!"

모토야스의 불행을 더 지켜보고 싶은 마음도 들지만, 더는 못 참는다.

"용케도 이렇게 거짓말이 술술 튀어나오는군, 윗치."

윗치의 눈썹이 드높이 치켜 올라간다. 얄미운 자를 발견하고도 여유를 과시하는 표정이다.

하지만, 그건 나 역시 마찬가지다.

"미안하지만 너는 이제 죽어 줘야겠어. 이런 상황에서 용사들 사이의 불화를 조장한 죄야."

이렇게까지 설치고 다니지 않았는가. 아무리 여왕이라도 이제 처형을 반대할 수는 없겠지.

순순히 성으로 돌아갔으면 됐을 것을……. 이 여자가 할 수 있는 일이라고는 용사들 사이의 불화를 조장하는 것밖에 없는 거냐!

내 말을 듣고 가장 먼저 움직인 것은 렌이었다.

"마인에게 다가오지 마!"

렌이 검을 휘두른다. 챙 하고 렌의 검이 내 팔에 적중해 불꽃을 튀긴다.

술집 안에 비명 소리가 울려 퍼진다.

용사들 간의 싸움이 벌어졌으니까. 술집에 있던 녀석들은 앞을 다투어 도망쳤다.

"이봐, 렌. 나와 윗치 중에 누가 더 신뢰할 만한지 잘 생각해 봐."

나는 지금까지 렌에게 거짓말을 한 기억은 없었다.

성실하게 대했다고 할 수는 없겠지만, 렌을 속이려 한 적은 거의 없었다.

"시끄러워! 마인에게서 떨어져! 유성검!"

이런, 지금 렌이 내쏜 공격이 어떤 건지는 모르지만, 내 뒤에는 모토야스가 있다.

유탄에 맞아서 죽기라도 하면 미칠 노릇이다.

방패를 앞으로 내밀어서 막아낸다.

모토야스도 전투태세에 들어갔군. 상황이 좀 그렇지만, 싸우는 수밖에 없지.

"렌, 윗치를 믿지 않는 게 좋을걸. 그 녀석에 대한 평가는 여왕의 말을 믿는 게 좋아."

태연자약하게 남에게 누명을 덮어씌우고, 그 당사자가 고통스러워하는 모습을 즐기는 녀석이니까.

보나 마나 머지않아 렌도 농락당하고 버려질 것이다.

모토야스처럼!

"모토야스 얼굴을 잘 봐. 참 한심해 보이지 않아? 윗치가 얘기한 것 같은 악당이 이런 표정을 지을 것 같아?"

"아니, 모토야스도 여왕에게 포섭됐다고 들었어! 모든 일의 원흉은 여왕과 나오후미, 너희야!"

"냉정하게 생각해. 평소의 너라면 조금만 생각해 봐도 알 수 있을 거야. 애초에 나는 너를 믿었었잖아."

나도 하고 싶은 말들을 참아 가면서 렌에게 비위를 맞춰 주면서 얘기했던 거라고.

"시끄러워!"

아……. 망했군. 자기가 옳다고 진심으로 믿고 있다.

그 기분도 이해가 안 가는 건 아니다.

나도 처음에는 그랬다. 이상하게 느껴지는 점이 있더라도, 어떻게든 믿으려고 스스로를 속이곤 했으니까.

게다가 지금의 렌은 정신적으로 불안정한 상태다.

감언이설을 지껄이는 윗치의 말을 믿고 싶을 것이다.

결국에는 남자인 나보다 여자인 윗치 쪽을 믿기로 마음먹은 건가!

"역시 네가 모든 일의 원흉이었어! 동료들이 죽은 것도, 내가 박해를 받는 신세가 된 것도, 나오후미, 모두 다 너 때문이야!"

이게 무슨——!

그 순간, 빠직하고 내 인내의 끈이 끊어지는 소리가 들린 것 같았다.

이 자리에 라프타리아가 없었다는 게 불운이었다.

라프타리아가 있었더라면 조금 더 냉정을 유지할 수 있었을 것이다.

"아, 어련하시겠어. 네가 정 그렇게 나오겠다면, 나도 한마디 해 주지. 그렇게 모든 걸 다 남의 탓으로 돌려 버리면 참 편하지? 동료가 죽었다고? 네가 계속 게임 감각을 못 버리고 있었던 탓이잖아. 네가 했던 짓은 무모한 돌격이었어. 다른 사람을 증오하기 전에 동료를 죽인 스스로를 증오하시지."

"뭐가 어째?!"

렌이 분노한 얼굴로 나를 향해 소리친다.

더는 못 참는다.

이렇게까지 자기에게 유리한 얘기만 믿는 녀석 따위, 배려해 줄 필요도 없다.

"자기는 잘못한 게 없다고? 너를 진심으로 믿고 따라 준 동료들을 고작 그딴 식으로 취급하다니……. 용사 실격을 넘어 인간 실격이군."

동료를 위해서라느니 하는 알량한 소리를 하는 정도를 넘어, 자기는 잘못이 없다는 식으로 지껄이다니.

이 녀석은…… 내 상상대로, 일방적인 후배 육성 플레이밖에 해본 적이 없었던 건가.

지나치게 강한 보스에게 무작정 돌격해서 동료들을 전멸시켜 놓고, 그 동료들이 약한 게 문제였다고 지껄이다

니⋯⋯. 역시 내 생각대로, 이 세계를 단순한 게임으로만 생각하고 있었던 것이리라.

"이 세계는 게임이 아냐. 계속 그런 감각으로 행동하면 곤란하다 이거야."

"시, 시끄러워!"

"아무리 후회해도, 우리는 파도가 끝날 때까지는 원래 세계로 돌아갈 수 없어. 근본적으로 따지자면 이 세계 녀석들이 일방적으로 저지른, 용사 소환이라는 이름의 유괴가 문제였을지도 모르고, 우리에겐 아무 잘못도 없다는 것도 사실이야. 하지만 아무리 징징거려 봤자, 살아남으려면 결국은 싸워야 할 거 아냐?"

"큭⋯⋯!"

"너 예전에 나한테 말했었지? '불리해지면 도망가는 거냐? 쓰레기 같은 놈.' 이라고. 그런 말을 했던 너이기에 이 말은 꼭 해야겠어. 너는 쓰레기로 전락하고 싶은 거냐고."

자업자득이다.

동료가 죽을 때까지 위험 유무를 분석하지도 못하다니⋯⋯. 나조차도 적과 맞설 때는 항상 적이 내가 감당할 만한 수준인지를 확인하고 가서 덤비는데, 이 녀석은 오직 게임 속 지식만 가지고 모든 걸 판단하고 있는 것이다.

스스로 조사하려 하지도 않고, 다른 사람이 먼저 찾아낸 내용을 인터넷으로 검색해서 공략해 나간다.

어떤 의미에서는, 비겁하기 짝이 없는 녀석이다.

스스로 뭔가를 발견한 적은 한 번도 없었던 게 아닐까?

"게임은 이미 끝났어. 네 지식은 아무 도움도 안 돼."

"아냐! 나는…… 나는, 아무 잘못 없어!"

"렌 님, 방패의 말에 현혹되시면 안 돼요!"

윗치가 렌과 나 사이에 끼어들어서 대화를 방해한다.

눈엣가시도 이런 눈엣가시가 없다.

"닥쳐, 윗치! 죽기 싫으면 입 닫고 있어!"

그러자 나에게서 살기 같은 것을 느꼈는지, 윗치는 작은 비명을 질렀다. 하지만 그러고도 다시 입을 열려 하고 있다.

"알았어. 정 그렇게 죽고 싶다 이거지? 실드 프리즌!"

방패로 만들어진 감옥이 출현해서, 순식간에 윗치를 가둬 버린다.

좋아, 이제 라스 실드로 바꿔서 아이언메이든으로 죽여 버리면 그만이다.

문득 내 안의 냉정한 부분이 내게 브레이크를 건다.

여기서 라스 실드를 써도 괜찮을까? 라프타리아도 필로 도 없는 상황에서?

분노에 사로잡혀서 다크 커스 버닝S로 렌을 불살라 죽이기라도 한다면 일이 걷잡을 수 없게 될 텐데?

"나는 잘못 없어! 마인을 풀어줘!"

"누가 풀어줄 줄 알고? 모토야스 급으로 성가신 녀석이군."

이 녀석들은 사사건건 풀어 달라 풀어 달라 난리를 쳐댄단 말이지.

그렇게 풀어주기를 원한다면, 아예 생의 굴레에서 풀어주랴?

"애초에 너는 예전에 나한테 '용서받지 못해.'라고 했었지. 네가 정 인정 못 하겠다면 내가 똑똑히 말해 주지. 네가 한 짓은 용서받을 수 없는 행동이야. 너는 엄연한 살인자라고."

"입 닥쳐! 시끄러워! 입 열지 마!"

스스로를 책망하듯 부들부들 떠는 렌.

자신이 일으킨 일 때문에 역병이 창궐한 마을에서 수많은 희생자가 발생했을 때, 그 현장으로 가려 하던 모습이 떠오른다.

자기 안에서는 해답이 나와 있다. 하지만, 그것을 인정하지 못하고 있다. 아니, 인정할 수 없는 것이리라.

실은 다 알고 있는 것이다.

"일부러 그런 게 아니라는 건 나도 알아. 하지만 그래도 너는 살아남았어. 살아남은 자로서 해야 할 일이 있을 거 아냐?"

"시끄러워! 입 닥쳐!"

"몇 번이든 말해 주지. 너도 사실은 알고 있잖아? 네가 지금 해야 하는 일이 무엇인지를. 그 일이, 거기 그 망할 계집을 믿는 게 아니라는 것만은 확실하게 얘기할 수 있어."

"입 닥쳐어어어어어! 나는 마인을 믿어!"

렌은 검을 뽑아서 휘두른다. 나는 방패로 렌의 공격을 흘려 넘긴다.

방패에서 깡 하는 가벼운 소리가 났다.

……으응?

"받아라!"

렌은 칼날을 되돌리면서 내 안면을 향해 칼부림을 한다.

나는…… 방어조차 하지 않았다.

깡…… 하고 내 귓전에서 금속음이 났고, 렌은 히죽 웃는다.

하지만 그 직후, 믿지 못할 광경이라도 본 듯이 눈을 한껏 부릅뜬다.

"이럴 수가…… 말도 안 돼……."

"지금 네가 장착하고 있는 검. 네가 그렇게 원하던 영귀의 소재로 만든 것 같은데…… 약해도 너무 약한 거 아냐?"

그렇다. 렌의 공격을, 나는 조금도 힘들이지 않고 견뎌냈다.

물론 현재 사용 중인 방패가 강화를 완료한 방패인 탓도 있지만, 아무리 그래도 이건 너무 약하다. 방금 그 공격을 라프타리아가 했더라면, 충분히 내게 부상을 입힐 수 있었을 것이다.

사성무기보다 강화 효율이 떨어지는 권속기 소지자인 데다, 지금은 저주 때문에 위력이 3분의 1로 떨어져 있는 라프타리아의 공격으로도 말이다.

"렌 님, 일단은 후퇴해요!"

칫……. 문답을 주고받는 사이에 실드 프리즌의 효과시간이 다 됐다.

포털을 사용하지 못하도록 다음 대처를 해야겠군.

원래는 라프타리아나 필로를 이용해야 할 상황이지만, 지금 쓸 수 있는 건 한 명밖에 없다.

"모토야스! 너도 이제 깨달았을 거 아냐? 냉큼 저 망할 계집을 해치워!"

"그, 그래!"

"거짓말! 치터 자식! 힘을 독점하지 마라!"

도대체 몇 번째 치터 타령이냐. 치터가 되고 싶은 건 네놈들이잖아.

그렇게 태클을 걸고 싶은 충동에 휩싸였지만, 지금은 그러고 있을 때가 아니다.

"현실을 직시해! 네 패인은──."

깡깡 하고 몇 번 내게 칼질을 해 대지만, 나는 조금의 타격도 받지 않고 그 공격들을 받아넘겼다.

"으아아아아아아아아아아아아아아!"

완전히 착란상태에 빠져 있잖아. 원래 너는 좀 더 냉정하게 사태를 분석할 수 있는 녀석이었잖아!

젠장……. 치터 타령을 해 대면서 나를 욕해대던 건, 너무나도 불리한 상황에 빠져서 냉정한 사고를 잃고 만 것이리라.

일단 지금은 렌을 무시하고 윗치부터 냉큼 해치우자.

뭔가 또 꿍꿍이를 꾸미고 있는 것 같으니까.

"모토야스! 뭘 망설이는 거냐. 빨리 해치워!"

"아, 알았어!"

내 의도를 포착한 모토야스가 창을 움켜쥐고 다가온다.

이쪽도 렌과 마찬가지로 상당한 착란상태에 빠져 있는 모양이다.

그래도 일단 내 명령을 듣는 것 같으니, 모토야스를 이용해서 빗치를 해치워야겠다.

"렌 님!"

윗치가 앙칼진 목소리로 렌을 부르자, 착란에 빠져 있던 렌이 제정신을 되찾는다.

젠장, 그대로 계속 나를 공격했으면 좋았을 것을……

"알았어! 섬광검!"

불리함을 감지한 윗치의 말에 고개를 끄덕이고, 렌이 스킬을 내쏜다.

검이 번쩍 빛나서 시력을 앗아간다.

"윽……."

모토야스도 눈이 부셔서 움직일 수 없는 모양이다.

"큭……. 너 진짜!"

너무나도 강렬한 빛 때문에 눈이 침침하다.

윗치를 놓치지 않으려고 손을 뻗으려 했지만 때는 이미 늦었다. 렌이 윗치와 여자2를 안고 검을 움켜쥐었다.

"전송검!"

모토야스 때와 마찬가지로 렌이 사라지기 시작한다.

윗치도 함께였다.

"윗치, 이번에는 놓친 것 같지만, 지옥 끝까지라도 쫓아가 주마. 어디 벌벌 떨면서 기다려 보시지."

"흥!"

내 말에 코웃음을 치고, 윗치의 모습은 완전히 소실되었다.

이 스킬은 진짜 성가시다.

어쨌거나, 나는 일단 자리에 남은 모토야스 쪽으로 시선을 돌린다.

모토야스는 힘이 빠진 듯 고개를 숙인 채 한숨을 짓고 있다.

마음은 콩밭에 가 있는 것 같은 느낌이다.

"왜 그러고 있지? 도망 안 칠 거야?"

"다 필요 없어……. 모두를 믿고 찾아다녔는데, 이런 꼴만 당하고……. 도시나 마을 사람들도 쌀쌀맞게만 굴고, 이제 지쳤어……."

눈이 탁해져 있다. 세상 모든 것에 절망하고 있는 눈이군.

커스에 침식당하지 않을지 불안해진다.

"모토야스, 일단은 널 성으로 연행해야겠어. 우선 성으로

가서 내 얘기를 들어. 이제야 진실을 깨달았으니까."

이제 모토야스도, 자기가 믿으려 했던 여자가 얼마나 인간 쓰레기였는지 이해했겠지.

공통의 적이 있으면 결속은 자연스럽게 다져지기 마련이다.

그렇게 되면 강화방법도 강화할 수 있을 테니, 나도 모토야스도 그야말로 만만세다.

그 후에는 다져진 결속을 바탕으로 힘을 모아 위치를 죽이면 된다.

"……그래, 그래, 알았어. 끌고 가고 싶으면 어디든 끌고 가. 죽이려면 죽이고……."

모토야스는 체념 섞인 말투로 고개를 끄덕였다.

"난 죽이겠다고 한 적은 없었잖아……."

뭐, 이런 일을 겪었으니 이러는 것도 무리는 아닐지도 모르지만.

"하나같이 내가 자기들을 돕는 건 당연하게 여기고, 내가 조금이라도 실수하면 돌을 던지고…… 그렇게 믿었던 걸레와 엘레나는 실제로는 그런 녀석들이었고…… 이제 어찌 되든 알 바 아냐."

동료를 믿으며 역경을 극복해 왔다가, 그 동료들의 본심을 알고 절망한 건가?

……이제 슬슬 날도 저물어 왔다.

마을로 돌아갈까? 하지만 마을로 돌아간다고 해도 라프

타리아와 필로를 기다려야 한다.

"이 모든 재해의 원인은 다 나였어……. 그냥 그렇다고 치면 되겠지?"

"아니, 너 때문이 아냐……. 내가 뭐 하러 다른 이세계까지 갔다 왔겠어?"

재해의 원인은 쿄였다. 모토야스 때문은 절대 아니다.

"혼자 있게 해 줘……."

아무래도 마을로 데려가는 건 단념하는 게 좋겠군.

그 녀석들은 워낙 시끄러우니까, 괜히 모토야스를 자극하게 될지도 모른다.

아트라나 사디나가 내게 치근대는 모습을 보기라도 하면, 자신과의 차이 때문에 풀이 죽을 것 같기도 하고.

할 수 없지……. 오늘은 이 마을에 숙소를 잡고, 모토야스의 마음이 정리되기를 기다리도록 해야겠다.

"다녀왔어요, 나오후미…… 님?"

그때 라프타리아와 필로가 도적들을 묶어서 끌고 돌아왔다.

"무슨 일 있어~?"

"그게 말이지……."

나는 라프타리아와 필로에게 조금 전의 일들을 설명했다.

"그분이 그런 짓까지……."

윗치가 라프타리아의 대사를 표절한 일을 얘기했더니, 라프타리아는 완전히 기가 질린 기색이다.

"난 절대로 용서 못 해!"

필로는 풀이 죽어 있는 모토야스를 쿡쿡 찌르고 있다.

나 참, 여자의 정체가 밝혀진 것만 가지고 이렇게까지 풀이 죽다니.

아니, 지금까지의 생활에 완전히 지쳐 버린 건지도 모르겠다.

그딴 건 내 알 바도 아니고, 이 녀석이 괴로워하는 모습을 좀 더 보고 싶은 기분도 들지만, 어쩐지 나를 보는 라프타리아의 시선이 따가운 것 같기도 하다.

"나오후미 님? 왜 그러세요?"

"아니, 아무것도 아냐. 빨리 숙소로 돌아가자."

"마을로 돌아가는 게 아니구요?"

"모토야스가 말이지……. 지금 섣불리 자극하면 위험해. 성공한 나와 비참한 자기의 처지를 비교하다가 자해라도 하면 환장할 노릇이잖아."

"아, 알았어요."

"연락은 나중에 마을로 돌아가서 할게. 기왕 이렇게 된 거 푹 쉬었다 가지."

마을에는 아트라와 사디나 등 성가신 존재들이 널려 있으니까.

나 자신의 휴양도 겸해서, 오늘 밤 정도는 여기서 묵는 것도 괜찮겠지.

이렇게 해서 우리는 모토야스를 데리고 숙소를 잡았다.

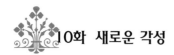 ## 10화 새로운 각성

이번에 잡은 숙소에서는 식사가 제공되지 않았으므로, 식사도 할 겸 모토야스를 데리고 술집으로 들어간다.

모토야스는 술집에 들어가자마자 카운터석에 앉아서 술을 주문, 그 술을 조금씩 홀짝거리면서 고개를 푹 숙이고 있다.

머릿속에 든 거라고는 여자밖에 없던 녀석이 여자를 잃으니 저 꼴이 된 건가.

천박해 보이는 여자가 모토야스에게 접근한다.

"나랑 같이 한잔 할래?"

"……미안하지만 혼자 마시고 싶어. 집적거리지 말아줘."

이거 완전 중증이군.

윗치는 원래 그런 녀석이었잖아. 그렇게까지 깊이 믿었던 거냐?

우리 쪽은 대충 가벼운 식사를 주문해서 먹었다. 양도 많고 싸서 제법 괜찮았다.

보아하니 남서쪽 마을에서 딴 빨간 토마토 같은 열매로

만든 요리가 많군.

그때, 그럭저럭 맛있게 식사를 먹게 돼서 기분이 좋아진 필로가 시인과 함께 노래하기 시작했다.

"아가씨, 한 곡 더 부탁해!"

"응. 좋아~."

필로는 엄청나게 들떠서 쉴 새 없이 노래해 댄다. 확실히 미성이긴 하다니까.

뭔가 시인과 의기투합해서 특이한 노래를 부르고 있다. 애니메이션에 나오는 노래 같다.

키즈나 쪽 세계의 노래라도 부르고 있는 건가?

기분 탓일까……. 어째 무대 앞에 있는 녀석들의 눈매가 수상하다.

아니…….

"나오후미 님, 예전에 이런 얘기를 들은 적이 있는데, 마물들 중에는 노랫소리로 뱃사람들을 현혹시켜서 배를 좌초시키는 마물이 있다나 봐요."

"우연이군. 나도 마침 그 마물을 떠올리던 참이었는데. 허밍 페어리 시절에 습득한 노래 때문에 마법에 변화가 생겼는지도 몰라."

제르토블의 콜로세움에서도 그 편린이 엿보였었다.

필로는 여러 종류의 노래를 습득한 상태인 데다, 시인의 노래를 자력으로 짜 맞춰서 새로운 노래를 만들어낸 모양이다.

그리고 미성으로 사람들을 현혹시키는 마물이라면 하피니 세이렌이니 하는 부류의 마물일 것이다.

어째 그런 마물들이 연상될 정도로, 주위 녀석들이 황홀한 눈으로 노래에 귀를 기울이고 있다.

이윽고 필로가 노래를 마치자, 환호성이 터져 나온다.

앙코르 요청이 속출했지만 필로도 이제 지쳤는지, "싫어~!"라면서 무대에서 내려온다.

호평이었던 덕분인지, 꽃다발 같은 것도 받고 있다.

더불어 당근 같은 채소를 주는 자들도 있다.

먹는 것 쪽이 반응이 좋은 만큼, 다들 필로에게 먹을 걸 주는 분위기다.

잔뜩 모인 선물들을 양손으로 안고, 필로는 지나치게 흥분했는지 모토야스 옆으로 갔다.

"왜 그래? 평소 같은 기운이 없잖아~? 안 어울린다구~?"

그러고 보니 모토야스는 필로의 외모가 취향에 딱 들어맞는다면서, 실종 전에는 종종 필로를 꼬시려 들곤 했었지.

천사 취향이라느니 뭐라느니 했던 것 같기도 하고, 뭐, 게임 캐릭터 중에 비슷한 게 있었던 거겠지.

애초에 기본적으로 여자는 다 천사라고 생각하는 것 같은 경향이 있다.

"……."

모토야스는 귀찮아 죽겠다는 듯 필로를 쳐다보았다가, 시선을 돌린다.

필로를 무시하다니……. 외모는 좋아한다고 그랬는데.

이거 진짜 중증인데.

"배가 고프면 있지, 기운이 안 나게 돼 있어. 기운이 나는 노래를 불러줄게."

이윽고 필로가 다시 한 번 무대로 올라가서 노래를 시작했다.

싫어했었던 거 아니었어?

뭔가 템포가 좋은데. 그건 그렇고…….

"필로가 부르는 노래들이 참 다양해졌네. 허밍 페어리였던 시절보다도 레퍼토리가 늘어난 거 아냐, 저거?"

"메르로마르크 국내의 여러 도시를 돌아다녔으니까요. 원래부터 노래하는 걸 좋아하는 것 같아요. 술집에 가면 항상 시인들의 노래를 들으면서 외우고는 했어요."

그러고 보니 기분이 좋을 때면 종종 노래를 하곤 했었지.

"마을 아이들 사이에서도 평판이 좋아서, 자장가를 불러주기도 했어요."

"그래, 그러고 보니 그랬었지. 메르티랑 같이 잘 때 빼고는 마을에서 노래를 부르곤 하던 게 기억나는군."

필로는 모토야스를 위해 춤추며 노래한다.

보고 있는 나도 기운이 난다고나 할까, 비행기가 변신하는 SF 애니메이션 같은 분위기가 느껴진다.

누구야? 저런 노래 가르쳐준 녀석?

키즈나인가? 그 녀석도 게이머였고, 애니메이션에도 관심이 있었던 것 같았으니까.

낚시에 환장한 녀석이긴 했지만.

노래를 마친 필로는 다시 한 번 모토야스 쪽으로 간다.

"필로, 너무 집적거리지 마. 지금은 여성 혐오에 빠져 있으니까."

"네~에."

그렇게 대답하면서, 필로는 부스럭부스럭 지금까지 받은 채소며 꽃을 뒤적거린다.

"이거 먹고 평소처럼 욕망에 충실하게 기운을 내는 거야~."

장난이라도 치듯이, 모토야스에게 당근처럼 생긴 채소와 꽃을 내밀었다.

필로는 자신의 호기심에 충실한 녀석이니까.

평소와는 달리 풀이 죽어 있는 모토야스를 보고 호기심이 인 것이리라.

마을에 처음 온 당시에는 지금 같은 패기가 없었던 마을 꼬맹이들을 떠올렸다거나, 내가 어떻게든 모토야스를 설득해야 한다고 뇌까리는 걸 듣고 힘을 보태야겠다고 생각한 거라고 생각해 주도록 하자.

그렇게 생각하고 있었는데, 모토야스는 필로를 보며 바들바들 떨기 시작했다.

"으, 으와아아아아아아아아아아아아아아아!"

모토야스는 통곡하면서 필로를 끌어안았다.

"냐아아아아아아아아아아아아아아아아아아아아아아아아아?!"

당사자인 필로는 심상치 않은 비명을 내지르고 있다.

그리고 달라붙는 모토야스로부터 도망치듯이 몸을 뒤틀었지만, 모토야스의 힘은 생각 외로 강해서, 좀처럼 빠져나갈 수가 없었다.

"우…… 우우우우우우우……."

모토야스 녀석, 진짜로 울고 있잖아.

"주인님! 도와줘!"

필로 쪽도 눈물이 그렁그렁해서 내게 도움을 청하듯 손을 뻗어 왔다.

……뭐가 어떻게 돌아가는 거야?

"뭣들 하고 있는 건지……."

필로를 구해주려고 다가갔는데, 모토야스 녀석은 진저리를 치는 필로의 품속에서 오열을 토해내며 울고 있었다.

윗치한테 차이니까 필로한테 엉겨 붙는 거냐?

아니, 뭐…… 모토야스는 꽤 오래전부터 인간형 필로의 외모를 좋아한다고 떠벌리고 다녔긴 하지만.

"원래 모습으로 돌아가면 모토야스도 놀라서 떨어질 거야."

"으, 응!"

모토야스는 필로의 원래 모습에 대해 트라우마를 갖고 잇다.

마물 형태의 필로 근처에는 얼씬도 하지 않는다.

내 조언대로 필로는 마물 모습으로 돌아간다.

하지만…….

"슈퍼…… 필로의 향기…… 킁킁."

모토야스가 필로리알 형태의 필로에게 안긴 채로 냄새를 맡고 있다.

우와! 징그러!

"안 떨어져! 안 떨어진다구 주인님!"

모토야스가 필로리알 형태의 필로를 끌어안고 안 떨어진다고?

도대체 어떻게 된 거냐?! 아니, 이유는 대충 짐작이 가지만.

그래도 나는 얘기해야겠다!

"풀 죽어 있는 녀석에게 달콤한 말을 속삭이니까 그 꼴이 나는 거야! 책임지고 돌봐주도록 해!"

"잠깐만요. 그 논리대로라면 나오후미 님은 저한테 저렇게 구셨어야 하잖아요!"

"무슨 소릴 하는 거야, 라프타리아?!"

라프타리아도 상당히 착란상태에 빠져 있는 것 같군.

애초에 나도 모토야스를 격려해 주라고 암암리에 명령해 놨으면서, 필로에게 책임을 떠넘기는 건 좀 아니지 않을까?

뭐, 나도 렌에게 달콤한 말을 건넸다가 실패했으니까. 윗치가 성공한 게 한스러울 뿐이다.

……나도 착란상태에 빠진 모양이군.

"싫어!"

"필로땅, 필로땅…….”

모토야스가 부비적부비적 필로의 몸에 뺨을 문대기 시작한다.

필로 녀석은 괴력으로 모토야스를 떼어내려 하지만, 작정하고 매달려 있는 모토야스는 문어 다리의 빨판처럼 착 달라붙은 채 떨어지지 않는다.

필로의 깃털이 푸득푸득 떨어져 나갈 지경이 되어, 고통 때문에 힘이 들어가지 않는 모양이다.

필로는 의외로 아픈 걸 못 견디니까.

"살려줘!"

진짜로 울기 시작한 필로가 구원을 요청하고 있지만, 이건 도대체 어떻게 해야 하는 거지?

"으음……. 모토야스."

"필로땅."

글렀다. 내 얘기 따위는 안중에도 없다. 필로의 말도 귀에 들어가지 않는 모양이다.

기어이 모토야스가 망가졌다.

아니…… 새로운 성적 취향에 눈을 뜬 건가?

필로리알 형태의 필로 앞에서도 태연자약한 건가. 사타구

니를 걷어차인 트라우마는 어디로 간 거지?

"주인님!"

원래는 모토야스를 데려갈 생각이었지만, 지금은 그런 생각이나 할 때가 아닌 것 같다.

"책임을 몸소 지겠다면 찬찬히 타일러서 버리고 와."

"응!"

"말씀이 좀……. 애완 마물을 버리는 것도 아니고……."

"모토야스, 기운을 차렸으면 됐어. 내가 가르쳐준 강화 방법을 절대적으로 믿고 자기 강화에 힘쓰라고."

"알겠습니다! 필로따앙……."

필로는 엉겨 붙은 모토야스를 매단 채로 술집을 뛰쳐나갔다.

"에에……."

라프타리아가 황당한 듯 얼빠진 소리를 낸다.

"일단…… 모토야스 연행은 조금 미루는 게 좋겠어. 그나저나, 모토야스 녀석은 고통을 딛고 일어나는 속도가 엄청 빠르군……."

사랑 많은 남자, 모토야스. 윗치 패거리가 안 되니까 필로 쪽으로 갈아탈 줄이야…….

필로는 말 같은 경향이 있으니까…… 내가 꽤 적절한 표현을 한 건지도 모르겠군.

적절하기는 개뿔!

"저건 이미 고통스러워한다느니 하는 차원을 넘어선 것

같은 느낌이 드는데요."

"필로한테 악녀 연기를 시키면 원래대로 돌아올 거야. 나중에 말이 좀 통할 수 있을 정도 수준이 되거든 '밥을 노리고 접근한 것뿐'이라는 식으로 얘기하게 하면 되겠지."

"……필로가 그런 연기를 할 수 있을까요?"

글쎄다.

뭐, 내가 '이렇게 말해'라고 명령하면 못 하지는 않을 테지만…… 불안감이 남는다.

나는 한동안 묵묵히 생각에 잠겼다가, 말한다.

"뭐, 어떻게든 되겠지."

"정말 그럴까요……."

"아, 아마도."

뭔가 불길한 예감이 들지만, 이렇게라도 안 하면 우리가 나쁜 놈처럼 돼 버리니까.

걱정할 거 없다. 그 팔팔한 모토야스 아닌가.

내일이면 신나게 여자 뒤꽁무니를 쫓아다닐 것이다.

참고로 필로는 모토야스를 낭떠러지에서 떨어뜨리고 돌아왔다고 한다.

인정사정없군.

필로의 깃털도 제법 뽑혀 나가 있었다. 문자 그대로 한 몸 바쳐 버리고 온 것이다.

그런 식으로, 대충 느긋하게 생각하고 있었는데…… 문제는 이튿날 아침 일어났다.

"자, 모토야스 포획은 일단 보류하기로 했으니, 여왕에게 사정을 얘기하고 마을로 돌아가자."

마을의 성희롱범 패거리의 맹공이 없는 근사한 아침.

스트레스도 꽤 완화되어 푹 잠들 수 있었다.

오늘도 해야 할 일들이 산더미 같으니까, 힘을 내야지.

"그렇게 하죠."

"주인님, 필로 빨리 돌아가고 싶어……."

필로는 겁에 질린 얼굴로 내게 애원한다.

모토야스를 껄끄럽게 느끼는 모양이다. 원래부터 싫어하던 녀석이니 더더욱 그렇겠지.

그럼 왜 애초에 싫어하던 녀석에게 그렇게 집적거렸던 건지, 원.

"그나저나…… 왜 그렇게 격려해 준 거야? 어쩐지 날 위해서일 거라는 생각이 들긴 하지만."

"기운이 없어 보여서, 마을 애들한테 하던 것처럼 격려해 준 거야."

나 참……. 모토야스에게는 그게 극약으로 작용했던 셈이군.

끈질기게 달라붙을 게 분명하다.

"다음에 만나거든 내가 시킨 대로 얘기해서 확실하게 차버려."

"네~에."

"그럼, 아침밥 지어야 하니까 곧바로 돌아가자. 필로, 우리는 포털로 돌아갈 테니까 넌 마차를 끌고 와."

"싫어! 그 창 든 사람이 올 거야!"

"그럴 리가 없잖아. 제아무리 모토야스라도……."

그렇게 말하며, 방문을 연다.

"안녕히 주무셨습니까, 장인어른."

재빨리 철컥 하고 방문을 잠근다…….

왜 모토야스가 방 앞에서 죽치고 있는 거야?

게다가 뭔가 영문 모를 소리를 지껄였다.

다짜고짜 날 보고 장인어른이라니……. 난 나보다 나이 많은 사위 둔 적 없다고.

애초에 녀석은 모토야스다. 무슨 일이 있어도 있을 수 없는 일이다.

나는 이마에 손을 짚고 고개를 푹 숙였다.

"내가 방금 뭘 본 거지……."

"왜 그러세요?"

"그게……."

잠에서 깬 직후라 두뇌에 피가 잘 안 도는 거 같다.

나는 라프타리아에게 사정을 설명하는 게 귀찮아서, 직접 문을 열어 볼 수 있도록 길을 터 준다.

라프타리아는 고개를 갸웃거리면서 문을 열었다.

"왜 필로땅의 방에 너구리 돼지가 있는 거냐아아아아아!"

철컥!

"흐엑?!"

라프타리아는 재빨리 도의 칼자루로 모토야스를 구타하고 문을 닫는다.

너구리 돼지……. 아침 댓바람부터 황당무계한 단어를 다 듣는군.

이건 욕지거리가 따로 없다.

"저기……."

라프타리아는 나와 똑같은 포즈로 고개를 푹 숙였다.

"이유는 잘 알겠어요. 이제 어쩌면 좋죠……?"

"그나저나, 저 녀석 언제부터 문 앞에 있던 거야?"

"꽤 오래전부터 부스럭부스럭 소리가 들리긴 했지만, 계속 눌러앉아 있을 줄은 몰랐어요."

"나도 복도를 걸어 다니는 모험가가 내는 소리라고만 생각했었는데, 설마 모토야스였을 줄이야."

낭떠러지에서 떨어진 녀석치고는 팔팔해 보인다.

"필로."

"싫어~!"

"내가 시킨 대로 얘기 안 하면 평생 저렇게 쫓아다닐 거야. 확실하게 강화를 실천시켜서 파도에 맞서 싸우게 만들어."

"우……."

필로는 미간을 찌푸리면서 문을 연다.

"오오, 필로땅!"

모토야스가 필로에게 매달리려 하자, 라프타리아가 그 안면을 손아귀로 틀어막아서 저지한다.

"이거 놔, 너구리 돼지! 나는 필로땅에게 사랑의 포옹을 해야 한단 말이다!"

"……."

웃는 얼굴로 시커먼 아우라를 풀풀 풍기며, 라프타리아가 필로에게 눈짓으로 지시한다.

그건 그렇고 이 녀석은 대체 무슨 소리를 지껄이는 거람.

"있잖아, 난 그냥 밥을 뜯어내려고 접근한 것뿐이야. 착각하지 마."

"사랑은 착각에서부터 시작되는 거야, 필로땅. 괜찮아. 나는 그 타산까지도 받아들일 테니까."

"싫어!"

전혀 안 흔들리잖아. 이거 완전 글러먹었군.

영문을 알 수 없는 상황에 곤혹스러워하고 있으려니, 모토야스가 이쪽을 돌아보고 진지한 눈빛으로 말했다.

"장인어른, 따님과의 교제를 허락해 주십시오."

"누가 네 장인어른이냐!"

내가 필로를 키운 건 사실일지도 모르지만, 이렇게 거대한 마물로 변신하는 딸을 둔 기억은 없다.

"장인어른, 저는 따님의 구원을 통해 진정한 사랑을 깨달았습니다. 반드시 행복하게 해 주겠습니다. 제발 따님을 제게 주십시오!"

"그러니까, 난 필로 아빠가 아니라고! 물론 내가 키우기는 했지만, 왜 내가 필로를 너한테 시집보내야 한다는 거냐!"

"싫어~! 주인님 살려줘~! 메르~!"

필로도 착란상태에 빠졌다. 안타깝게도 메르티는 여기에는 없다.

"그럴 수가! 부녀 사이에 그러는 건 범죄란 말입니다 장인어른!"

"내 얘기 듣고는 있는 거냐?"

"아무리 그럴싸하게 포장해도 부녀지간에 그런 관계를 갖는 건 불순한 겁니다, 장인어른!"

"그만 좀 닥쳐!"

라프타리아가 모토야스를 방에서 쫓아내고 문을 닫는다.

생각했던 것 이상으로 중증이다.

상처를 완치 불가능할 정도로 후벼 파 버린 것 같다.

"문 열어 너구리 돼지! 필로땅과 장인어른을 풀어줘!"

"작작 좀 해!"

쿵쿵 방문을 두드리는 모토야스.

골치가 지끈거린다……

원래부터 대화가 성립하지 않는 녀석이긴 했지만, 지금은 뭔가 두뇌에 장애라도 생겨난 것 같을 지경이다.

완전히 스토커나 다름없이 변해 버린 모토야스를 어떻게 처리해야 하는가.

원인은…… 아마 필로가 다정하게 대해 준 것 때문이리라.

궁지에 몰린 사람은 상상 이상으로 집착이 심해지는 법이 니까.

나도 그랬고 렌도 그랬다.

어제 있었던 일이 어떤 식으로 작용해서 저 꼴이 된 건지 도통 이해가 안 가지만, 결과적으로는 모토야스의 마음을 구원한 꼴이 된 거겠지.

생각해 보면, 모토야스는 예전부터 사랑에 불타오르는 타입이었다.

그나저나, 모토야스의 이런 반응을 보자면, 설마 적극적으로 쫓아다니는 타입이었나?

……아니, 그딴 거 알 게 뭐냐. 이 생각은 더없는 시간낭비다!

"뭐가 이렇게 시끄러워!"

옆방 숙박객인 듯한 모험가의 목소리가 들려온다.

"돼지가 꿀꿀거리고 떠들지 마! 닥치고 있어!"

"돼, 돼지?! 다짜고짜 돼지라니 뭐 이런 게 다 있어?!"

······여자라면 사족을 못 쓰던 모토야스가 여자에게 욕지거리를 해대고 있다.

보나 마나 엄청 못생긴 여자겠지. 궁금해서 문틈으로 밖을 내다본다.

그랬더니, 그럭저럭 예쁘장하게 생긴 미녀가 모토야스와 말다툼을 벌이고 있었다.

내 기억이 옳다면, 술집에서 댄서로 일하던 녀석이었을 것이다.

예전의 모토야스였다면 상상도 하기 힘들었을 상황이다.

도대체 녀석의 머릿속에서 무슨 일이 벌어진 거야······.

그나저나 지금 모토야스의 눈에 라프타리아와 저 여자는 어떤 모습으로 보이고 있는 걸까. 어째 궁금해진다.

커스에 침식이라도 당해 있는 걸까.

"이걸 어쩌죠? 이 상황에서는 나갈 수도 없겠는데요."

"필로, 책임지고 모토야스를──."

"싫어~!"

이걸 도대체 어떻게 해야 하는 거야. 저 모토야스는 쉽게 포기하지 않을 것 같은데.

"일단 창문을 통해서 나가자. 숙소 주인에게 사정을 설명하고 도망치는 거야. 마차는 어떻게 한다······."

"아, 알았어요."

마차를 세워 둔 창고로 갔다가는, 모토야스가 눈치채고 먼저 진 치고 있을 것 같다.

"필로 마차……."

필로도 그걸 이해하고 있는 듯 어쩔 줄 몰라 우왕좌왕하고 있다.

모토야스 녀석, 진짜 바보 아닌가?

왜 이런 사태가 벌어진 건지…… 도무지 이해가 안 간다.

왜 우리가 모토야스에게서 도망쳐야 하는 건데. 오히려 그 반대여야 하잖아. 지금까지의 흐름으로 따져 보면.

"모토야스가 소리를 듣고 알아챌 수 있으니까 마차는 포기해. 상황을 봐서 나중에 회수하면 되니까!"

"알았어……."

필로는 낙담한 듯 마지못해 고개를 끄덕였다.

마차를 포기할 정도로 싫은 건가. 도대체 얼마나 질색하는 건지.

이렇게 해서 우리는 숙소로부터 도망치기로 했다.

그리고 포털을 이용해 성 쪽으로 간다.

윗치에 대해 여왕에게 보고하기 위해서다.

……필로는 여전히 두리번두리번 주위를 살펴보고 있다.

"모토야스가 있으면 알아챌 수 있을 거야. 그렇게까지 경계할 건 없다고."

"그건 나두 알지만, 어쩐지 있을 것 같아서, 싫어!"

경계 의식이 극에 달했군. 좋다고 너무 떠들어대는 것도 오히려 역효과를 내는 법인가 보다.

그리고 제아무리 모토야스라도 성까지는…… 아마 안 오겠지.

성 밑 도시에서는 얼굴이 알려져 있으니, 숨어드는 건 사실상 불가능하니까.

그 녀석은 마법 공부는 안 하고 수정에만 의존해 왔으니까, 레퍼토리가 늘어나지는 않았을 것이다.

라프타리아처럼 은신 마법을 쓸 수 있는 것도 아닐 테고.

만약에 숨는다 해도 라프타리아에게 들킬 것이다.

스킬로 몸을 숨기면 얘기가 달라지겠지만, 지금까지의 행동으로 미루어 보아, 무식하게 필로에게 돌격할 게 불 보듯 뻔하다.

무엇보다, 아마 아직도 마차가 있는 곳에서 망을 보고 있을 테고.

"뭐, 신경 쓸 거 없어."

"우……."

우리는 옥좌의 방에서 공무를 보고 있는 여왕에게 가서, 어제 있었던 일들을 설명했다.

"그나저나 네 윗치 딸 좀 어떻게 할 수 없어? 아니, 다음에 마주치거든 보는 즉시 죽여 버리고 싶어졌는데."

아마 윗치는 뭔가 꿍꿍이를 꾸미고 있을 게 분명하니, 아예 현상금을 걸어서라도 죽여 버리는 게 낫다.

"하지만…… 될 수 있으면 산 채로 붙잡아 오시는 걸 추천 드리고 싶습니다."

이 상황에서도 산 채로 붙잡아오라니, 지명수배범에 대한 대접치고는 안이한 느낌이 든다.

"……그 아이가 무슨 수를 써서 국경을 넘었는지, 창의 용사의 다른 동료들은 부모와 동반했으니까 알고 싶습니다만."

"엘레나의 얘기나 모토야스 일을 종합해 보면, 확실히 다른 나라에서 온 것 같더군."

어찌 됐건 윗치가 관문을 통과하려면 얼굴로 알아볼 수 있는 게 정상인 것이다. 원래는 공주 신분이었으니까.

그런데도 그 관문을 돌파하는 방법이 있다면…… 산이라도 탄 건가?

다른 사람도 아닌 윗치가? 뭐랄까, 힘든 일은 절대로 안할 것 같은 윗치가 그런 고생까지 해서 이 나라로 돌아올 리가 있을까?

밀입국? 짐 속에 숨어서 들어온 건가? 그런 거라면 가능성이 없지는 않다.

"노예문을 이용해서 끌어낼 수는 없을까?"

"어떤 식으로 장해가 걸려 있는지…… 그게 안 통하더군요. 그리고 그 외에도 또 다른 문제가 발생했습니다."

"뭔데?"

"우리 나라가 형무소로 삼고 있던 관리 구역이 영귀의 진격 과정에서 파괴…… 일단 대부분의 범죄자들은 사망하고 말았습니다만."

"습니다만?"

"살아남은 자가 있을 가능성을 부정할 수 없습니다."

"호오……."

국가의 범죄자들이 생존해서 도주 중이라. 확실히 꺼림칙한 일이긴 하군.

"이건 어디까지나 제 직감입니다만, 아무래도 이번 소동에 관련되어 있을 거라 생각됩니다. 이와타니 님 일 때문에 대량으로 경질된, 삼용교 관계자가."

……어이, 그 말은 삼용교 관계자 놈들이 도주했다는 거 잖아. 그건 보통 문제가 아니라고.

그 녀석들이 국내에 잠복해 있다는 건가. 사전에 포착한 게 불행 중 다행이군.

매번 느닷없이 말도 안 되는 일들이 벌어지는 경우가 많았는데, 이번에는 그나마 사전에 얘기를 들었으니 좀 낫다.

그리고 윗치와 비밀리에 연관돼 있을 가능성이 엄청 높잖아.

국경을 넘는 데 성공한 것도, 삼용교가 모종의 수작을 부린 덕분인지도 모른다.

"그 여자는 더 묻고 따질 것도 없이 그냥 죽여 버리는 게 낫지 않아?"

"될 수 있으면 그건 좀……."

여왕도 그 가능성을 감지하고 있는 모양이군.

"삼용교 잔당과의 관계를 취조할 필요도 있습니다."

"그렇단 말이지……. 그럼 사로잡을 수 있도록, 최대한으로 정보를 수집해 줘."

"물론입니다."

"……범죄자에게 노예문 같은 걸 박거나 하지는 않는 거야?"

"일단 새겨 두고는 있지만, 소유권을 가진 감시원이 영귀에게 희생되어 버리는 바람에……."

아아, 그렇게 된 거였군. 벌을 내릴 수 있는 권한을 가진 자가 죽어 버렸다는 건가.

이거 일이 왜 이렇게 꼬여 버린 거야.

"본래는, 그 아이를 생포하려는 데에는 다른 이유가 따로 있었지만 말이지요."

"무슨 소리지?"

"구체적으로 말씀드리자면 전쟁을 회피하기 위한 수단입니다. 눈물을 머금고 바치는 제물 같은 거라고 생각하시면 됩니다."

제물이라니 무서운 표현이군. 그래서 성에 안 오는 건가?

아니, 아니……. 여왕도 마귀는 아니다. 윗치가 그렇게까지 폭주하지만 않았더라면, 좀 더 원만하게 처리했을 것이다.

그럴 생각이 아니었다면 굳이 내 비위를 맞추려 들 필요도 없었을 테니까.

"그 아이가 진심으로 싫어하고 있는 일이니까요. 말 그대로 발버둥을 치면서 거부하고, 애원하다가, 곁눈질 한 번 안하고 도망칠 만큼. 지금까지는 용사님과 동행함으로써 그 벌을 면제받고 있던 것이었죠."

"호오……. 한마디로 녀석은 그 면제권을 제 발로 걷어찼다는 거군."

완전 바보 아냐? 얌전히 모토야스에게 기생해 있었으면 됐을 거 아냐.

"내용은, 귀족 여성이라면 얘기만 들어도 새하얗게 질릴 정도의…… 말하자면 차라리 죽는 게 나을 정도의 벌입니다."

흐음……. 어째 궁금하기도 하고, 한편으로는 알고 싶지 않기도 한 기분이다.

"그 애에게 겁을 주는 가장 좋은 방법이었답니다. 이제 단순히 겁을 주는 수준으로 넘어갈 수 없게 되었지만."

"뭐, 됐어. 그럼, 생사 불문이지만 가능한 한 산 채로 붙잡도록 하고, 생포하는 쪽을 더 현상금을 높게 쳐 주면 되겠지."

"어쩔 수 없군요. 이와타니 님이 명령하신 대로, 또 뭔가 일을 저지르기 전에, 부모로서 괴로운 선택을 하도록 하지요."

여왕은 고개를 끄덕이고 부하에게 명령을 내렸다.

이렇게 해서 윗치에 대한 생사불문의 지명수배령이 떨어졌다.

문제는 녀석이 렌과 함께 있다는 점이란 말이지.

괜히 날뛰다가 적대 세력의 우두머리라도 되지 않기를 기도하는 수밖에 없겠군.

11화 훈도시 개

여왕과 대화를 마치고 마을로 돌아왔더니…….

"형, 어서 와~."

훈도시를 착용한 강아지가 키르의 목소리로 인사를 했을 때, 나는 내 눈이 이상해진 건 아닐까 하고 생각했다.

외모는 시베리안 허스키 종의 강아지 같다.

털은 복슬복슬하고, 크기는 머리에서 발까지 80센티미터쯤 되려나?

강아지처럼 보이는 건, 성견으로 보기에는 얼굴 등 이런저런 부분에 앳된 느낌이 남아 있기 때문이다.

그리고 훈도시를 착용한 채 득의양양하게 2족보행을 하고 있다.

"키, 키르 군?"

"너……."

"헤헤, 끝내주지? 사디나 누나한테 배웠다니까."

키르는 자랑스럽게 가슴을 쫙 폈지만…… 마을 녀석들의 표정은 어째 떨떠름하다.

굉장하고 어쩌고를 떠나서, 완전히 애완동물화 됐잖아.

강아지처럼 보인다는 시점에서 이미 문제가 있는 거다.

수인화되어 있다고 해야겠지만, 굳이 따지자면 인간보다는 개에 지나치게 가까운 외모다.

사디나는 약간 득의양양해 하는 표정이다.

짜증 난다. 미칠 듯이 짜증이 난다.

"키르가 자질이 있어 보여서 가르쳐 줬다구~."

"자질이라……."

"키르 군이 귀엽게 변했어요오."

수행하다가 쉬는 시간이 됐는지, 요즘 활약이 뜸했던 리시아가 찾아와서 키르를 안아 들고 쓰다듬는다.

듣자 하니 리시아는 요즘 할망구 쪽에 틀어박혀서 진지하게 수행하고 있다는 모양이다.

우리가 콜로세움에서 싸우는 동안에도 틈틈이 정보 수집을 하고 있었던 모양이었고, 할망구가 얘기하기로는, 이세계에서 겪은 전투 경험이 자질 발현을 촉진했다고 한다.

쿄를 상대할 때만 가능했던 각성을 자유자재로 사용할 수 있게 된다면 좋을 텐데.

"와앗, 이거 봐, 리시아 누나!"

그렇지만 리시아는 키르를 쓰다듬는 손길을 멈추지 않는다.

그 기분은 이해한다. 한마디로 표현하자면, 나도 강아지 키르를 쓰다듬어 보고 싶은 기분이다.

"그래서? 마을에는 키르 말고도 이렇게 수인화할 수 있는 녀석이 더 있는 거야? 애초에 능력 면에서는 어때?"

"종족에 따라 다르지만, 기본적으로는 능력이 상승하게 돼 있어. 나처럼 말야."

"호오······."

"수인화하는 자질은 아주 희귀한 거라서, 이 마을에는 거의 없던걸."

"그래? 라프타리아는?"

"라프타리아는 아냐."

라프타리아가 수인화······ 라프짱처럼 되는 건가?

그거 이외에는······ 뭔가 시가라기야키 장식물이 상상되는데.

내가 빤히 쳐다보고 있으려니, 라프타리아가 언짢은 표정을 짓는다.

"뭔가 무례한 생각을 하고 계신 것 맞죠? 제가 수인이 되면 라프짱처럼 될 거라느니 하는."

"그런 거야, 형?"

키르가 어리둥절한 얼굴로 묻는다.

나는 고개를 휙 돌려 모르는 척을 했다.

"어머나, 그렇게 근사한가요?"

"네. 키르 군이 무지 귀여워요오."

포울과 함께 나타난 아트라가 고개를 갸웃거리며 리시아
에게 물어보고 있다.

기척은 알 수 있어도 눈은 보이지 않는 아트라는, 모습을
판별할 수 없으니 이렇게 물어보는 게 당연한 거겠지.

"귀엽다고 하지 마! 멋있다고 해야지!"

"외모로만 봐서는 귀여운 쪽에 가까운데. 라프짱과 막상
막하야."

내가 그렇게 조용히 말하자, 어째선지 좌절한 듯 고개를
푹 숙인다.

"라프라프."

라프짱이 소동을 듣고 달려와서 키르 옆에 선다.

완전히 마을의 마스코트 완성판들이군.

필로? 알 게 뭐냐.

"너무해……. 기껏 멋있어졌다고 생각했는데……."

"평소 모습 쪽이 그나마 나은 편이야."

그쪽도 얼굴이 여자니까 귀여운 부류에 속하긴 하겠지만.

그 모습을 보며 사디나가 깔깔거리고 웃으면서, 폭탄발언
을 투하했다.

"참고로 포울도 자질을 갖고 있던걸?"

"알프스는 다재다능하군."

"알프스가 뭐예요?! 포울 군 얘기하는 거예요?!"

"그래, 녀석이 한 얘기를 들은 뒤로 마음속으로 부르고 있던 닉네임이야. 정착시키는 게 좋을 것 같다고 생각해?"

"보나 마나 유치한 유래겠죠."

라프타리아가 태클을 건다.

"그렇지 뭐."

"뭐, 라구요……?"

아트라가 신음하듯이 말한다.

뭐야? 뭐가 아트라의 기분에 거슬린 거지?

"오라버니, 나오후미 님으로부터 닉네임을 받고, 게다가 귀여움까지 지니고 있다니. 나오후미 님의 마음을 사로잡을 꿍꿍이 맞죠? 부러워요! 질투 나요!"

"그, 그게 아냐! 난 그런 짓 한 적 없어!"

……이거 완전 글러먹었군.

이 녀석들은 무시해 두고, 일단 마을 녀석들의 레벨부터 재확인해 볼까.

오? 은근히 다들 레벨이 올라 있잖아.

리시아는…… 어라? 69에서 좀처럼 진척이 없다.

영귀와 싸웠던 시점…… 이츠키의 손에 키워졌던 시절에 이미 레벨은 68에 달해 있었고, 그 후로는 키즈나의 세계에

갔었더랬지.

그 후로는 이 마을에 돌아와서 노예들에 대한 교육을 도왔긴 하지만…… 아무리 그래도 이건 레벨업 속도가 지나치게 느리다.

키즈나 쪽 세계에서도 마찬가지로 레벨업 속도가 더뎠었다. 이제 조금만 더 있으면 70이 되려나? 하는 정도 단계였다.

뭐랄까, 69까지는 부자연스러울 정도로 빠르게 올랐지만, 그 대가를 치르기라도 하듯, 70이 되기 직전에서 벽에 부딪혀 있다.

이건 혹시 재능이 꽃피려는 징조일까? 잘 관찰해야겠다.

뭐, 이 정도면 그럭저럭 괜찮은 수준일까. 일단 마을 녀석들 중에서 전투에 의욕을 보이는 녀석들의 레벨은 거의가 40까지 도달한 것 같다.

클래스 업 시간에 다다라 있다. 이제 슬슬 다 같이 클래스 업을 하러 갈 때가 된 것 같군.

"어쨌든 너희도 클래스 업을 할 때가 된 것 같군."

"오오! 클래스 업이라고?!"

내 말에 키르가 기운을 되찾고, 흥분한 기색으로 말했다.

"그래, 보아하니 키르를 비롯해서, 클래스 업을 할 때가 된 녀석들이 몇몇 있는 것 같아. 다들 클래스 업은 하고 싶을 기 아냐?"

"하고 싶어!"

마을에 있는 노예들이 의욕을 보이고 있다.

"좋아, 그럼 클래스 업을 하러 가지. 필로, 말 안 해도 알지?"

"응! 그치만 창 든 사람이……."

"겁먹을 거 없어. 아무리 모토야스라도 용각의 모래시계까지 오진 않을 테니까."

포털로 이동해 왔으니, 모토야스도 아직 숙소에서 우리가 나오기를 기다리고 있을 거라고 믿고 싶다.

그러고 보니 무기상 아저씨에게 손재주 있는 노예를 위탁하기로 했었지.

"여기 르모 종 녀석 있어?"

"왜 그러시는지?"

르모 종 녀석들이 모여든다. 이 녀석들은 손재주가 좋아서, 마을의 잡무를 솔선해서 도맡아 하고 있다.

일찌감치 이미아를 보호하고 있었던 덕분에 마을에 적응하는 속도도 빨랐다.

지금은 마을 한쪽 구석에 구멍을 파고 주거하려 하고 있는 상황이다.

"너희, 레벨은 좀 올렸나?"

"네. 원래부터 어느 정도 레벨이 높았던 자들은 이미 30에 달해 있습니다."

이미아의 숙부가 앞장서서 설명한다. 이미아는 성실하게

액세서리며 옷 등 생활용품을 만들어 주고 있기에, 자유롭게 풀어 두고 있다.

"그래? 그럼 너희 중에서 대장장이 일을 배우고 싶은 녀석은 나를 따라와. 내가 아는 사람 밑에서 수련하도록 알선해 주지."

"내장장이 말입니까? 그거라면 제가……."

이미아의 숙부가 손을 든다.

뭐야? 너, 할 줄 아는 거냐?

"원래 마을에서 대장장이 일을 하고 있었으니, 도움이 될 수 있을 것입니다."

"그래? 그럼 따라와."

"알겠습니다."

"가까운 시일 안에 광산에서 일할 자들도 모집할 생각이야. 그쪽에 지원할 사람은 없나?"

"그 일이라면 다들 자신이 있을 겁니다."

편리한 녀석들이군. 이렇게 할 수 있는 일을 조금씩 늘려가서 환경을 정비하는 게 내가 할 일이겠지. 키즈나 패거리가 그랬던 것처럼.

"알았어. 다른 녀석들은 열심히 일과 레벨업에 매진하라고."

"""네~에!"""

다들 기운도 좋다니까.

"그럼 라프타리아, 귀로의 사본을 작동시켜."

"아아, 나오후미 님은 아직 쿨타임이 다 안 찼었죠?"

"그래. 용각의 모래시계까지 가는 거라면 라프타리아 쪽이 더 빨라."

"그럼 모두 다 모이면 출발할게요."

그렇게 해서 우리는 시간이 되기를 기다렸다가, 포털을 통해 이동했다.

12화 결단

라프타리아의 스킬을 이용해서 용각의 모래시계로 도약했다.

"우와! 방패 용사님?!"

느닷없이 나타난 우리를 보고 경비병이 경악에 찬 소리를 질렀다.

성 쪽에는 걸핏하면 가니까, 성의 병사들은 이런 일에도 익숙해져 있는데 말이지.

"오늘은 동료들을 클래스 업 시키러 왔어."

"아, 알겠습니다."

라프타리아와 필로를 클래스 업 시킬 때와 마찬가지로 의식을 시작한다.

"필로."

"왜~애?"

"상황에 따라서는, 너는 이 건물에서 나가 줘야 할지도 몰라."

"에······."

"너나 라프타리아 때 같은 일이 일어나도 괜찮겠어?"

종합적인 능력이 향상되니 결과적으로는 유익한 일이지만, 본인들에게는 불만족스러울 경우도 있다. 그러니까 그점을 고려해서, 클래스 업 때는 클래스 업 과정에 간섭할 수 있는 필로를 어디에 둘지 고민해 볼 필요가 있다.

"우······ 알았어. 창 든 사람, 밖에 없지?"

좋아, 필로의 승인을 얻어냈군.

"있으면 날 불러."

"그치만, 주인님 안 구해주는걸."

으······. 그 상황에서 무슨 수로 구해주라는 거냐

"필로, 제가 어떻게든 처리할 테니까, 부탁드려요."

라프타리아가 필로를 타이른다. 그러자 필로는 마지못해 고개를 끄덕였다.

"알았어~."

모토야스 그 자식, 필로에게 성가신 트라우마를 안겨주다니······.

자, 이제 클래스 업 시간인가.

"어이, 다들 잠깐 기다려 봐."

"왜 그래, 방패 형?"

"일단 너희에게 물어보지. 여기서 클래스 업이라는 의식을 거행한다는 건 다들 알고 있겠지?"

"예전부터 얘기를 들었었어!"

노예들이 서로를 마주 보며 고개를 끄덕인다.

"그래서 말인데, 나는 자기 미래는 자기가 정하도록 하는 방침이야. 물론, 모두 다 같이 임하고 있는, 파도에 대비한 재건 활동과는 별개로 말이지."

"형, 무슨 얘기를 하려는 거야?"

"지금까지 나는 파도에 참가하기를 원하는 녀석을 우선적으로 레벨업시켜 왔어. 하지만 말이지, 파도를 완전히 극복해 낸 후의 일도 생각해 두라는 거야."

"……"

라프타리아가 말없이 나를 쳐다보고 있다.

그렇다. 내가 마을 재건을 결심한 건 라프타리아를 위해서였다.

하지만 그건 제쳐 두고서라도, 이 녀석들의 미래는 이 녀석들 스스로가 결정하도록 해야만 한다.

"클래스 업을 거치면, 자신의 가능성이 더 넓어지는 동시에 좁아질지도 몰라. 그 점은 다들 이해하고 있겠지?"

노예들은 고개를 끄덕인다.

나는 그걸 확인한 후에, 재차 묻는다.

"지금부터, 너희가 미처 예상하지 못했던 사태가 일어날 가능성이 있어. 스스로 선택하지 못하고, 무조건적으로 가장 능력치 향상 폭이 높은 클래스 업이 강제 선택될지도 몰라."

"그런 일이 일어나기도 하는 거야?"

그 질문에 나는 힘주어 고개를 끄덕였다.

"라프타리아와 필로가 그 피해자였어."

두 사람이 각각 가볍게 손을 들었다.

"필로의 이 바보털…… 장식깃은 특수한 거거든. 자기 멋대로 클래스 업의 방향을 선택해 버리지. 하지만 그 결과 선택된 클래스는 능력 향상치가 높아."

"그런 거야?!"

"그래. 하지만, 앞으로 너희가 살아가게 될 인생에 있어서는, 전투력만이 전부가 아냐. 뭔가 따로 하고 싶은 일이 있다면, 스스로 그 분야에 특화된 클래스를 선택하는 것도 충분히 의미 있는 일일 거야."

그저 떠밀리다시피 강해지는 건 원치 않는다.

그렇기에, 그런 예상치 못한 일이 일어나더라도 개의치 않도록 각오를 다져 주기를 원하는 것이다.

"일단 라프타리아와 필로는 무슨 일을 시키더라도 부족함이 없을 정도의 능력은 갖고 있다고 봐. 하지만, 그게 절대적인 거라고는 생각하지 않아."

라프타리아를 완벽 초인으로 만든 건 아닌 것이다. 아니, 이 세상에 완벽한 존재라는 건 있을 수가 없다.

그렇기에.

"후회하지 않을 선택을 하도록."

노예들이 서로 속닥거리기 시작한다.

"알았어, 형. 나는…… 조금이라도 더 강해지고 싶어. 강해질 수 있는 가능성이 있다면, 다른 선택지는 필요 없어."

키르가 앞장서서 고개를 끄덕인다. 키르는 노예들을 가르치는 일을 맡고 있다.

영귀의 사역마에게 중상을 입었던 것이 좋은 경험이 된 것 같군.

전투 때 지나치게 흥분하는 일은 없는 것 같다.

지금은 수인화 능력도 갖췄으니, 앞으로 어떤 변화가 일어날지 기대되는군.

그리고 그 키르 옆에 있던 남자아이 노예가 앞으로 나선다.

"나는…… 내 미래는 내가 선택하고 싶어."

"알았어. 그럼 두 패로 갈라져. 선택하고 싶은 녀석과 선택하지 않을 녀석."

노예들은 내 명령에 따라 두 패로 갈라진다.

"그럼 필로, 선택하지 않겠다는 녀석들에 대한 의식을 먼저 시작할 테니까, 선택을 원하는 녀석들에 대해 의식을 거행할 때는 물러나 있어."

"알았어~."

"내 차례란 말이지?"

키르가 손을 들어 모래시계에 손을 댄다. 좀 흥분했는지 꼬리가 흔들리고 있다.

마법진이 전개되고, 내 시야에 아이콘이 나타난다.

"와앗?!"

필로의 바보털이 빠져서는, 내 시야를 통해 키르의 클래스 업에 간섭했다.

모락모락 연기가 피어오른다.

라프타리아 때와 마찬가지로 스테이터스가 껑충 뛰어올랐다.

다만…… 라프타리아 때에 비하면 배율이 약간 낮은 것 같기는 했다.

뭐, 라프타리아는 틈만 나면 팔굽혀펴기 같은 걸로 몸을 단련하고 있으니, 그 점에서 차이가 난 거겠지.

"굉장해……. 어쩐지, 무슨 일이든 해낼 수 있을 것 같은 힘이 용솟음치는 것 같아."

그리고, 선택권을 포기하고 강해지기를 원하는 녀석들에 대한 클래스 업을 실시한다.

그 작업이 끝난 후.

"자, 그럼 필로는 밖에 나가서 기다려."

"응, 알았어~."

자신의 미래를 스스로 선택한 녀석들 차례가 되어, 필로를 건물 밖으로 내보냈다.

이렇게 하면, 아마 클래스 업에 간섭할 일은 없을 것이다.

내 예상대로, 클래스 업은 별 탈 없이 끝났다.

"형, 형! 강해진 나를 좀 봐 줘! 사냥 나가서 평가를 좀 해 달라고!"

"하긴……. 어느 정도 강해졌는지를 직접 볼 필요는 있을 것 같군."

사실, 대련은 라프타리아나 필로, 리시아나 에클레르가 할망구의 지도하에 대응하고 있지만, 내가 직접 보기 전에는 알 수 없는 점도 있을 것이다.

"그럼 성에서 마차를 빌려다가, 마물이 있을 것 같은 곳으로 데려다달라고 필로에게 부탁하도록 하지."

"에…… 필로 무서워……."

모토야스를 경계하느라 외출 자체를 꺼리는 건가……. 이거 중증이군.

"겁낼 거 없어. 또 나타나더라도 걷어차 버리면 그만이잖아."

뭔가 여러모로 나사가 빠진 상태지만, 위협이 될 정도의 수준은 아니다.

"창의 용사도 딱히 나쁜 분은 아닌 것 같은데요……. 애초에 마주칠 때마다 보는 즉시 걷어차 왔던 필로가 나쁜 것 같기도 하고…….”

“너구리 돼지라고 욕을 먹었으면서도 옹호하다니…… 라프타리아도 참 착하게 자랐군.”

내 눈시울이 약간 붉어진 것은, 나도 제법 마음이 넓어졌기 때문일까?

어니, 굳이 따지자면, 내 베베 꼬인 정신 때문에 라프타리아의 행동을 선량하게 느끼는 것이리라.

라프타리아가 올곧게 자라 줘서 얼마나 기쁜지 모르겠다니까.

“왜 지금껏 한 번도 본 적 없는 표정으로 감동하고 계신 건지…….”

“뿌…….”

어째선지 필로가 불만스러운 듯 뺨을 부루퉁하게 부풀리고 있다.

“어쨌든 필로, 모토야스와 마주치거든, 지금까지 했던 것처럼 걷어차 버리면 돼. 그 녀석도 좋아할 테니까.”

“알았어~.”

“어째 형들이 무시무시한 소리를 하는 것 같은데?”

“제대로 알아들으신 거예요. 만약에 마주치거든, 키르 군도 저지하는 걸 도와주셔야 해요.”

“그, 그래. 뭔지는 잘 모르겠지만, 당연히 나도 하고말고!”

라프타리아가 뭔가 내 방침에 대해 할 말이 있는 것 같군.

"이해가 안 가는 건 아니지만…… 아무리 그래도 걷어차는 건 좀 그렇지 않을지……."

"흥, 필로가 걷어차는 걸 그만두면 성가신 일이 더 늘어난다는 걸 모르겠어? 그렇게 되면 마물 퇴치도 제대로 못하게 될 걸 각오해야 한다고."

그렇게 말하니 라프타리아도 체념한 것 같다.

"자, 필로. 평소에 했던 것처럼 마차를 끌고 달리기만 하면 돼. 다음에 새 마차를 발주할 테니까, 기운 내고."

"정말?!"

필로의 눈이 초롱초롱 빛난다.

그래, 마차를 새로 발주해도 쓸 일은 별로 없겠지만.

애초에 지난번 마차보다 좋은 걸 사 준다는 말은 한 적 없다.

"그래, 정말이고말고."

"그럼 필로 열심히 할게~. 그리고 창 든 사람이 나타나면 걷어찰게!"

필로가 기운차게 마차를 가지러 성으로 달려갔다.

"저……."

이미아의 숙부가 머뭇머뭇 손을 든다.

"걱정하지 마. 빠져나갈 길을 생각해 뒀으니까."

"아, 알겠습니다."

그리고 얼마 후 필로가 마차를 끌고 왔고, 우리는 마차에 올라탔다.

"필로, 출발 전에 무기상에 들렀다 가자."

"알았어~."

우리는 필로가 끄는 마차를 타고 무기상 앞에 도착한다.

나는 재빨리 마차에서 내려 무기상 아저씨가 있는 곳으로
갔다.

"오, 형씨."

무기상으로 들어가니 늘 그렇듯 아저씨가 카운터에 서 있
었다.

뭔가 안정적인 차분함이 느껴진다. 아저씨에 대한 내 신
뢰도 참 굳건하단 말이지.

"좀 어때? 갑옷과 방패 개발은 잘돼 가?"

"전혀. 영귀에서 찾아낸 핵석도 다루기가 여간 까다로운
게 아니라서 말이우."

"흐음……."

"개발 난이도가 워낙 높아서, 요즘은 이 바닥에서도 기를
쓰고 연구하고 있다우. 좀 보슈."

흐음……. 가공이 어려운 건가……?

"이것저것 가호나 옵션을 붙이기도 쉽고, 원체 단단한 녀
석이니 형태에 맞춰서 깎기만 해도 무기가 되지."

제르토블에서도 봤었다. 더럽게 비싸고 우락부락한 느낌
이었던 기억이 있다.

창이나 검 같은 무기들의 경우는, 대모갑(玳瑁甲) 같은 검신을 갖고 있었다. 그건 깎아서 모양을 다듬은 건가.

"하지만, 내 생각에 그건 무기라고 하기에는 좀 그런 것 같아. 솜씨 같은 건 아무런 상관도 없다는 식이거든. 최악의 경우에는, 무식한 해머 같은 것까지 나돌아 다니는 실정이니까."

"장인정신이냐."

"뭐, 그쪽은 제작자의 실력을 중시하는 내 개인적인 의견으로 치부해도 상관없지만, 방어구의 경우에는 얘기가 다르단 말이지."

"그래?"

"그렇고말고. 아무래도 이 소재는, 에어웨이크 가공과 상성이 안 좋은 것 같거든. 효과가 안 나타나."

에어웨이크 가공. 무거운 방어구를 가볍게 만들어주는 가공이었던 걸로 기억한다.

중력장이라는 전용효과. 영귀 시리즈 방패에 높은 확률로 붙는 이 효과는, 중력을 조종하는 능력을 갖고 있는 것으로 보인다.

만약 영귀의 소재에도 미약하게나마 그 효과가 깃들어 있다면, 에어웨이크 가공과의 상성이 나쁜 것도 수긍이 간다. 방패의 경우에는 편리하게 작용했지만, 다른 방어구의 경우에는 역효과가 나타난 것이리라.

"소재도 근본적으로 무거워서 말이지."

영귀 등딱지는 원래부터가 공격을 튕겨내야 하는 물건…….
하지만 무겁다.

"얇게 만든다는 방법도 생각해 볼 수는 있지만…… 그랬
다가는 정작 방어력이 신통치 않아지니…….."

"하긴 그렇긴 하지."

다루기가 까다로운 소재였었군. 당연히 아직 완성되지 않
았을 거라고 생각했지만…….

"완성된 시제품이 두 개 있수다. 한 번 보슈."

아저씨는 나를 가게 안쪽으로 안내해서, 시제품을 보여주
었다.

하나는 그냥 영귀 등딱지를 이용해 만든 방패. 문제는 상
당히 크고 두껍다는 것.

"이거야?"

"그렇수."

"들어 봐도 돼."

"물론."

시험 삼아 들어 보려 했지만, 무겁다.

들어 올릴 수는 있지만, 이걸로 싸우기는 버거울 것 같다.

휘두를 수가 없다. 그냥 내려놓기만 했는데도 쿵 하는 묵
직한 소리가 났다.

그리고 가장 중요한 문제가 하나 더 있었다.

웨폰 카피가 작동하지 않았다.

다시 말해 이것은 방패라는 부류로 취급되지 않는다는 뜻
이다. 기준은 잘 모르겠지만, 벽……이라고 봐도 될 것 같다.

다만, 미세하게 빠직하는 느낌이 손끝에 전해지는 걸 보
면, 애매모호한 경계선에 걸쳐 있다고 봐도 무방하리라.

"어떻수?"

"방패가 아닌 것 같은데."

"그래, 까놓고 말해 실패작이니까."

"다른 건?"

"이거요."

아저씨가 다음으로 보여준 것은 대모갑으로 만들어진, 엄
청나게 얇은 반투명 방패였다. 보기에는 더없이 아름답다.

일단 들어 본다. 무리 없이 들 수 있을 정도의 무게다. 휘
두르기에는 딱 좋을 것 같다.

하지만…… 어라? 이쪽은 분명 방패처럼 생겼는데도 반
응이 없다.

"아, 역시 형씨가 생각하기에도 이상한가 보군."

"무슨 뜻이지?"

"그 방패 말이지, 최대한 경량화를 추구한 녀석이라우. 그
대가로 방어력이 없지. 한 방만 맞아도 깨져 나갈 정도니까."

일회용인가. 그렇다면 이건 방패가 아니라…….

"접시 아냐?"

"그렇게 나오면 대꾸할 말이 없구려. 처음에 만들었을 때, 기념품 가게에서 똑같은 물건을 내놓은 걸 보고 울 뻔했다니까."

"생긴 것보다는 제법 무거운데."

"그게 문제란 말야. 소재가 워낙 다루기 까다로워서……."

"둘 다 너무 극단적인 거 아냐? 중간 정도는 없어?"

"그게 말이지, 아무래도 개성이 너무 강해서 어중간한 물건밖에 안 나와서 말이우."

……뭐가 이렇게 까다로운 거야. 오스트가 남긴 유품이니, 어떻게든 유익하게 활용해야 할 텐데.

방패의 가호로 소재에 간섭한다거나 하는 건…… 가능성이 희박해 보이는군.

뭔가 조언을 해줄 만한 게 없을까?

"그러고 보니까 제르토블에서──."

나는 아저씨에게 제르토블에서 본 영귀검이라는 검에 대해서 얘기해 주었다. 한눈에 척 보기에도 명장이 만든 물건이라는 걸 알아볼 수 있는 검이었다는 말도 덧붙여서.

"형씨가 그렇게 얘기하는 걸 보면 보통 물건이 아닌가 보군……. 한 번 보면 만든 사람이나 제작 방법을 알 수 있을 텐데……."

"사 오라는 거야? 말도 안 되는 소리 마. 그런 비싼 무기는 엄두도 못 내."

아저씨가 만들어준 무기를 팔면 다소나마 돈이 되긴 하겠지만, 그러면 말짱 도루묵이다.

……그러고 보니, 마물이 드롭한 유니크 무기나 레어 무기 같은 걸 파는 방법도 있긴 하군.

희귀한 물건들이니 고가에 팔리기도 할 테고.

한번 고려해 봐야겠다.

"아, 맞아. 아저씨의 제자로 삼을 노예를 데려왔어."

"누구지?"

나는 데려온 노예들 중에서 이미아의 숙부를 가리킨다.

"오랜만……이군. 너도 스승님 밑에서 졸업하고 무기상을 열고 있었던 모양이군."

"오오! 이거 토리네미아 아냐?!"

어째 장황한 이름이군.

"아는 사이야?"

"네."

"예전에 좀."

들자 하니 이미아의 숙부와 무기상 아저씨는 젊은 시절에 같은 명공 밑에서 동문수학하던 사이라고 한다.

"그렇기는 합니다만…… 저는 이런저런 사정이 있어서 어중간한 단계에서 중단하게 되었습니다. 본가 쪽 사정도 여의치 않았고, 이미아를 비롯한 조카와 조카딸들을 양육하는 일도 도와야 했으니까요."

"그때는 경영 사정도 안 좋았고 말이우."

"명공인데도?"

약간 이해가 안 가는 얘기로군.

"대규모 거래와 여자가 얽힌 일이 좀 있어서. 내 스승님은 여자만 얽히면 넋이 빠지는 사람이었거든."

모토야스 같은 스승이었던 모양이다. 머릿속에서, 아저씨의 스승이 모토야스로 변환된다.

뭐, 내가 아는 모토야스는 지금은 필로 바보가 돼 버렸지만.

이 이미아의 숙부는 어떤 인생을 살아 왔던 거지?

이미아도 노예가 돼 있었고, 어떤 경위가 있었는지 짐작이 안 간단 말이지.

물어보면 아마 가르쳐주긴 할 테지만, 아무리 나라 해도, 괴로운 기억을 강압적으로 본인에게 캐묻는 건 내키지 않는 일이다.

"한마디로 아는 사이라는 거지? 그럼 굳이 길게 얘기할 것도 없겠군."

"뭐, 그렇긴 합니다만……. 설마 대장장이 일의 근무처가 네 가게가 될 줄이야."

"나도 놀랐어. 형씨의 부탁으로 제자를 들이게 됐는데, 설마 옛 동기일 줄이야. 뭐, 상대하기도 편하고, 나쁠 건 없겠지."

"옛날이 좋았지. 그때 생각이 새록새록 나는군."

"아저씨, 숙박비까지 쳐서, 얼마를 주면 되지?"

"숙식 제공 말이우? 막 부려먹어도 된다면 돈은 필요 없수."

"아저씨는 배포가 두둑해서 참 좋다니까."

"어이…… 죽도록 중노동으로 부려먹지는 말아 달라고."

"형씨 밑에서 노예 노릇을 하고 있는 녀석이 새삼스럽게 무슨 소리야? 네가 있으면 광산에서 채굴하는 것도 싸게 먹히겠지."

약간 보정이 붙을 테니까, 보통 아인이나 수인보다는 튼튼해진 상태일 것이다.

아저씨도 가르칠 때는 스파르타식인 건가?

그나저나 잘 생각해 보면 이미아의 숙부는 담뱃대나 궐련이 잘 어울릴 것처럼 생겼는데, 실제로는 담배를 안 피운단 말이지. 멜빵바지 차림이라 좀 촌스럽기도 하다.

"예전에 했던 거랑 비슷한 정도로 일을 시키려는 것뿐이야."

"나 죽일 일 있어?"

"핫핫핫, 의외로 버틸 만 하다니까 그러네."

그렇게 아저씨와 이미아의 숙부는 잡담을 나누면서 일을 시작했다.

분위기를 보니 별문제는 없을 것 같군.

"그럼 우리는 볼일이 있어서 이만."

"그래, 가게 일을 철두철미하게 주입해 주지."

"아저씨가 내 영지에 오든지, 이 녀석에게 기술을 주입시켜서 실력을 갖추게 하든지, 둘 중에 하나는 해 줬으면 좋겠는데."

가게 카운터나 지킬 정도의 실력인지, 아니면 아저씨에게 필적할 정도의 솜씨인지, 그것에 따라서 마을 쪽에서 무기와 방어구 제작을 맡길지 여부를 결정하게 된다.

"그건 별로 생각해 본 적 없는데. 일난은 실력이 어느 정도인지를 좀 봐야겠어."

"철물점 일 정도를 좀 하던 정도야."

"겸손하게도 구는군. 우선 네 망치 휘두르는 솜씨가 어느 정도인지 구경부터 해 보지."

"어디 한번 기대하라고."

나를 대할 때 같은 존댓말이 아니다.

뭔가 옛 친구와 재회한 사람 같은 분위기다. 나쁘지는 않군.

이미아의 숙부…… 토리네미아니까 토리라고 불러야겠다.

"그럼 무슨 일 생기면 또 찾아오지. 나한테 용건이 있으면 마을이나 성으로 연락하면 돼."

"알았수다, 형씨."

"부모를 잃은 이미아가 그렇게 즐겁게 지내고 있을 줄은 몰랐습니다. 저도 방패 용사님께 힘을 보태드리겠다는 각오로 열심히 일을 배우도록 하겠습니다."

"잘해 봐."

둘이 열심히 노력해서, 까다로운 영귀의 재료를 제대로 쓸 수 있게 만들어 달라고.

이렇게 해서 우리는 무기상을 떠났다.

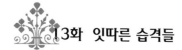# 13화 잇따른 습격들

그렇게 출발한 것까지는 좋았는데.

역시나…… 녀석이 나타났다.

"싫어어어어어어어어어어어어어어어!"

"필로따아아아아아아앙……."

오늘만 세 번째로 모토야스가 허공을 날아가는 광경을 한숨 섞인 눈길로 쳐다본다.

전이 스킬을 써서 앞질러 온 것 같은데, 참 재주도 좋군.

라프타리아를 비롯한 노예들은, 처음에는 비명을 질렀었다.

뭐, 사람이 걷어차여 나가떨어지는 광경을 보면 비명을 지르는 것도 당연하겠지.

"저 창 든 형, 걷어차이면서 웃고 있었어……. 무서워……."

"꿈에 나올 것 같아……."

"무서워…… 무서워……."

노예들에게 트라우마라도 생기면 어쩔 작정이냐, 모토야스.

걷어차라고 명령한 내 잘못인지도 모른다.

"저분은 도대체 어디로 가시는 걸까요."

"글쎄다."

맛이 간 모토야스를 포획하려면 어떻게 해야 할지 고민거리였지만, 이렇게 높은 확률로 조우하는 걸 보면 설득할 타이밍 정도는 생길 것 같다.

그렇게 생각하며 마을에서 떨어진 산속으로 마차를 달리고 있으려니…… 앞쪽에 도사리고 있는 사람이 눈에 들어왔다.

"모토야스인가?"

"아닌데~?"

오? 필로는 시력이 참 좋군.

상당히 멀리 떨어진 곳인데도 알아볼 수 있는 모양이다.

"일단 걷어차지 말고 이동해."

"알았어~."

필로는 통상적인 속도로 달려간다.

그렇게 지나쳐 갈 생각이었는데, 앞쪽에 있던 녀석이 양팔을 벌려서 우리의 진로를 방해했다.

"뭐야? 멈춰 달라는 거야?"

긴급한 용건 같은 게 있는 건지도 모른다.

필로는 내 의도를 파악하고 상대방 앞에서 걸음을 멈추었다.

"뭐지?"

행상 일을 하다 보면, 이따금 마차를 세우는 녀석들이 나타나곤 한다.

보통은 부상자거나, 마물과 마주쳐서 도움을 처하는 녀석들인 경우가 많다.

보아하니 남자……. 나이는 얼마쯤 되려나? 몸집이 아담하다.

나이는…… 덩치는 작지만 좀 늙어 보이는데, 20대인가? 판단하기가 영 애매하다. 머리는 갈색.

얼굴은 음담패설을 좋아할 것 같은, 약당이긴 하지만 미워할 수 없는 개그 캐릭터 느낌이다.

인간이면서도 쥐새끼 같다고 표현하면 되려나?

망토를 몸에 휘감고 있어서 복장은 판단할 수 없다.

보아하니, 망토 언저리에 빨간 액체가 달라붙어 있다.

부상이라도 입은 건가?

"이히히……. 좀 멈주시지."

"이미 멈춰 있잖아."

쓸데없이 거만한 녀석이군.

달리고 있는 마차 앞에 서서 막으려고 하다니, 꽤 위험한 짓이라고.

"좀 물어보겠는데, 그 마차는 방패 용사가 타고 있는 마차 맞지?"

여왕이 배려를 해 줘서, 방패 용사의 상징인 간판을 달아

주었다.

그 간판은 내가 타고 있다는 신호 비슷한 것이다.

"그래. 내가 방패 용사인 이와타니 나오후미인데…… 무슨 일이지?"

이 패턴으로 보아, 아마 도와달라는 부탁을 하려는 것이리라.

하지만, 내 예상과는 전혀 딴판인 반응을…… 눈앞의 적이 나타냈다.

"그렇단 말이지? 이히히히히, 그럼…… 죽어라!"

펄럭 하고 망토를 펼친 남자는, 작은 마법 탄환을 투척한다.

뭐라고? 죽으라는 소리를 지껄이는 걸 보면, 삼용교 신도인가?

"유성방패."

나는 나를 중심으로 방어결계를 생성해서 공격에 대비한다.

방심하는 건 아니다. 다만, 이 세계 녀석들 중에 내게 부상을 입힐 수 있는 녀석은 한없이 드물다.

저주도 방어력에는 간섭하지 않으니까. 불행 중 다행이라 할 수 있을 것이다.

그보다 나를 습격하려고 들다니 소가 웃을 일이군.

그렇게 생각하면서, 머릿속 한구석으로 머더 삐에로를 떠올린다.

녀석 때 같은 성가신 일이 벌어지지 말라는 보장은 없다.

만전을 기하기 위해, 나는 필로의 등에 올라타서 방패를 움켜쥐었다.

설마 이 판단이 효과를 발휘할 줄은 몰랐지만 말이지.

마법 탄환이 유성방패에 접촉하기 직전, 커다랗게 부풀어 올라서 뽀각 하는 소리를 내며 파열한다.

"뭐야?!"

"와앗!"

내 방패를 중심으로 폭발이 일어나고, 후방에 있던 마차의 지붕이 날아가 버렸다.

아니, 잠깐. 무슨 공격력이 이렇게 강해?!

"빈틈이다!"

남자는 중동식의 휘어진 칼인 샴쉬르 같은 검을 나와 필로를 향해 휘둘렀다.

"쯔바이트 아우라!"

재빨리 마법을 영창해서 필로의 능력을 향상시킨다.

"간다~!"

필로는 나를 태운 채로 공중제비를 돌아서, 남자를 걷어차려 한다.

하지만, 남자는 검을 방패 삼아 발길질을 막아낸다.

"갑자기 뭐 하는 짓이에요?!"

라프타리아가 도를 뽑아서 남자에게 휘둘렀다.

"오, 어린 미녀를 데리고 다닌다고 들었었는데, 역시 성

무기의 용사는, 이히히히…… 하렘을 꿈꾸는 모양이네?"

아까부터 사사건건 이히히히 시끄럽게 웃어대는 게 더없이 거슬린다.

남자는 여유를 과시하면서 비어 있는 손으로 또 한 자루의 검을 뽑아서 라프타리아의 도를 막아낸다.

어떻게 이럴 수가 있지? 아무리 능력치가 저하돼 있다고는 해도, 라프타리아의 공격력은 만만치 않은 수준인데!

어지간한 검이라면 단박에 쪼개 버릴 수 있을 터였다.

"──?!"

라프타리아는 뭔가 감을 잡은 듯, 스킬을 내쏠 자세를 취했다.

"강도(剛刀)·하십자(霞十字)!"

라프타리아의 필살기, 두 자루 도를 이용해 십자 모양 절단면을 만드는 스킬이다.

이걸 막아내면 진짜 대단한 실력자라는 뜻이다.

"웃차!"

필로의 발길질과 라프타리아의 필살 스킬을 동시에 막아내기는 버겁다는 듯, 남자는 한 발짝 물러선다.

어딜 도망가려고?

"에어스트 실드!"

나는 후방으로 물러가려는 그의 뒤에 방패를 만들어서 저지한다.

"우옷! 수호 · 토벽!"

칼부림을 날리는 라프타리아 앞, 지면에서 벽이 솟아오른다.

도를 치켜들고 있는 라프타리아는 벽과 적을 통째로 베어 버리려고 했지만, 적은 그 틈에 몸을 숙여서 회피해 버렸다.

그런 식으로 피할 수가 있는 거냐?! 무작정 방패를 내 봤자 의미도 없을 것 같고, 순간적인 대응만 보아도 적이 상당히 전투에 숙련되어 있음을 느낄 수 있었다.

"마탄(魔彈) · 운석초래!"

남자가 재빨리 손으로 인을 맺고 마법으로 보이는 것을 영창한다.

이거 영창 속도가 꽤 빨랐던 거 같은데?!

뭐, 무영창을 자랑하던 쓰레기 2호 같은 녀석도 있었으니 그렇게까지 놀랄 일은 아니지만.

"형!"

키르와 노예들이 넋이 나갔던 상태에서 가까스로 회복해서 말을 걸었지만, 나는 지금 그런 걸 신경 쓸 상황이 아니었다.

우리 상공에 거대한 운석이 출현해서, 당장이라도 쏟아져 내리려 하고 있었던 것이다.

빨라도 너무 빨라! 뭐야, 이 마법은?!

지금껏 본 적 없는 마법. 이건 어디까지나 추측이지만, 머더 삐에로와 마찬가지로 이세계 녀석이리라.

하지만, 지금은 그런 생각을 하고 있을 틈이 없다. 후방에는 키르를 비롯한 노예들이 있는 것이다.

그런 상황에서 범위마법이 작렬하기라도 하면…….

"필로! 라프타리아는 발을 묶어!"

"응!"

"알았어요!"

"세컨드 실드! 드리트 실드! 실드 프리즌! 그리고 쯔바이트 아우라!"

세컨드 실드를 발판 삼아 공중에 서서, 드리트 실드를 상공에 전개.

거기에 E플로트 실드로 위쪽을 방어하면서, 방패를 움켜쥔다.

라프타리아를 향해 쯔바이트 아우라를 영창해서 약간이라도 시간을 벌려고 했지만,

"해제탄(解除彈)·토둔(土遁)!"

라프타리아가 남자의 마법을 받아낸다.

하지만…….

"히, 힘이?!"

라프타리아의 속도가 눈에 띄게 떨어진다.

"이히히히, 지원마법을 해제당하는 건 처음인가? 대인전도 경험한 적 없는 건가?"

여유를 과시하는 것 같은 느낌이 든다.

젠장……. 가능성으로서만 염려하고 있던 문제들이 이 상황에서 분출하다니.

"어라……?"

라프타리아가 고개를 갸웃거린다.

그보다 지금은 쏟아져 내리는 운석에 대한 대처가 문제인데……!

운석이 상공에 있던 드리트 실드와 실드 프리즌에 퍽 하고 명중해서 파괴시키고, E플로트 실드가 한계를 맞이해서 깨져 나갔다.

그리고 나를 향해서 쏟아져 내렸다.

"윽……."

묵직한 충격이 방패를 통해 전해져 온다.

하지만, 가까스로 견뎌낼 수 있었다.

"형한테 무슨 짓을 하는 거야?!"

키르와 노예들이 저마다 무기를 꺼내서 남자를 향해 달려들려 하고 있다.

"멈춰! 너희는 물러나!"

제지해 보았지만 키르 패거리는 멈추지 않는다.

"너무 느리잖아. 좀 더 재미있게 놀 수 있을 줄 알았는데. 이히히히히."

"키르 군!"

라프타리아가 소리치는 것과 거의 동시에, 남자가 약하다고 판단한 키르를 향해 샴쉬르를 휘두른다.

라프타리아는 어떻게든 끼어들어서 막으려고 했지만, 제때 막을 수 있을지 아슬아슬한 타이밍이다.

이런 젠장! 능력치가 상승되어 있는 키르조차도 따라잡지 못할 줄이야……. 키르와 노예들이 오히려 걸림돌이 된 상황이다.

내 시야가 슬로모션으로 흘러가고, 남자가 키르의 가슴을 샴쉬르로 꿰뚫으려 한 그 순간!

거대한 가위가 남자와 키르 사이에 나타나서 깡 하고 키르를 보호한다.

"엉?!"

나도 내 눈을 의심했다.

머더 삐에로가 남자와 키르 사이를 막아서고 있었던 것이다.

"스파이더 웹!"

"칫!"

머더 삐에로는 남자의 샴쉬르를 실로 휘감아서 움직임을 틀어막으려 했지만, 남자는 실을 베어 버리고 후방으로 펄쩍 뛰었다.

"괜찮──?"

머더 삐에로는 여전히 노이즈 섞인 목소리로 키르에게 말을 건다.

"으, 응!"

그리고 머더 삐에로가 키르를 보호하듯 앞을 막아서는 것과 동시에, 상공에 있던 운석이 터져 나갔다.

으윽…… 견딜 수 없을 정도는 아니었지만, 제법 아팠었다.

갑옷 여기저기가 파손돼 있다.

세컨드 실드에서 뛰어내려서 탓 하고 착지한 나는, 남자를 향해 방패를 겨눈다.

"누구신가 했더니 멸망한 세계의 권속기 소지자님 아니신가. 아직 살아 있었을 줄이야. 이히히히."

아는 사이인 듯, 머더 삐에로는 적의를 드러내며 남자를 노려본다.

멸망한 세계?

"그나저나, 어째 이 세계 사성용사는 영 비리비리한데. 뭐, 편해서 재미있긴 하지만. 이히히."

뭐야 이 자식? 말하는 걸로 봐서, 이 세계가 아닌 다른 세계 출신이라는 건 짐작이 간다.

하지만…… 쿄와 같은 거만함과도, 쓰레기 2호와 같은 이기적인 모습과도, 라르크 패거리 같은 사명감과도 다른 인상이 느껴진다.

"너는 권속기 소지자냐?"

"엉? 나도 갖고 싶지만 선택은 못 받았지. 이히히."

"이 녀석──타세계의──선택받은 용사의 동료──"

머더 삐에로가 설명해 준다.

다시 말해 키르나 필로와 같은 포지션에 있는 적? 테리스와 같은 부류인가?

자세히 관찰해 보니 가슴 언저리에 장착되어 있는 이상한 펜던트가 마음에 걸린다.

언어 통역을 해 주는 액세서리 같은 건지도 모른다.

"기대를 밑돌아도 너무 밑돌아. 좀 더 재미있게 놀아 딜라고. 이히히."

"우리가…… 약하다구요?"

라프타리아가 도를 겨누고 말한다.

"솔직히, 생각했던 것보다도 더 약해. 이 정도면 식은 죽 먹기겠어."

"과연 그럴까요?"

라프타리아가…… 어마어마한 속도로 적 근처로 파고들어서 도를 휘두른다.

"얼레?! 뭐야? 갑자기 빨라졌잖아!"

적도 놀라서 눈이 휘둥그레졌다.

나도 놀란 건 마찬가지다. 라프타리아가 왜 갑자기 이렇게 빨라졌지?

"나오후미 님의 지원 마법을 해제하는 마법을 썼을 때, 당신은 큰 실수를 했어요."

실수? 녀석의 공격에서 실수 같은 건 안 느껴졌는데…….

아니, 지원마법을 해제했다는 것은, 플러스 쪽으로 기울여 있던 상승 효과를 지웠다는 것이다.

다시 말해 마이너스 쪽으로 기울어 있던 효과도 동시에 사라졌을 가능성이 높다는 얘기다.

"저에게 걸려 있던 저주까지 해제해 버린 거겠죠."

"칫!"

라프타리아가 잇달아 공격을 퍼붓고, 적은 방어 일변도에 내몰린다.

"이히! 제법인데! 그럼 이제 내 차례다!"

마법을 영창하려고 손을 앞으로 뻗는 적을 향해 라프타리아가 도를 휘둘렀다.

마법은 거의 무영창에 가깝게 날아갔지만, 라프타리아에게 적중하지는 못한다.

때로는 베어내고, 때로는 회피해 가며 상대방을 몰아붙인다.

단순한 힘은 그다지 강하지는 않은 것 같군……. 다만, 권속기를 소지하고 있지 않다는 점이 마음에 걸린다.

"큭……. 이거 일단 후퇴하는 게 좋을 것 같군. 이히히."

"놓칠 줄 알고?"

"네, 놓치지 않을 거예요."

라프타리아는 그렇게 말하면서 쉴 새 없이 몰아붙인다.

머더 삐에로도 호기를 잡았다는 듯 상대를 겨냥하고 있다.

"도망칠 수 있고 있고 말고. 대책 정도는 세워 뒀어야지."

남자가 펜던트에 손을 어루만지는가 싶더니, 그 손에 마법 탄환을 생성해서 지면에 팽개친다.

눈부신 섬광이 일대를 지배하고, 순간적으로 우리의 눈이 침침해진다.

용사가 아닌데도 이런 능력을 갖고 있다니…… 강화된 테리스 같은 녀석이라고 생각하면 맞을지도 모르겠다.

젠장, 이 패턴을 보면, 일단 녀석을 잡는 건 포기하고──.

"──커헉!"

……?

연신 눈을 깜박거리고 남자가 있던 곳을 살펴보니, 머더 삐에로가 남자의 가슴에 가위를 꽂아 넣은 상태였다.

"그럴 줄 알고──으니까."

"이, 이히. 제법인데! 다음에는, 어림도 없을 줄 알라고!"

주룩 하고 머더 삐에로가 가위를 뽑아내자 선혈이 튀고, 남자가 쓰러진다.

죽인 건가……?

머더 삐에로는 챙 하고 소리를 내며 가위를 집어넣고 나를 돌아보며 길을 열어 주었다.

잘 조사해 보라는 듯이.

나는 머더 삐에로가 죽인 남자를 확인한다.

이건 어디까지나 추측이지만, 이 세계와는 다른 세계의 인간인 것 같으니, 시체를 조사해 보면 뭔가 찾아낼 수 있을지도 모른다.

그렇게 생각하고 있을 때, 남자의 몸에서 어렴풋한 빛이 흘러나오고 있는 걸 깨달았다.

뭐지? 설마 무슨 일이라도 벌어지는 건가?

그렇게 생각하고 있으려니, 남자의 시체는 마치 신기루처럼 사라져 버렸다.

"뭐야? 이건 대체……."

"녀석들은——"

머더 삐에로는 설명해 주려고 했지만, 잡음이 지나치게 심해서 무슨 말을 하는 건지 알아들을 수가 없었다.

이윽고 머더 삐에로도 설명을 포기한 듯 간략하게 물었다.

"괜찮아——?"

"그래. 그런데…… 네가 나타나는 타이밍이 너무 완벽했던 거 아냐? 혹시 방금 그 녀석과 한패 아냐?"

"저기, 나오후미 님…… 아무리 그래도 그건 좀 지나친 의심 아닌가요?"

"라프타리아 말이 맞아, 형."

라프타리아와 키르가 나에게 항의한다.

두 사람의 말도 이해가 가고, 나 역시 개인적으로는 신뢰하고 싶은 기분이다.

하지만, 타이밍이 정확해도 너무 정확하지 않았던가.

내 신뢰를 얻기 위해서 미리 짜고 벌인 짓일 가능성을 무시할 수 없다.

내가 생각해도 배배 꼬인 생각이라는 건 알지만, 지금의 나는 지켜야 할 게 너무 많다.

섣불리 타인을 믿을 수는 없는 것이다.

"아냐──."

머더 삐에로는 내 갑옷의 어깨 부분을 어루만지는가 싶더니, 뭔가를 뽑아냈다.

바늘인가?

"이걸 달아서 감시했어──이것만──으면 언제든 달려올 수 있어."

"포털 스킬 같은 거야?"

내 경우는 미리 등록해 둔 곳으로만 이동할 수 있는데, 머더 삐에로의 스킬은 바늘을 꽂아 둔 대상이 있는 곳으로 이동할 수 있다는 건가.

"그나저나, 어느 틈에……."

"콜로세움──."

"아아, 그때 싸우는 와중에 달아 두었던 거였냐! 아이, 그럼 너 지금까지 계속 날 감시했었던 거냐?!"

아, 머더 삐에로가 시선을 돌리고 식은땀을 흘리고 있다.

"성무기의──가 죽는 건 보고 싶지 않아. 가능하면 협조──."

보아하니 머더 삐에로는 나에게 협조를 제안하려는 것 같지만…….

"저주 때문에 능력이 저하——거였구나."

"네……. 아, 지금은 다 나았지만요."

라프타리아는 도를 칼집에 꽂으며 대답한다.

"적이 지원마법을 해제하는 마법을 영창한 덕분에, 저주에 의한 능력 저하까지 해제된 게 행운이었군."

하지만, 다음에도 이렇게 잘 풀릴 거라는 보장은 없다.

한 녀석이 나왔으니, 다른 녀석이 더 나오지 말라는 법도 없다.

사성용사의 목숨을 노리는 녀석이 있다면, 저주에 의해 능력이 저하된 채로 있어서는 곤란하다. 그리고 렌과 모토야스, 이츠키를 빨리 찾아내지 않으면, 그 녀석들이 살해당할 가능성이 있다.

……그 녀석들이 내가 가르쳐준 강화방법을 실천하기만 한다면, 걱정도 어느 정도는 해소될 텐데 말이지.

"나오후미 님, 머더 삐에로 씨가 키르 군을 구해준 건 사실이니까, 일시적으로라도 같이 행동하는 건 어떨까요?"

"으음……."

머더 삐에로가 우리를 감시하고 있었던 점이 좀 마음에 걸리기는 하지만, 녀석이 뭔가 함정을 파고 있다 해도, 녀석을 내 눈이 닿는 범위 안에 두는 게 더 유리할지도 모르니…….

"형. 이 누나 강해?"

"말은 중간중간 심하게 끊기지만, 강한 편이긴 할 거야."

그나저나 적이 한 말이 마음에 걸리는군.

멸망한 세계의 권속기?

"아까 그 녀석이 얘기한, 멸망한 세계의 권속기라는 건……."

머더 삐에로가 고개를 떨군다.

그리고 가위로 시선을 옮겼다.

"내 세계의──는 살해당하고, 세계는──."

우두커니 뇌까리는 그 표정에는 후회의 감정이 묻어나는 것처럼 보였다.

키즈나 쪽 세계에서 전해지던 전승이 떠오른다.

글래스 패거리는 다른 세계의 사성용사를 죽이려 했다. 자신들의 세계를 지키기 위해서.

요컨대, 머더 삐에로는 그 싸움에 패한 세계의 생존자라는 얘기……일 것이다.

목소리에 잡음이 섞인 것도, 어쩌면 세계의 멸망 때문에 권속기의 기능에 문제가 발생했기 때문인지도 모른다.

다른 세계에 넘어와 있는 사이에 자신의 세계가 멸망하는 바람에, 죽지도 못한 채, 파도를 통해 이런저런 세계를 방랑하고 있는 것이다.

그렇게 생각하면 이상할 건 아무것도 없다.

마을에 왔을 때도, 다음 파도가 올 때까지 머물게 해 달라고 했었다.

"하아……. 알았어. 하지만, 그렇다고 널 믿는 건 아냐. 감시를 붙일 테니 그리 알아 둬."

"응……."

"어쨌거나, 덕분에 살았어. 그 점은 고마워."

"……응."

고개를 끄덕이는 머더 삐에로에게서 시선을 돌려, 키르와 노예들을 쳐다본다.

"자, 우선 클래스 업을 마친 너희의 힘을 확인해 보고 싶었지만, 지금은 그러고 있을 때가 아닌 것 같군."

"무지하게 아쉽지만, 알았어, 형."

"머더 삐에로, 먼저 물어볼 게 있는데, 네 이름은 뭐지?"

링네임이 본명일 리는 없을 것이다.

일단 편하게 부를 수 있도록 이름 정도는 물어봐 두는 게 좋을 것 같다.

"세인 록."

으음, 윗치의 모험가명과 한 끗 차이잖아. 더더욱 신뢰가 안 가는군.

참고로 윗치의 원래 모험가명은 마인 스피아였다. 지금은 걸레지만.

"어쨌든 앞으로 잘해 보자고."

"잘 부탁해……."

이리 하여 그런 녀석이 마을에 눌러앉게 된 것이었다.

# 14화 정식 의뢰

마을로 돌아온 후, 세인은 마을 한구석에서 뭔가 재봉 작업을 시작했다.

재봉 도구의 권속기라고 생각하면 될지도 모르겠다.

얼핏 보니, 봉제인형을 만드는 것처럼 보였다.

뭘 하고 있는 건지…….

그런 생각을 하면서, 나는 모토야스와 렌, 이츠키에 대한 수색에 중점을 둬야 할 때가 다가왔음을 자각했다.

세 용사 놈들이 그런 적을 상대로 싸워서 이길 수 있을 리가 만무하다.

하지만, 끈질기게 필로를 습격하던 모토야스조차도, 눈에 띄지 않은 지 1주일이 다 지난 상태였다.

지난번 사건이 있은 후로, 이세계로부터의 또 다른 습격을 경계하고 있다.

뭐, 세인도 마을에서 항상 경계하고 있는 것 같지만.

뭐랄까……. 언제 나타날지 알 수 없다는 게 섬뜩하고 불쾌하기 짝이 없다.

그와는 별개로…… 내 영지 내에서 도적이 활발하게 활

동하고 있다는 점이 새로운 문제점으로 부상했다.

나라고 요 1주일 동안 그냥 손 놓고 구경만 하고 있었던 건 아니다.

키르와 노예들의 실력을 끌어올리는 작업을 시작하고, 행상을 통해 돈도 벌고 있다.

경계만 하고 있을 수는 없는 노릇이니까.

"응?"

그런 문제점들에 대한 대처 방안을 고민하면서 걸어가다 보니, 낯익은 녀석들과 마주쳤다.

쭈뼛거리는 박복녀와, 간소한 갑옷을 걸친 드센 여자.

한마디로 리시아와 에클레르다.

"저희 돌아왔어요."

"이와타니 님."

요즘 본격적으로 수련에 힘쓰겠다면서 할망구와 같이 도시를 떠나 있었다.

"오오, 너희, 수행은 다 끝난 거야?"

"아직 끝나지는 않았지만, 나오후미 씨를 도우라는 지시를 받았어요."

"나도 마찬가지다."

도와주라는 게 무슨 뜻이지?

"……수행은 성과 좀 있었어?"

"리시아와 함께 실전을 경험하고 오라고 하더군. 수행은 앞으로도 더 이어지겠지."

실전을 경험하고 오라니……. 이거야 원, 할망구도 성가신 지시를 다 내리는군.

그나저나 문제는 에클레르다.

넌 도대체 네 임무를 뭐라 생각하고 있는 거냐.

어쨌거나 영주 대리라는 직함을 갖고 있는 주제에, 틈만 나면 할망구한테 가서 수련이나 하고 있다면서 메르티가 투덜거릴 정도라고.

나와 메르티에게 모든 일을 다 떠맡기려는 거냐?

"뭐, 나는 변환무쌍류의 겉만 배웠을 뿐이지만 말이지."

"저는 전부 다 배우고 있는 중이에요……."

"겉?"

"누구든지 습득할 수 있는 게 겉이고, 특별한 자질이 필요한 게 속이라는 모양이더군."

"호오……."

나는 에클레르를 응시한다.

"왜 그러지, 이와타니 님?"

"정말 괜찮겠어? 어중간하게 배웠다간, 잔챙이 미끼처럼 당해 버릴 것 같아서 무서운데."

"후…… 나를 지나치게 얕보는군. 리시아 님이 스태미나가 고갈돼서 쓰러진 상황에서도 나는 끝까지 사범님을 쫓아갔어."

"리시아보다 나은 걸로 자랑하는 건 좀……."

"후에에에……."

어느 정도 강해지기는 한 것 같지만, 리시아는 애초에 스태미나가 시원찮은 녀석이잖아.

스테이터스라는 기초적인 의미에서 말이지.

"변환무쌍류는 기술보다 기초적인 몸의 움직이나 마력, 기의 흐름을 중시하는 유파니까. 요령을 파악하느라 정말 고생했어."

그 할망구는 실제로 상당히 강하니 신뢰하고 있지만, 변환무쌍류라는 유파에 대해서는 잘 모르는 구석이 많다.

명력수(命力水)로 도핑을 하면 비교적 쉽게 감각을 파악할 수 있긴 한 것 같은데…….

"이제 제법 요령을 익혔어요."

"오? 쿄를 상대할 때만 사용할 수 있던 그 기술이 꽃을 피운 거야?"

"아, 아마도요. 그때의 감각을 조금이나마 재현할 수 있게 됐어요."

"……그거 대단한 일 아냐?"

내 말을 들은 리시아는 어리둥절한 표정이었다.

그 정도는 이제 당연한 일처럼 여기고 있는 건가……. 이 정도면 이른바 파워 인플레 수준 아냐?

나까지 일격에 당하거나 하는 일도 생기는 거 아냐?

내가 알고 있는 만화 중에 그런 식의 전개가 있었다.

……그런 건 싫은데.

"라프타리아는 어쩔 거지? 계속 나와 같이 다니다 보니까 수행이 좀 어중간해졌잖아?"

내 질문에 라프타리아가 난처해하며 대답한다.

"저기…… 글래스 씨와 훈련할 때에도 설명 드렸지만, 저도 어느 정도는 익혔어요. 다만, 권속기 때문에 에클레르 씨나 리시아 씨처럼 할 수는 없게 됐지만요."

"호오……. 할망구가 얘기하기로는 스킬을 강화할 수 있다고 그랬었는데."

"맞아요. 힘을 불어넣으면 위력이 상승돼요."

일단 라프타리아도 유사한 움직임을 할 수 있는 건가? 나도 조금은 익혔었던 기억이 난다.

필로는 이미 습득을 마친 상태라고 그랬던가? 어디까지나 라프타리아와 글래스가 얘기한 것일 뿐이지만.

"저도 본격적인 수행을 하는 게 좋을 것 같긴 하지만……."

"지금은 언제 습격이 들어올지 알 수 없는 상황이야. 계속 경계만 해 봤자 소용없는 짓이긴 하겠지만."

라프타리아를 수행에 보내고 싶어도, 상황이 여의치 않다.

애초에 나도 스스로를 좀 단련하는 게 좋을 것 같다는 생각도 들지만…… 시간적 여유가 없다.

"할망구는 뭐라고 했지?"

"스승님은, 라프타리아 양은 나오후미 씨의 오른팔이니까, 아직 배워야 할 게 잔뜩 있을 거라고 말씀하셨어요."

"그랬단 말이지……."

라프타리아가 있으면 여러모로 도움이 된다. 지금까지 계속 함께 있었던 만큼, 연대 작전도 용이하다.

하지만, 이 기회에 나와 함께 수행하는 것도 나쁘지는 않다.

적의 습격을 경계해야 하니, 타이밍을 신중하게 고려해야 하겠지만.

"이와타니 님은 앞으로 어떻게 할 예정이지?"

"아아, 계속 경계만 하다가는 움직일 수가 없으니까. 지나치게 번식해서 마을 근처까지 퍼져 있는 위험한 마물을 퇴치하러 갈까 생각 중이야. 그리고 이 근처에서 활발하게 활동하고 있는 도적을 잡아 달라는 메르티의 부탁도 받았으니, 겸사겸사 그 일도 처리할 예정이야."

"흐음."

"뭐가 흐음, 이라는 거야. 원래는 네가 해야 할 일이라고."

"윽……."

정곡을 찔린 듯 에클레르는 입을 다물었다.

뭐……. 이제 슬슬 나 자신의 실력 향상도 염두에 두고 정기적인 경험 축적을 해 나가야 한다는 얘기다.

스테이터스는 떨어져 있지만, 그렇다고 레벨을 올리지 못

하는 건 아니니까.

"그, 그럼 나도 같이 가도록 하지. 물론 리시아도."

"마침 잘됐군. 이 기회에 너희의 성장한 모습도 좀 봐야 겠어."

으음, 나, 라프타리아, 리시아, 에클레르…… 그리고 이 동용으로 필로가 같이 기게 되겠군.

전력 면에서는 부족할 게 없는 구성이다. 이 멤버가 모였 는데도 진다면, 무슨 수를 써도 이겨낼 수 없는 상황이라는 얘기다.

뭐, 무슨 일이 생기면 세인이 달려오겠지.

지금도 내 갑옷에 바늘을 달아 두고 있는 모양이니까.

"다음은…… 아트라."

"네, 왜 그러세요?"

내가 부르기가 무섭게 아트라가 다가왔다.

대기라도 하고 있었던 건가 싶을 만큼 빠른 반응이었다.

처음에는 분명 병약한 캐릭터였던 것 같은데…….

"뭐야?!"

포울이 울분에 찬 표정으로 나를 노려보고 있다.

이 녀석들, 은근히 활동을 하고 있는 것 같더란 말이지.

아직 클래스 업 시기까지는 거리가 멀지만, 실력이 어느 정도인지 확인해 두고 싶다.

그나저나, 나는 그저 아트라를 부르기만 했을 뿐인데 '뭐야?!' 라니, 뭘 그렇게 격하게 반응하는 건지 원.

"너희, 레벨업을 하러 갈 테니 거들어."

"네. 나오후미 님과 함께 갈 수 있는 날을 기다려 왔는걸요."

"아트라! 너는 굳이 그런 걸 하지 않더라도——."

"오라버니, 시끄러워요."

아트라가 손가락을 뻗어서, 난리를 피우려 드는 포울을 쿡 하고 찔렀다.

"크흑——."

단지 그것뿐이었는데도, 포울이 배를 부여잡고 고꾸라진다.

뭐지? 아트라 쪽이 힘이 더 강해 보이는데.

그보다 방금 그건 대체 뭐야?

급소를 찔렀다거나 하는 건가?

"이와타니 님, 사범님이 말씀하시길, 아트라 님은 변환무쌍류를 배울 필요가 없다고 하더군. 맹인이라는 점이 재능을 활짝 꽃피워줬다는 말씀이셨어."

할망구도 마을에 온 노예들을 확인은 하고 있는 모양이군.

전투 고문 취급으로 내 마을에서 지내고 있는 거니까 말이지.

자질이 높은 녀석을 알아보는 안목을 갖고 있는 것 같다.

아트라를 구입하기 전에 들은 얘기로는, 필로와 사디나는 차원이 다른 능력치를 갖고 있다고 하기도 했었다.

그럼 아트라도 그런 건가?

팔팔해 보이는 오빠 포울보다도?

하지만 생각해 보면, 눈이 안 보이는데도 별 탈 없이 생활하고 있고, 기(氣)라는 개념에 대해서도 잘 알고 있다.

어쩌면 오빠보다 더 좋은 물건을 구입한 건지도 모르겠는데.

"으음…… 그 정도 실력이면 충분하겠어. 한 번 믿어 보도록 하지. 그럼 출발하자."

"이와타니 님, 도적은 어디에 출몰하지?"

"요즘 어떤 산간 지역에서 도적들이 무리를 짓고 본거지를 구축한 상태라는 모양이야."

나는 지도를 펼치고 에클레르에게 산적의 활동지역을 설명한다.

습격하기에 좋을 것 같은 곳이다.

"후후…… 무리 지어 있다니 딱 좋은 상황이군."

"왜 그렇게 들떠서 웃고 있는 거지? 이와타니 님이 그런 식으로 웃는 건 처음 보는데."

에클레르가 어리둥절해 하며 묻는다. 내가 그런 표정을 짓고 있었나?

도적은 돈 될 만한 물건들을 꽤 비축하고 있는 법이다. 빼앗기 딱 좋은 상대란 말이지.

정식 의뢰니까 보수도 받을 수 있고, 일석이조다.

"나오후미 님은 도적 사냥을 좋아하시니까요."

"수확이 짭짤하니까. 동시에 영지의 치안 향상에도 보탬이 되고."

에클레르가 어리둥절한 얼굴로 나를 쳐다보고 있다.

알 게 뭔가. 영지 경영보다 수행을 우선시하는 녀석한테 싫은 소리를 들을 이유는 없다.

"이 녀석들을 소탕하려면, 일단 요즘 들어 급부상하고 있는 우두머리를 붙잡아야 한다는 모양이야."

듣자 하니 이번 도적들은 조직적인 행동을 벌이는 성가신 녀석들이라고 한다.

어제도 행상 중에 도적을 만나서 붙잡았었는데, 녀석들이 구시렁구시렁 털어놓았었다.

"우두머리?"

"붙잡은 도적들의 증언에 의하면, 최근에 인근 도적들의 보스가 된 녀석이라나 봐. 녀석이 상당한 싸움꾼이라더군."

노예들이 행상 중에 습격을 받아 물리친 적도 있었다고 한다.

어찌 됐건 노예들도 상당히 강해졌다는 뜻이니, 한결 마음이 놓이는군.

"싸움꾼인데 도망 다니고 있다는 건가?"

"그래. 잘은 모르겠지만, 꽤나 의심이 많은 보스라서 어지간해서는 사람들 앞에 나서지 않고, 그러면서도 강력한 모험가들을 하나하나 확실하게 짓밟은 꼼꼼함의 소유자이기도 하다나 봐."

"잘 이해가 안 되는데……."

하긴 그렇지. 그게 정말 보스가 맞긴 한가 하는 생각이 들 만도 하다.

좋게 표현하자면 책략가라고 할 수도 있겠지만, 교활한 녀석이라 볼 수도 있다. 적이 되면 성가신 스타일이다.

그렇기에, 내가 본격적으로 토벌에 나서야 하는 상황이 된 것이다.

"도적들은 그 보스의 지시에 따라 공격 대상을 교란시키고, 혼란에 빠져 도망치는 자를 고립시킨 상태에서 보스가 직접 사냥하는 전략을 취한다는 모양이더군."

그런데…… 왜 굳이 그런 성가신 전법을 사용하는 거지?

목적이 불명확한 녀석이다.

"그런 방식을 쓰고 있어서, 부하 도적을 붙잡더라도 보스는 붙잡히지 않아. 우리의 임무는 그 우두머리를 붙잡는 거고."

"흐음, 성가신 도적이 나타났군."

확실히, 성가신 적이라는 건 분명하다.

보스만 살아 있으면 부하는 얼마든지 보충할 수 있는 상황이다.

그렇게 꼼꼼한 전법을 구사하는 걸 보면, 아마 아지트도 한 곳만 있는 건 아닐 것이다.

하지만, 도적 사냥이 돈이 된다는 것 또한 명백하다.

"뭐, 일단은 예정대로, 도적이 출몰하는 지역을 순회하면서 마물을 사냥할 생각이야."

"그래."

"알았어."

"알겠습니다."

그때 라프짱이 아상아상 설어왔다.

"라프~."

"오? 라프짱이잖아."

오랜만에 실컷 쓰다듬어 줘야겠군.

노예들의 정신적 위로를 담당하느라 요즘 내 곁에는 있을 시간이 얼마 없었으니까.

라프타리아가 있을때는 배려를 하듯이 거리를 두는 조신한 면이 라프짱의 매력이다.

"라프~!"

"그래, 착하지, 착하지."

"나오후미 님? 뭘 그렇게 즐거워 보이는 표정으로 쓰다듬으시는 거예요?"

"그야 즐거우니까."

역시 라프짱은 귀여워서 좋다니까.

요즘에는 어울릴 기회가 별로 없었으니까, 쓰다듬을 수 있을 때 실컷 쓰다듬어 둬야지.

"하아……."

"라프짱도 도적 사냥에 같이 갈래?"

"라프~!"

오? 꽤 적극적으로 의욕을 보이잖아? 라프짱도 같이 데려갈까.

재미있어질 것 같군.

"이와타니 님……. 라프타리아, 기운 내라."

"네……."

어째 에클레르가 라프타리아를 위로하고 있다. 무슨 일이라도 있는 건가?

"라프~?"

"좋아, 그럼 이웃 도시에서 메르티와 같이 있는 필로를 데려와. 마물 퇴치 겸 도적 사냥을 위해 출발하는 거다!"

내 지시에, 모두 빠릿빠릿하게 행동을 개시했다.

"몰라보게 움직임이 좋아졌군."

할망구의 교육이 맺은 결실인지, 리시아가 앞장서서 마물을 해치우고 있다.

예전의 리시아를 알고 있는 사람이 본다면, 환각이라도 보는 것 같은 기분에 휩싸이겠지.

사실, 나 역시 그런 기분이다.

무기는 소검…… 페클 레이피어를 주축으로, 실이 달린 투척용 나이프와 채찍.

투척용 나이프를 던지는 동시에 채찍으로 상대를 휘감고, 나이프가 꽂히는 동시에 잡아당겨서 페클 레이피어로 꿰어 버린다.

그 찌르기는 변환무쌍류의 기술인 박돌(縛突)이라는 공격이라고 한다.

명칭이 지나치게 단순해서 도리어 중2병스러운 느낌노 들지만, 그 점을 제외하면 높이 평가할 만하다.

게다가, 엄청나게 빠르다.

원래 리시아는 감정이 고양되면 강해지곤 했지만, 지금은 그 경지를 초월한 정도로 강해졌다고 봐도 좋을 것 같다.

물건을 던져서 상대에게 적중시키는 데 능숙하기도 하고.

저 기술에 방어 관통 능력 같은 것까지 결합시키면 상대하기 버거울 것 같다.

나도 앞으로 열심히 수련해야 할 것 같다.

일단 라르크 일당과 우호관계를 구축한 상태라서 당장 급한 불은 끈 셈이었지만…… 앞으로 상대하게 될 적들을 생각하면, 라르크 일당과 같은 공격을 익혀 둬서 손해는 없으리라.

참고로 리시아의 현재 레벨은 70.

기나긴 69 기간을 넘어, 드디어 70이 되었다.

다음 레벨업은 69에서 70이 될 때까지만큼 오래 걸리지는 않겠지만, 그래도 꽤 오래 걸리겠지……. 70이 되면 뭔가 재능이 꽃필 것으로 기대했지만, 70이 된 직후에 큰 변화 같은 게 나타나는 일은 없었다.

그렇지만 레벨에 걸맞지 않은 그 능력은, 솔직히 꽤 놀라운 것이었다.

이건 어디까지나 내 예상이지만, 이츠키가 지금의 리시아를 보면 돌아와 주기를 바랄지도 모르겠다.

그 녀석은 자존심 하나는 누구보다 강한 놈이니까, 실제로 말하지는 않을 것 같지만.

"그런가요? 저는 그다지 실감이 나지 않는데……."

자각은 못 하고 있는 건가. 강해진 후에도 근본은 달라지지 않은 모양이다.

그런 생각을 하고 있을 때, 에클레르가 검으로 마물을 꿰뚫었다.

리시아만큼은 아니지만, 이쪽 역시 상당한 솜씨다. 예전보다도 확실히 강해졌다.

"에클레르 씨, 굉장하네요."

라프타리아가 감탄하며 에클레르를 칭찬하고 있다.

"라프타리아만큼은 아냐. 하지만, 변환무쌍류에 있어서는 내 쪽이 한 발짝 앞서 있어. 빨리 따라오도록 해."

"네, 기필코 따라잡을게요."

보아하니 라프타리아와 에클레르 사이에는 우정이 자리 잡은 모양이군.

그런 광경을 곁눈질하며, 아트라가 다가와서 내게 말했다.

"지켜봐 주세요, 나오후미 님."

"그래."

이제 아트라가 어느 정도 해 줄지가 관건이군.

오빠보다 더 강한 걸까?

"아트라! 그 녀석은 내가——."

"오라버니, 거치적거리지 마세요."

"우왓!"

아트라의 손가락에 찔린 포울이 앞으로 고꾸라지고, 아트라는 그런 포울을 발판으로 삼는다.

아트라는 자신에게 덮쳐드는 거대 멧돼지 마물, 레이저 백의 돌진을 한 손으로 정면에서 막아낸다.

손가락 하나를 레이저 백의 코끝에 대고 있을 뿐이었는데도.

레이저 백은 필사적으로 달려들려 했지만, 한 발짝도 나아가지 못한다.

뭐지? 엄청난 괴력이라도 갖고 있는 건가?

"미안해요."

쿡.

아트라가 레이저 백의 이마를 향해 뛰어올라서, 가볍게 찌른다.

단지 그것뿐이었건만…… 레이저 백은 흰자위를 까뒤집

고, 입에 거품을 문 채 거꾸라졌다.

엉? 저거 죽은 건가?

EXP 70 획득

······경험치가 들어왔다.

마치 무슨 암살자 같다. 일반적으로 퇴치당할 때보다 더
강한 대미지가 들어간 것처럼 보이는 건 왜인지 모르겠군.

두뇌를 후벼 팠다거나 하는 걸까? 그냥 쿡 찌른 것처럼만
보였는데.

"해냈어요!"

"그, 그렇군······."

천재란 굉장하군. 리시아나 여기사보다도 훨씬 더 강해
보인다.

게다가 맨손으로 해치운 거냐.

이제 와 생각해 보니 무기도 주지 않은 상태였다.

아니, 다른 노예들과 마찬가지로 무기를 주긴 했던 것 같
은데, 아마 쓰지 않은 것이리라.

마물들의 평균 레벨이······ 40 정도인가. 이 멤버에게는
식은 죽 먹기군.

나는 아트라의 발판 신세가 되어 있는 포울을 쿡쿡 찌른
다.

뭐 이렇게 불쌍한 오빠가 다 있담.

"토옷~!"

필로는 필로리알 퀸 형태로 기운차게 마물들을 걷어차고 있다. 그 능숙한 전투 양상은 예나 지금이나 여전하군.

그나저나 내가 방패를 쓸 필요도 없이 마물들이 쓸려 나가고 있잖아.

나도 뭔가 하는 편이 좋긴 하겠지만, 필요성이 느껴지지 않는다.

다들 이렇게 강해졌는데……. 살짝 소외감이 느껴진다.

"나오후미 님, 무슨 일 있으세요?"

"아니."

"라프타리아, 이와타니 님이 활약할 수 있는 마물을 데려오도록 하자. 안 그러면 사디나 님에게 이와타니 님을 빼앗길지도 몰라."

"네!"

"놀아 달라고 그러는 거 아냐! 라프타리아도 그렇게 힘차게 고개 끄덕이지 마!"

에클레르 녀석, 무슨 소리를 하는 거냐.

왜 내가 그 술주정뱅이 여자와 같이 얽혀야 한다는 건데?!!

"뭐, 됐어. 이런 상황에서는 이 기술이 딱 좋겠지. 헤이트 리액션!"

일단 헤이트 리액션을 사용해서 주위의 마물들을 끌어 모으면서, 조금 더 강한 마물이 있는 곳으로 이동하기로 한다.

산 안쪽으로 들어가니, 이윽고 드래곤이 섞인 것 같은 마물이 출현하기 시작했다.

아아, 그러고 보니 드래곤은 변경에 서식하는 마물이었지.

도적의 출몰 지역에서 벗어나고 말았다.

뭐, 어디까지 갈 수 있을지 확인도 할 겸, 이 정도는 괜찮겠지.

소재를 방패에 흡수시키면 은근히 방패의 능력 향상에도 도움이 되고.

그렇게 생각했지만, 어째선지 드래곤 계열의 방패는 해방이 되질 않는다.

영귀 계열의 방패도 출현하는 데 시간이 걸렸었고 말이지.

"이와타니 님!"

"나오후미 님! 부탁드릴게요!"

"드디어 내가 나설 차례군"

이쯤 되니 내 전력도 필요해졌기에, 마물을 방패로 틀어막는다. 그리고 그 틈에 다른 녀석들이 공격해서 해치운다.

더불어 약한 마물들은 각자가 물리쳐 나간다.

그러다 보니 다들 레벨이 올랐는데, 그중에서도 놀라운 성장세를 보인 녀석이 하나 있었다.

70에서 71이 된 순간, 모든 스테이터스가 급격하게 쑥 올라갔다.

그 인물의 이름은 리시아 아이비레드.

수련의 성과인가?

아니, 육체 강화는 스테이터스 마법과는 별개로 적용되는 것이니, 육체 단련을 한다고 스테이터스가 이렇게 급상승할 리는 없다.

그날은 도적과 조우하는 일 없이 마물만 사냥하면서 레벨이 72까지 올랐는데, 71에서 72가 될 때 역시, 3할 가까이 스테이터스가 뛰어올랐다.

스테이터스로 따지자면, 권속기에게 선택받기 전 라프타리아의 절반 정도에 육박한다.

원래가 3분의 1 정도였으니 그다지 대단한 건 아니라고 생각할지도 모르지만, 성장세가 이 기세로 유지된다면, 레벨 75면 그 시절의 라프타리아를 따라잡게 된다.

보아하니 리시아의 재능이 꽃을 피우는 것은 레벨 71 이후부터였던 모양이다.

이제야 전력 면에서도 리시아에게 큰 기대를 해 볼 만한 상태가 된 것 같다.

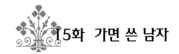# 15화 가면 쓴 남자

"자, 이제 레벨도 어느 정도 올렸으니, 본격적으로 도적들을 찾아보도록 하지. 보물을 빼앗고 나서 레벨업을 재개하면 되니까."

위험한 마물 퇴치 임무를 대강 마친 나는 그렇게 말했다.

"아니, 잠깐! 장물을 어떻게 할 꿍꿍이냐!"

"원래 소유자가 누구인지도 모를 물건을 주인에게 돌려주라고?"

내 대꾸에 에클레르가 신음한다.

영귀 사건 때도 비슷한 소리를 했었던 것 같은데.

"증명할 수 있다면 돌려줄 거야. 하지만, 그걸 증명할 수 있을까?"

이윽고 에클레르는 체념한 듯 깊은 한숨을 지었다.

"하아……. 영주 구실을 하려면 이와타니 님처럼 강인한 생활력을 가져야 한다는 건가?"

"라프타리아, 도적의 금품을 빼앗는 건 나쁜 일이야?"

"네? 나쁜 일인가요? 물건을 빼앗는 사람들이 더 나쁜 거 아닌가요?"

"라, 라프타리아?"

"흐음……. 반응만 보자면 에클레르의 의견이 옳은 것 같은 느낌도 드는군."

어차피 이제 와서 중단할 생각은 없지만 말이지.

"하지만, 도적의 보물은 내 거야. 그걸로 재건 비용을 충당할 거야."

요전에 노예를 구입할 때처럼, 급히 돈이 필요해질 가능성도 있으니까 말이지.

돈은 많으면 많을수록 좋은 법이다.

"이것도 다 필요한 일이라는 건가? 나는…… 대체 어떻게 해야 하는 건지……."

에클레르가 뭔가 고민하고 있잖아? 왜 저러는 거지?

원래는 훨씬 더 끈질기게 물고 늘어질 줄 알았는데…….

뭐, 쓸데없는 일에 힘 쓸 일이 줄었으니 잘됐지 뭐.

"하아……."

"라프?"

오? 라프타리아와 라프짱이 같은 모션으로 고개를 갸우뚱거리고 있잖아.

이거 좋은데! 뭔가 분위기가 달아오르는 느낌이다.

"도시보다 이와타니 님의 마을 재건이 더 빨리 진행되고 있는 느낌을 지울 수가 없군."

"남의 떡이 더 커 보이는 법이야. 마음 쓸 거 없어."

메르티를 비롯한 귀족들의 협조 덕분에, 에클레르가 관리하고 있는 도시도 다소 재건이 진행된 상태다.

내 마을은 아직 일손이 약간 부족한 상태니까.

집과 밭밖에 없어서, 도시라고 하기에는 상당히 무리가 있다.

"아니……. 이대로 가다가는, 머지않아……."

"그렇게 마음이 쓰이거든 수련 따위 때려치우고 메르티 일이나 거들어!"

나 참, 두뇌까지 근육으로 뒤덮여 있는 것 같은 녀석이 나를 부러워해서 어쩌자는 거냐.

무술을 얻을지, 정치를 얻을지, 하나만 고르란 말이다.

"어쨌거나, 마물 퇴치는 어느 정도 끝났어. 이제 도적 사냥에 나설 차례야."

우리는 도적단이 눌러앉아 있는 가도 근처의 산에서 준비를 갖추고 있었다.

"다들 알고 있겠지만, 도적들의 레벨은 기껏해야 40일 테니까, 평소처럼 싸우면 돼."

클래스 업은 국가의 신뢰를 얻어야만 할 수 있다. 그러니 도적들의 레벨은 그다지 높지 않을 게 분명하다.

물론, 제르토블 같은 곳에서 클래스 업을 한 떠돌이가 있을지도 모르지만 말이지.

꽤 오래전에, 행상 일을 하다가 한 번 맞닥뜨린 적이 있었다.

제르토블에서 클래스 업을 하려면 콜로세움에서의 실적이 필요할 것 같다.

하지만 콜로세움에서 돈을 벌 수 있는 녀석이 도적이 되려 할 것 같지는 않다.

뭐, 내 알 바 아니지만.

"우선, 2인 1조로 도적의 아지트를 찾아봐 줘. 보스를 찾기에는 아직 정보가 부족하니까."

도적의 아지트를 찾아내자면, 도적을 찾아내서 자백을 받아내는 게 가장 빠른 방법이다.

일단 몇 명쯤 붙잡아야 하겠지.

어디 보자, 인원 편성은…… 적당히 친해 보이는, 혹은 밸런스가 좋아 보이는 사람끼리 엮는 게 좋겠군.

"포울과 아트라, 라프타리아와 에클레르, 필로와 리시아. 이렇게 짝을 지어서 찾아봐 줘. 그게 마음에 안 들면 마음대로 팀을 짜도 되고."

나는 라프짱을 안고 걸음을 내딛는다.

"라프짱은 나와 한 팀이다. 자, 라프짱, 쓰다듬어줄게."

"라프~."

"왜 그렇게 되는 건데요?!"

라프타리아가 이의를 제기한다.

"너무 줄줄이 몰려다니면 좀 그렇잖아. 나는 보스의 습관에 맞춰서, 얼핏 보면 혼자 돌아다니는 것처럼 구는 식으로,

라프짱이랑 같이 먹잇감을 낚아 볼게. 무슨 일이 생기면 라프짱이 라프타리아에게 연락해 줄 거 아냐?"

"라프! 라프라프!"

사역마인 라프짱은 라프타리아에게 긴급 신호를 보낼 수 있다는 모양이다.

그렇기에 뛰어난 전력을 가진 라프타리아는 자유롭게 행동하도록 하고 싶은 것이다.

라프짱도 뭔가 의욕이 넘치는 모양이다.

뭐, 마물과 조우하면 나 혼자서는 대처하기 난감하지만, 도망치는 건 어렵지 않다.

마물이나 습격자를 상대로 할 때 꼭 내가 싸워야 하는 것도 아니니까.

최악의 경우에도, 세인을 부르면 달려올 테고 말이지.

"그런 뜻이 있었군. 알았다. 그럼 가지."

"……알았어요."

에클레르가 말하자 라프타리아도 납득한 모양이다.

"아트라, 너는 탐지능력이 뛰어나니까 활약을 기대할게. 도적의 아지트를 찾아내 와."

"저만 믿으세요. 자! 가요, 오라버니!"

"큭……."

포울은 나에 대한 적의가 아직도 강하게 남아 있는 모양이군.

하지만 결국은 여동생에게 질질 끌려가다시피 도적 탐색을 개시했다.

"그럼, 다녀올게요."

"주인님, 필로도 다녀올게~."

리시아도 차분하게 필로와 함께 도적들을 찾아 떠났다.

"그럼……."

라프짱과 나도 도적과 그 아지트를 찾아다니기 시작한다.

뭐, 내가 도적의 기습에 당해 부상을 입는 일은 없을 테니, 이 의뢰도 식은 죽 먹기겠군.

그렇게 산책이라도 하는 기분으로 라프짱과 장난을 쳐 가며 산길을 걷고 잇었다.

"라프으으으으!"

라프짱이 경고라도 하듯 울면서 한쪽 방향을 삿대질한다.

뭐지? 고개를 돌려 보았지만 아무도 없었다.

하지만 눈앞에 별안간 검은 그림자가 나타났기에, 무심코 방패를 앞으로 내밀었다.

"어쌔싱 소드!"

"뭐야?!"

방패에서 요란하게 불꽃이 튄다. 쩍 하는 충격으로 미루어 보아, 상당히 강한 힘이 담긴, 고위력 공격이라는 걸 알 수 있었다.

내가 아닌 다른 녀석이 맞았더라면 죽었을 수도 있겠는데?

"밑도 끝도 없이 무슨 짓이야?!"

붕 하고 방패를 휘둘러서 나를 기습한 바보를 가로로 후려친다.

나를 찌르려 했던 녀석의 모습을 순간적으로 확인한다.

"정정당당한 대결이다……!"

"뭐야 ―."

눈으로 보고도 믿지 못할 그 모습을 보고, 나는 말문이 막혀 버렸다.

수상한 검은색 해골 모양 가면으로 얼굴을 가리고 있지만, 체형, 목소리, 무기를 잡은 폼 등으로 미루어 보아, 가면 쓴 인물의 정체를 떠올릴 수 있었다.

아마키 렌. 검의 용사가 새까맣고 흉흉한 검을 움켜쥔 채 공격태세를 취하고 있었다.

"칫!"

기분 탓인지 지난번에 봤을 때보다 장비가 초라해져 있고, 가면 틈으로 엿보이는 눈빛도 무기력해 보이는 게, 어째 좀 이상하다.

아니, 내가 할 소리는 아닌지도 모르지만, 그 정도 차원이 아니다.

정신적으로 피폐해져 있는지, 동공이 벌어져 있는 것처럼 보인다.

"레, 렌?!"

"……하이드…… 소드."

렌은 아지랑이처럼 일렁거리며 모습을 감추었다.

뭐지? 뭔가 환각 마법에라도 걸려서 요상한 환상이라도 보고 있는 건가?

무엇보다, 하이드라는 스킬을 쓰고 있다는 점부터가 수상하기 짝이 없다.

그래서 나는 교전태세에 들어간다.

"라프~!"

피할 곳은 라프짱이 가르쳐준다.

애초에 정정당당하게 대결하자느니 하는 소리를 지껄인 녀석이 등 뒤에서 느닷없이 칼부림을 하질 않나, 모습을 감추는 스킬을 쓰질 않나, 정신머리가 어떻게 되어먹은 거야?

게임 시스템상에서의 정정당당함이라고 지껄일 작정인가?

그건 그렇고, 묘하게 패기가 없는 목소리였단 말이지.

뭐, 알 게 뭐냐. 지금은 적에게 집중해야 할 때다.

"헤이트 리액션!"

마물을 불러 모으는 스킬. 실은 또 하나의 숨겨진 효과가 있다는 것이 카르밀라 섬에서 판명되었다.

그 숨겨진 효과란 바로, 가벼운 잠복 마법이나 스킬로 숨어 있는 상대방을 끌어내서 정체를 밝혀내는 효과였다.

라프타리아가 환영검을 쓴 상태에서 내가 헤이트 리액션을 사용했을 때였다.

라프타리아의 잠복 효과가 해제되고 말았던 것이다.

즉, 숨어 있는 상대를 찾아내는 데에도 활용할 수 있다.

렌은 또 내 배후를 파고들 생각인 듯, 내 좌측 후방으로 이동하고 있는 중이었다.

좀 얼빠진 광경이었는데, 그 점이 오히려 부아가 치밀었다.

그런 스킬을 쓸 거라면 한 번쯤 이탈하는 데 써야 할 거 아냐.

뭐, 라프짱이나 라프타리아에게는 안 통하겠지만.

"큭……."

"너…… 렌 맞지? 무슨 일이 있었던 거야?"

"……."

이게 환각이었다면 좋았을 것을……. 설마 이런 곳에 숨어 있었을 줄이야.

혹시 윗치가 도적 우두머리 노릇이라도 하고 있는 건가?

……무지 잘 어울리잖아.

그 녀석은 여왕이 될 그릇이 아니다.

굳이 따지자면 해적이나 도적이 잘 어울리는 녀석이다.

"나찰(羅刹) · 유성검!"

렌은 유성검의 모션으로 내게 검을 휘두른다.

그러자 검 끝에서 별 같은 검은 입자가 뿜어져 나와 나를 향해 날아왔다.

방패를 앞으로 내밀어서 막아낸다.

……위력은 그저 그런데. 충분히 막아낼 수 있을 정도다.

정말 놀랍도록 약하단 말이지……. 이제 좀 강화 방법을 습득해 줘야 할 텐데.

하지만, 렌은 내가 그렇게 분석하고 있는 빈틈을 놓치지 않았다.

"체인 바인드! 체인 니들!"

윽……. 방패로 막아냈지만, 약간 묵직한 고통이 느껴진다.

라프짱도 보호해야 하니, 이거 제법 고역인데.

그 틈을 타서, 렌이 연속으로 스킬을 내쏜다.

『그 어리석은 죄인에게 내가 정한 벌의 이름은 처형에 의한 참수일지니. 비명조차 지르지 못한 채, 분리된 자신의 목과 몸통을 보고 절망할지어다!』

"길로틴!"

느닷없이 지면에서 나타난 사슬이 내 몸을 옭아매고, 게다가 그 사슬에서 가시가 돋아나서 내 피부를 찌른다. 뒤이어 내 머리 위에 거대한 칼날이 달린 처형도구가 출현했다.

이 공격…… 분위기로 보아 분노의 방패 스킬인 아이언 메이든과 같은 계통의 공격인 것 같다.

큭…… 순순히 당하고 있을 수는 없지.

"어림도 없다아아아아아아아아!"

사슬을 찢어발기고, 떨어져 내리는 칼날을 손으로 막아낸다.

우와, 진짜 아프네. 피까지 나잖아.

이제야 내 방어를 돌파해 낸 건가?

강화 방법 공유⋯⋯가 아니라 스킬 자체의 성능 덕분이라는 게 좀 안타깝군.

⋯⋯SP가 뭉텅 깎여나가 있다.

"렌⋯⋯. 작작 좀 설쳐. 내가 진짜로 화내기 전에 싸움을 멈춰."

"나오후미 님!"

라프짱의 경보를 들은 라프타리아가 달려와서, 렌을 향해 도를 휘두른다.

좋아, 이대로 렌을 찍어눌러 버려!

"전송검!"

"아, 이 자식! 어딜 도망가?!"

하지만 내가 미처 붙잡기도 전에, 렌은 스킬을 통해 도약해서 사라졌다.

도, 도대체 뭐지?

렌을 흉내 내는 마물이나 사람이었나?

아니, 내 방어를 돌파할 수 있을 정도면 상당한 괴물이었을 터.

그게 아니라면 할망구가 쓰는 것 같은 방어무시나 방어비례공격이라도 쓸 줄 알아야 하리라.

녀석은 숨어 있는 상태에서 어쌔싱 소드라는 스킬을 사용했었다.

스킬의 양상이나 이름으로 보아 은폐상태, 즉 스텔스나 하이딩 상태에서 날리는 필살공격이라 볼 수 있을 것이다.

게임에 따라 존재하기도 하는 스킬이다.

직업 분류로 따지자면 정통파인 검사나 기사 등과는 다른, 암살자나 닌자나 정찰자 같은 직업이 구사하는 것 같은 느낌이다.

지금까지의 렌과는 성질이 전혀 다르잖아.

게다가, 어쩐지 커스 시리즈의 냄새가 물씬 풍기는, 음습한 칼부림.

그나저나…… 갑작스러운 습격이라니……. 저 녀석은 온라인게임에 출몰하는 PK유저라도 되나?

……혹시 도적의 우두머리라는 녀석이 설마 렌을 말하는 건가?

사전에 수집한 정보의 행동 패턴과 완전히 일치하는데…….

뭐, 녀석은 VRMMO인지 뭔지 하는 수상한 게임을 하던 녀석이었으니까.

심지어 커스 스킬 냄새가 풀풀 풍기는 공격까지 해 대다니.

상대가 나였으니 망정이지, 다른 녀석이 당했더라면 즉사를 넘어 두 동강이 났을 거라고.

라프짱이 가르쳐주지 않았더라면 뒤에서 날아든 공격에 뎅겅 잘려나갔을지도 모른다.

정말이지, 구역질이 날 노릇이다.

"괜찮으세요?"

"괜찮아. 하지만……."

"그래, 나도 다 봤어."

에클레르가 다가와서, 살기를 내뿜는다.

"도대체 무슨 일이 벌어진 거냐……."

일단 방금 입은 부상을 치료하기 위해서, 나는 회복마법을 영창한다.

아, 그리고 저주 때문에, 그 길로틴이라는 스킬의 공격은 무지하게 아팠다.

게다가 회복 속도까지 더디다…….

도적 수색을 개시한 지 불과 30분. 나는 이번 임무의 앞날이 더없이 불안해지기 시작했다.

우리는 그 후에 도적의 아지트를 발견했지만, 아니나 다를까 렌은 찾아낼 수 없었다.

소문대로 한 명 한 명 차례로 처치하는 비열한 전법을 택하고 있는 건가.

"자…… 이걸 어쩐다?"

"설마 검의 용사가 바로 우두머리였다니……."

"배후에 윗치가 있다고 봐도 무방하겠지."

"전 왕녀라……. 그분은 도대체 언제까지 어리석은 만행을 되풀이하려는 건지……."

윗치도 이 도적의 아지트에는 없었다. 다른 곳에 잠복하고 있는 건지도 모른다.

일단 도적에게서 정보를…… 응?

"있잖아."

나는 아지트를 관리하고 있던 도적 중 한 명에게 얼굴을 들이대서, 도적의 얼굴을 찬찬히 살펴본다.

낯이 익은 얼굴이다.

그것도 바로 얼마 전에 본…… 한마디로 렌에게 붙잡혔었던 도적이잖아.

왜 이 녀석이 여기에 있는 거야?

"너…… 붙잡혔었던 거 아냐?"

필로를 이용해서 으박질렀을 때마다 있었던 도적이 거기에 있다.

처음 붙잡힌 당시에는 아지트에 쳐들어온 우리에게 여유를 과시했었지만, 나를 보자마자 바들바들 몸을 떨며 두리번두리번 주위를 확인하고 있다. 그래서 필로가 어디에 있는지를 손짓으로 가르쳐준다.

"랍풋풋."

라프짱이 사악하게 히죽 웃음을 지었다.

라프짱은 정말 분위기를 잘 탄다니까. 라프타리아도 좀 배워 줬으면 싶을 정도다.

"자, 필로, 드셔──."

"항복!"

도적은 맥없이 항복했고, 그렇게 해서 지금에 이른다.

다른 녀석들은 아니나 다를까, 이 겁쟁이 자식! 이라느니 하는 도적 패거리의 욕설이 날아들었다.

물론, 곧바로 주제 파악을 시켜줬지만 말이지.

"도적과 아는 사이라니, 도대체 어떻게 된 거지, 나오후미 님?"

"오랜 악연이야. 아직 내가 누명을 벗지 못했던 시절에 처음 만났었는데, 내 신분이 신분인지라 자경단에 데려갈 수가 없어서 보물을 빼앗았었지. 다음에는 메르티 유괴 의혹을 뒤집어썼을 때 만나서, 녀석들의 아지트를 숙소 대용으로 사용했었고."

"붙잡고 싶어도 붙잡을 수 없는 상황이었다는 거군."

"그래. 다음에 만난 건 1주일쯤 전에 녀석이 렌에게 붙잡혔을 때였고, 이번이 네 번째야."

"……그런 도적이 왜 여기에 있는 거지?"

"그래서 물어보고 있잖아."

아직 전의를 상실하지 않은 노예들은 내 부하들이 순식간에 제압해 버린다.

이번에는 부하들을 많이 데려와서 참 편하군.

"뭐, 뭐야 이놈들! 완전 괴물이잖아!"

"그, 그래. 이 녀석은 두목과 맞먹는, 아니, 두목보다 더 강한 괴물이라고."

"그렇게 비행기 태워 봤자 콩고물 떨어질 건 없다고. 오히려 네가 돈을 내."

"왜 돈을 청구하시는 거예요!"

라프타리아의 태클도 시원시원하군.

뭔가 콩트를 하는 것 같은 기분이다.

"큭⋯⋯."

"그런데 너희, 그때 분명 붙잡혔었는데 어떻게 이렇게 도적질을 하고 있는 거야?"

생각해 보면 이 녀석들의 존재 자체가 이상하다.

지금은 형무소 같은 곳에 수감되어 있어야 정상인 것이다.

"하긴 그러네요. 무슨 일이 있었던 거예요?"

"연행되는 도중에 마차가 도적들의 습격을 받아서 풀려난 거야."

"호오⋯⋯."

뭐 이렇게 엉성해.

연행 도중에 마차를 습격하다니⋯⋯. 동료였던 녀석들이 구해준 건가?

이 나라의 경비도 의외로 믿을 게 못 되는군.

여왕에게 주의를 주는 편이 좋겠어.

"두목이었어."

"레―――――――엔!"

나도 모르게 고함이 터져나왔다.

그 바보 자식, 도적을 구해주다니 무슨 짓거리를 하고 있는 거냐!

애초에 자기가 붙잡은 도적을 자기가 구해주다니, 도대체 뭐 하자는 짓인지 원.

이런 게 말로만 듣던 자작극이라는 건가?

"하아……. 그분은 대체……."

라프타리아도 땅이 꺼질 듯 탄식하는군. 내 생각도 마찬가지다. 에클레르는 아예 황당한 나머지 자빠질 뻔했다.

"그게 언제 얘기지?"

"으―음……. 1주일쯤 전이었어."

우리와 헤어진 지 얼마 안 됐을 때잖아.

……윗치 녀석, 렌을 유혹하자마자 도적 조직을 만든 건가?

"그렇단 말이지……. 그럼 렌…… 아니, 너희 두목 곁에 혹시 빨간 머리의 음탕한 여자가 있지 않았어?"

"아……. 나오후미 님의 그 설명에 대해서는 여러모로 지적하고 싶은 면이 있지만 그분의 특징을 설명하자면 그 표현이 제일 적합하긴 하겠네요."

"여자? 두목은 항상 혼자 다녀."

"하긴, 그 녀석은 항상 혼자 다니긴 하지. 동료들과도 거리를 뒀을 정도니까."

렌의 스타일은, 온라인게임 용어를 빌리자면 '솔플'이라고 해야 할 것이다.

"그렇게 말씀하시니 어쩐지 좀 불쌍하게 느껴지는걸요……."

라프타리아도 동정할 정도의 외톨이가 렌이다. 지금은 윗치가 있겠지만 말이지.

하지만 도적이 일부러 윗치를 숨기려고 하는 기색은 없다.

정말로 모르는, 본 적이 없는 것 같은 느낌이다.

그렇다면, 윗치는 렌과 같이 있지 않은 건가?

그러고 보니 렌의 장비가 상당히 빈약해졌었지.

모험가들을 습격하며 다니고 있는 만큼 지금 사정은 윤택할 테니, 장비를 팔아서 생활비를 충당하고 있는 것도 아닐 텐데.

사치를 부리는 윗치를 위해서 탕진하고 있는 건가?

으~응, 그런 것치고는 도적들이 모아 두고 있는 보물이 많은데.

"그분은 대체 뭘 하고 계신 걸까요?"

윗치 패거리는 모습을 드러내지 않은 채 흑막 노릇을 하고 있는 건지, 아니면 렌은 이미 윗치에게 버림받은 상태인 건지.

그 점에 대한 해명은 렌을 붙잡고 나서 들어도 늦지 않겠지.

지금은 일단 렌을 포획하는 일을 우선시하자.

"렌은 커스 시리즈 같은 검을 소지하고 있었어. 섣불리 접근하는 건 위험하니까 조심해야 할 거야."

"그럴 것 같네요……."

"그나저나, 그게 커스 시리즈였다면 어떤 커스지?"

스킬의 구성이나 위력으로 보아 커스 시리즈라는 건 의심의 여지가 없다.

어떤 종류의 커스인지를 파악하는 게 행동 추정에 도움이 된다면, 생각해 볼 가치는 있다.

문제는 어떤 커스인가 하는 점이다.

분노…… 그 외에 다른 종류가 존재한다면, 7대 죄악이 연상되는군.

그나저나 녀석이 썼던 스킬은…… 길로틴이라고 그랬던가.

고문 도구, 혹은 처형 도구라는 공통점은 있지만, 같은 스킬은 아니다.

만약에 분노 이외에도 뭔가 다른 종류가 있다면, 다른 효과를 가진 무기가 있다고 해도 이상할 건 없다.

"내 라스 실드…… 원래는 분노의 방패라고 불렀었는데, 이건 7대 죄악이라는 요소에서 따 온 걸 거야. 이 세계에도 그런 게 있어?"

라프타리아는 지방 출신이니, 이런 건 에클레르에게 물어보는 게 좋을 것 같다.

"그래. 용사가 남긴 전승 가운데 존재하는 죄라고 들은 적이 있어."

우리 같은 용사들이 이세계에 전래시킨 개념인 모양이다.

뭐, 이세계에서 소환된 용사들은 다들 그런 요소를 좋아하는 건지도 모르겠군.

"7대 죄악이라는 게 내가 아는 것과 같은 건지 확인해 보지. 내가 아는 7대 죄악은 교만, 시기, 분노, 나태, 탐욕, 식탐, 색욕인데, 여기의 죄악은 어떻지?"

에클레르는 내 질문에 고개를 끄덕인다.

"이와타니 님이 말한 것과 같아."

내 경우, 윗치와 쓰레기, 그리고 이 세계 녀석들에 대한 증오, 즉 분노로부터 탄생한 방패였다.

렌은 나머지 모든 것에 다 해당할 것 같아서 짐작하기가 힘들다.

"그나저나, 왜 검의 용사가 도적단 보스 노릇을 하고 있다는 소문이 퍼지지 않은 거지?"

"가면을 쓰고 있어서 그런 걸까요?"

"그렇게 생각하는 게 제일 무난하긴 하겠지……."

검도 변형시키면 용사라는 걸 알아보기 힘들다.

검의 용사가 도적 두목 노릇을 하고 있다는 황당무계한 소문은, 내 귀에 들어오기도 전에 풍화되어 버린 것이리라.

"검의 용사의 목소리를 아는 도적은 아무도 없었던 거야?"

"나도 말을 걸면 죽이겠다는 협박을 받았어. 섣불리 설쳐 댔다가는 목숨이 남아나지 않을 거라고!"

아아, 렌도 비밀주의 경향이 있었으니까.

남들이 알아보지 못하도록 가면을 쓰고 있는 것도 그것 때문인가.

"솔직히, 난 오히려 이렇게 붙잡힌 게 더 마음이 편해. 이 제야 끝났구나 싶어서."

"아아, 그러셔……."

렌은 도대체 뭘 하고 있는 거지?

그렇게 생각하면서, 우리는 도적단을 결박하고 전리품을 강탈했다.

"나 원, 용사들은 하나같이 다 이런 건가?"

"알 게 뭐야. 그 녀석이랑 동급으로 놓지 마."

"이와타니 님……. 이것도 영주로서 필요한 일인가?"

"또 그 소리냐. 벌써 몇 번째 말하는 건지 모르지만, 알 게 뭐야. 네 부모님이 한 일에 대해서는, 얘기로 전해 들은 것밖에 모르니까."

"아버지도 어두운 부분 때문에 골머리를 썩이셨을까……?"

아무래도 에클레르는 뭔가 고민에 빠져 있는 모양이다.

나중에 라프타리아나 사디나를 붙여서 좀 관리해 줘야겠다.

"어쨌거나, 당면한 문제는 렌이야. 이대로 풀어 뒀다가는 피해가 발생하는 건 물론이고, 용사의 목숨을 노리는 녀석과 맞닥뜨리게 될 가능성도 있어. 어떻게든 포획해야만 해."

끝까지 게임 감각을 버리지 못하다가, 상황이 불리해지니 자신에게 달콤한 소리를 해대는 녀석만 믿는 렌의 돼먹지 못한 근성을 때려잡아 줘야 한다.

나는 아무리 달콤한 소리를 하는 녀석도 의심하면서 대하고 있으니까.

오히려 달콤한 소리를 하는 녀석이 제일 수상하다.

배후 관계를 확인해 두지 않으면, 언제 뒷덜미를 잡힐지 알 수가 없으니까.

나는 렌을 붙잡아서, 녀석이 죽는 걸 막아야 한다.

"그나저나…… 커스 시리즈를 들고 설치는 녀석을 잡아야 하다니, 난이도가 높아도 너무 높잖아."

"어려운 문제네요. 그렇다고 죽일 수도 없고. 하지만 제압하는 정도라면 그래도 방법은 있어요."

"나를 무슨 보스 같은 걸로 생각하고 기습을 해온 걸 보면 경험치가 목적인지도 몰라."

"정말 그럴 것 같아서 무서운걸요……."

이 세계에서는 사람을 죽여도 경험치가 들어온다는 모양이다.

"그렇다면 경험치를 먹어치운다는 의미에서 '식탐'에 해당한다고 할 수도 있긴 하겠네요."

용사들은 레벨업에 집착하는 면이 있고, 렌 같은 녀석은 특히 더 그런 경향이 강하다.

그 감정이 폭주한 거라고 가정하면, 라프짱과 함께였을지언정 얼핏 보기에는 혼자 걷고 있는 것처럼 보이던 나는, 녀석의 눈에 딱 좋은 먹잇감으로 보였으리라.

"그 외에는 '탐욕'······. 모든 걸 다 가지려고 도적을 부려서 보물을 긁어모으고 있는 걸 보면, 탐욕일 가능성도 있어."

탐욕은 내 전매특허라고 자부하고 있었지만, 나한테는 안 나타났던 말이지.

"뭔가 자학적인 생각을 하고 계신 거 아니에요?"

"용케도 알아보는군."

"함께 지낸 시간이 워낙 기니까요."

내 생각을 읽어내는 라프타리아의 뛰어난 능력에 절로 고개가 숙여진다. 내가 그렇게 생각이 얼굴에 드러나는 타입인가?

어쨌거나, 출현하는 커스 시리즈가 무기마다 다르다면 짐작하기가 쉽지 않다.

다른 가능성을 들자면, '교만'이 되려나?

레벨만이 전부이고, 레벨이 낮은 자는 업신여김의 대상으로만 생각하는 녀석도 온라인게임의 세계에서는 제법 존재한다.

자부심이 강하다고 해야 할까. 렌이 고고한 척하는 건 높은 자존심의 영향이라고 볼 수도 있으니까.

뭐, 이건 이츠키 쪽에 더 가깝겠지만.

"에클레르. 7대 죄악 이외에, 8대 중죄일 가능성도 있어."

"아, 들어 본 적이 있어요오."

리시아가 주춤주춤 손을 들고 말한다.

그쪽도 있는 건가……. 과거의 용사들은 왜들 그렇게 죄를 좋아했던 거냐.

중2병인가?

뭐, 7대 죄악은 이런저런 과정을 거쳐 개정된 죄고, 원래 옛날에는 8대 중죄였다고 한다.

식탐, 색욕, 탐욕, 우울, 분노, 나태, 허식, 교만.

질투가 빠지고, 우울과 허식이라는 게 들어간다.

거기에 나태와 우울이 하나로 합쳐지고, 허식이 나태로 통합되고 질투가 추가되어 7대 죄악이 된 것이다.

"만약에 옛날에 쓰이던 8대 중죄가 기준이 되는 거라면, '허식' …… 실질적인 건 없으면서 겉으로만 꾸미는 죄에 해당하는 건지도 몰라."

"그런가요? 잘 이해가 안 되는데……."

"검의 용사가 외견에 집착했던가? 그런 면이 아주 없다고는 할 수 없겠지만, 이유가 좀 약한 것 같은데."

내가 유추해 낸 가능성에 대해 라프타리아와 에클레르가 의문을 제기한다.

"뭐, 이건 어디까지나 내 인식, 아니, 이세계인의 독자적

인 감성이야. 알기 쉽게 설명하자면, 글쎄…… 에클레르,
리시아, 마물과의 싸움을 카드 류…… 테이블에서 플레이
하는 게임으로 표현한 것 없어?"

"아, 네. 게임으로 싸워서 강해지는 과정을 가르치는 교
재가 있어요."

"교재라……. 뭐, 그거면 됐어. 알기 쉽게 표현하자면,
나나 렌 같은 이세계인들 중에는 그런 교재를 갖고 노는 사
람이 많아. 하지만 이 교재를 플레이한다고 해서 정말로 강
해지는 건 아닐 거 아냐?"

내 물음에 리시아를 비롯한 모두가 고개를 끄덕인다.

리시아는 그런 방면에 대해 잘 아는 것 같단 말이지.

"그 교재…… 이 세계에서는 그냥 몇 명이서 같이 하는
거겠지만, 용사들이 있던 세계에는 온 세계 사람들이 같이
즐길 수 있게 되어 있는 게 있었어."

"후에에…… 그렇게 많은 분들과 같이 하셨던 건가요?"

"이츠키의 경우는 좀 달랐지만, 대충은 비슷한 셈이지."

이츠키는 콘솔 게임이었으니까.

꼬치꼬치 캐물어 본 적은 없으니까 온라인 요소가 있었는
지 어땠는지, 확실히는 모르지만.

"그랬었단 말이지. 용사님들이 이 세계에 대해 잘 알고 있
던 이유가 이해되는군. 사전 지식은 항상 필요한 법이지."

온라인게임에서 손에 넣은 힘은 실제로는 가짜 힘이니,

그 힘에 집착하는 건 허식에 지나지 않는다.

물론, 온라인게임에서 얻은 경험은 가짜가 아니니, 그를 통해 얻은 힘도 가치가 아주 없는 건 아닐 것이다.

내 세계에서도 그 경험을 활용해서 일자리를 얻은 녀석도 있었고, 나도 온라인게임을 통해 알게 된 사람으로부터, 졸업 후에 정사원으로 들어오라는 소리를 들은 적이 있었다.

실제로도 만난 적이 있는 녀석이었다.

진담인지 어떤지는 모르겠지만, '네 겁 없는 성격과, 길드 마스터 시절의 카리스마가 우리 회사에 꼭 필요해' 라는 달콤한 소리를 했었다.

지금 돌이켜보면, 대충 나를 칭찬해서 종처럼 마구 부려 먹으려는 꿍꿍이였겠지.

하지만, 렌의 인격이나 교우관계를 생각해 보면, 그런 기대에 찬 관계를 구축할 수 있을 것 같다는 생각은 전혀 들지 않는다.

기껏해야 보스 드롭 아이템이나 진귀한 아이템을 자랑하는 게 고작인, 솔플 유저의 입장이었으리라는 건 쉽게 상상할 수 있다.

길드 관리를 하다 보면, 딱히 최강이 될 필요 따위 없고, 그 정도 아이템을 갖고 자랑해 봤자 유치하기만 할 뿐 아무 의미도 없다는 걸 뼈저리게 실감할 수 있다.

하지만 온라인게임에서는 그런 걸 기쁨으로 여기는 녀석

도 있고, 그런 플레이어가 있기에 게임회사가 돈을 벌 수 있는 것이기도 하다.

"만약에 그 일시적인 힘이 옳은 거라는 생각에만 휩싸여서, 내면의 성장을 소홀히 여긴다면…… 그 힘은 허식이라고 해도 무리는 아니잖아?"

만약에, 허식에 해당하는 커스 무기가 있다면 렌이 가장 딱 들어맞는 것 아닐까?

아니, 이츠키가 해당될 것 같다.

"커스 시리즈의 발동 조건 자체가 수수께끼이니 무작정 뭉뚱그려 얘기할 수도 없고, 나도 어느 죄에 해당하는지 알 수 없지만…… 태연하게 저지르고 있는 죄는 꽤 있지."

"흐음……. 이와타니 님이 대죄에 해당하는 죄를 저지르고 있는데도 커스 시리즈가 나타나지 않는다는 게 그 반증이어서, 검의 용사님이 어디에 해당하는 건지를 알 수 없다는 거군."

그렇단 말이지……. 단순히 사성용사가 악인일 경우에 작동하는 거라면, 나도 저지른 죄는 얼마든지 많다.

그런데도 내 방패에서 발동하는 건 분노뿐이다.

만약에 행동 패턴에 맞춰서 발동하는 거라면 탐욕이 가장 무섭다. 나는 나 스스로도 알 수 있을 만큼 탐욕이 넘치니까.

분노의 경우는, 요즘은 억제하는 법도 알고 있고, 도와주는 동료들도 있기에 두렵지 않다.

어쩌면 마음이 박살 날 정도의 감정 폭발이 그 발동 조건 아닐까?

뭔가…… 발동하는 조건을 알아내지 못하면 나 역시 위험해진다.

그나저나 탐욕이라는 건, 금전욕을 가리키는 건가?

내 뒤에 있는 보물들을 생각하니, 마치 내가 탐욕의 결정체처럼 느껴지기 시작했다.

이 정도면 한없는 욕망에 가까운 건가.

하지만, 나는 침식당하지 않았다. 그렇다면 뭔가 이유가 있을 것이다.

일단 렌을 오염시켰을 수 있을 법한 커스 시리즈는 식탐, 탐욕, 교만, 허식 정도인가.

어느 정도 좁혀졌으니, 이걸 통해서 생각을 도출해 낼 수 있을지도 모른다.

폭주 상태가 지나치게 오래 지속되면 위험할 것 같다.

커스 시리즈에는 대가를 치러야만 하는 스킬이 존재한다.

어떻게든 렌이 그걸 사용하기 전에 저지할 수 있는 방법이 없을까.

"……?"

"라프?"

라프타리아와 라프짱이 내 뒤쪽, 도적의 아지트 입구 쪽을 보며 연신 눈을 깜박거리고 있다.

"왜들 그래?"

"아뇨……. 뭔가가 숨어 있는 것처럼 보여서요."

라프타리아와 라프짱은 환각 마법을 쓸 줄 아니, 은폐 스킬이나 마법에 대한 내성을 갖고 있는 것 같단 말씀이지.

실제로 아까 렌을 발견해 준 것도 라프짱이었고.

요즘은 제법 강해진 덕분인지, 감시를 위해 숨어 있는 그림자들을 발견하곤 한다고 한다.

"뭔가 있어?"

"잘 모르겠어요. 워낙 교묘하게 숨어 있는 것 같아서……. 저희가 발견했을 때는 이미 도망친 뒤였어요."

"렌인가? 일이 점점 더 성가셔지겠는데."

"검의 용사였다면 알아볼 수 있었을 거예요. 아마 다른 사람인 것 같은데……."

우리가 아지트를 제압하는 모습을 몰래 지켜보고 있었다는 건가?

게다가 도망쳐 버리기까지 하다니 감당할 수가 없잖아.

"이와타니 님, 일단 국가에 보고해 두는 게 최선이라고 생각하는데."

"보고해서 도주 방해를 위한 의식마법이라도 사용해 달라고 할까?"

"으음."

타당한 작전인 것 같다.

녀석이 포털 스킬로 도망쳐 버리면 본전도 못 뽑는 꼴이 된다.

이번에는 놓쳤지만, 다음에 발견하면 도망치기 전에 포털을 봉쇄해 버려야 한다.

나 원 참, 그냥 처치하기만 하는 거라면 간단할 것을, 생포해야 하니 이렇게 성가시단 말이지.

그때, 문득 제르토블에서 있었던 일들이 떠올랐다.

"세인."

머더 삐에로, 즉 세인을 불러들인다.

나를 항상 감시하고 있으니까, 부르면 오려나?

눈 깜짝할 사이에 세인이 내 눈앞에 나타난다.

"뭐야——."

여전히 대화 성립이 어려운 녀석이긴 하지만, 내가 하는 말은 어느 정도 들리는 것 같으니 상관없겠지. 문제는 웬만하면 이 녀석에게 기대고 싶지 않다는 점이지만.

"가, 갑자기 나타났잖아?!"

그러고 보니 에클레르에게는 아직 설명을 안 했었군.

"나도 포털을 통해 이동해서 순식간에 나타나는 경우가 있잖아. 일일이 그렇게 놀라지 마. 이 녀석도, 뭐…… 내 전용 그림자라고 생각해 두면 돼."

이세계의 용사 운운하는 걸 일일이 설명하는 것도 귀찮으니, 이 정도로 해 두자.

"적은 아닌 것 같으니까, 경계하지 않으셔도 돼요."

라프타리아가 세인이 어떤 인물인지를 에클레르에게 설명하고 있다.

뭐, 신뢰할 수 있는 녀석인지 어떤지와 하는 문제와는 별개로, 나를 지켜주려 하고 있다는 건 사실이란 말이지.

그러니까 의지해노 될지도 모르겠다.

응? 세인 주위에 봉제인형 두 마리가 떠 있잖아.

한 마리는 라프짱을 쏙 빼닮은 실물 사이즈 봉제인형이다.

또 한 마리는 수인 형태의 사디나를 본떠서 디자인한 봉제인형으로 보인다.

내가 봉제인형을 쳐다보고 있으니, 세인이 '이거?'라는 듯 손짓한다.

"그래, 그거. 나중에 라프짱 쪽을 좀 줘."

"왜 구걸을 하시는 거예요?!"

"라프~!"

라프타리아에게서 거센 태클이 날아들었다.

뭐 어때서 그래. 잘 때 베갯맡에 두면 마음이 평온해질 것 같아서 그러는 것뿐인데.

"나는 세——님의 사역마——. 잘 부탁드립니다."

그렇게 라프짱 봉제인형이 인사를 한다.

……안 어울려.

라프짱은 라프~라고 우니까 귀여운 거라고.

"이건 기각. 넌 라프짱의 귀여움을 이해 못하고 있어. 사람 말로 말하는 라프짱은 라프짱이 아니라고. 다른 디자인으로 만들어."

"응. 그럼 말하지 않도록——할게."

옆에 있는 녀석도 하필이면 사디나라니 말이지.

세인이 뭔가 만지작거리자 라프짱 봉제인형이 움직임을 멈추었다.

"왜 얘기가 세인 씨가 만든 봉제인형…… 사역마에 대한 설교로 바뀌어 있는 건데요?!"

그러고 보니 그랬었군. 본론으로 돌아가자.

"너, 상대의 스킬을 방해하는 스킬을 갖고 있었지?"

"응. 스킬——을 사용하면 봉쇄할 수 있어."

"보나 마나 나를 감시하고 있었을 테니, 내가 뭘 부탁하려는 건지 알고 있겠지?"

내 물음에 세인은 꾸벅 고개를 끄덕였다.

"도망치는——를 붙잡으면 되는 거야?"

"그래. 부탁해도 될까?"

세인은 자기만 믿으라는 듯 힘차게 고개를 끄덕인다.

"죽이면 안 된다는 걸 명심해. 저주의 무기를 갖고 있다고는 해도 우리와는 비교도 안 될 만큼 약할 테니까."

"그렇——약해?"

세인의 질문에, 나는 시선을 외면하며 고개를 끄덕인다.

"어쩐지 좀 슬퍼지네요……."

"그런 소리 마……."

기습적으로 필살 스킬을 썼는데도 내게 타격을 주지 못했었고, 아이언메이든 클래스의 공격을 했는데도 저주 때문에 좀 아팠던 게 고작이었다.

글래스가 우리와 싸웠을 때의 기분을 알 것 같다.

약하다는 사실은 달라진 게 없다.

녀석이 죽지 못하도록, 도망치지 못하도록 하면서 사로잡아야 한다는 게 성가신 것뿐이다.

모 육성RPG처럼, 약화시켜 놓은 후에 볼을 던져서 사로잡을 수만 있다면 이렇게 고생할 일도 없을 텐데.

"그럼――하고 올까?"

"그래, 부탁해. 기습을 좋아하는 녀석이니, 혼자 걷고 있으면 덮쳐 올 거야. 괜찮겠어?"

"응."

그렇게 세이렌은 경쾌하게 도적 아지트로부터 나가……는가 싶더니 곧 다시 돌아왔다.

"무슨 일이야?"

"저거――."

나는 세인이 절박한 표정으로 가리킨 방향을 쳐다본다.

"왜 네가 살아 있는 거야?!"

그렇다. 세인이 죽여 버렸던 남자가 태연하게 자신의 동료를 거느리고 나타난 것이었다.

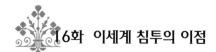 **16화 이세계 침투의 이점**

유령 같은 건가? 아니, 보아하니 분명 살아 있는 것 같다.

세인과 싸우다가 죽은 건 대역이었다거나 하는 건가? 마법으로 분신을 만들어냈다거나.

그런 거라면 성가시기 짝이 없다.

"너는 방패 용사! 이히히, 그때 죽었던 원한, 똑똑히 되갚아 주마!"

"호오……. 사성용사 같은 녀석이 이 부근에 있다고 들었는데, 정말로 있었잖아."

녀석의 동료는 약간 장신에, 사슬낫 같은 무기를 든, 우락부락한 남자다.

아담한 녀석과 같이 있으니 울퉁불퉁 콤비 같은 느낌이다.

하는 말로 미루어 보아, 아마도 렌을 죽이기 위해서 도적 아지트를 찾아다니다가, 우연히 우리와 딱 마주치고 만 모양이다.

그나저나, 자기가 먼저 공격했다가 역습에 당했던 주제에 원한은 무슨 원한이냐!

"나오후미 님!"

아트라가 긴박한 표정으로 소리친다.

"적이냐?!"

포울도 현장의 분위기에 맞추어 임전 태세에 들어가지만, 아트라가 포울을 가로막듯이 손을 뻗어서 물러나게 한다.

"오라버니, 안 돼요. 실력 차이가 너무 크게 나요! 우리의 지금 실력으로 당해낼 수 있는 상대가 아니에요!"

"하, 하지만……."

"앞으로 나섰다가는 나오후미 님과 다른 분들의 발목만 붙잡게 돼요."

오오, 아트라는 눈이 안 보이는 만큼, 다른 부분이 정말로 민감한 모양이군.

솔직히 말해 나도 고전할 만한 적이다.

그런 상황에서 아트라 남매가 앞으로 나서면 오히려 걸림돌이 될 가능성이 많다.

"오라버니와 저는 붙잡힌 도적들에게 피해가 미치지 않도록, 거리를 벌리는 게 최선책이라고 생각해요."

"잘 알고 있군. 그래, 물러나 있어. 이 녀석들은 우리가 상대할 테니까."

"네!"

"라프~!"

라프타리아가 도를 뽑고, 라프짱이 내 어깨에 올라탄다.

"이와타니 님이 얘기했던 적인가?!"

"후에에에……."

에클레르와 리시아도 언제든 싸울 수 있도록 자세를 가다듬는다.

"원래 노리던 상대는 아니었지만, 이히히, 그 정도 인원이라면 해치울 수 있겠지."

지금 내 주위에 있는 것은 라프타리아, 필로, 라프짱, 에클레르, 리시아, 그리고 세인.

아트라와 포울이 상황을 파악하고 물러나 준 건 진심으로 고맙다.

내 부담이 조금이나마 덜어졌으니까.

반면에 적은 두 명……. 전력 면에서는 우리가 앞선다.

하지만, 적은 묘하게 강력한 마법을 자유자재로 구사했다.

라프타리아에 못지않은 움직임……. 게다가 이번에는 두 명이라…….

나와 라프타리아가 앞장서 싸워서 대처할 수 있을 정도라면 좋을 텐데.

"너희의 목적은 사성용사 살해냐?"

"이히히, 그런 셈이지."

"그건 네놈들 세계에서 전해져 내려오는 전승…… 같은 것과 연관된 거냐?"

얘기가 통한다면 전투를 회피할 수 있을지도 모른다.

키즈나처럼 세계 사이의 싸움을 원치 않고, 불간섭 동맹을 맺을 수도 있으려나……?

"아…… 그렇군. 그 정도 인식은 하고 있다는 거지?"

"이 녀석——얘기는 안 통해!"

세인이 가위를 크게 휘둘러서, 키 큰 녀석 쪽을 향해 휘두른다.

"흥!"

키 큰 녀석이 세인의 가위를 막아내고, 후려치듯이 있는 힘껏 사슬낫을 휘두른다.

세인은 힘껏 뒤쪽으로 물러서서 회피했지만, 투척된 사슬낫이 가위를 옭아맸다.

"미안하지만, 이 세계의 사성용사를 죽이는 건 이미 결정된 사항이야."

"……세계의 존속을 위해서냐?"

키즈나 쪽 세계의 글래스는 전승을 믿고 우리를 죽이려 했었다.

아마 이 녀석들의 목적도 그것일 거라고 분석한다.

뭐가 정답인지는 모르지만, 이런 상대는 일단 설득해 보는 게 옳을 것이다.

최악의 경우에도, 정보를 캐내는 것 정도는 가능할 테니까.

"존속? 우리 세계가 살아남는 건 당연한 거 아냐? 네놈들은 그것도 모르냐?"

마치 당연한 일이라는 듯 눈을 번뜩이며, 아담한 녀석이 자신만만하게 대답한다.

"이히히히, 뭐, 어차피 네놈들은 파도가 오기 전에 죽을 테니까 가르쳐주지. 다른 세계를 멸망시킬 때, 엄청난 경험 치가 들어오고, 수많은 기능들을 습득할 수 있다 이거야. 내 세계 권속기님은 보너스라고 그랬었지."

……쓰레기 같은 이유군. 고작 그런 이유로 세계가 멸망 당하는 꼴을 눈 뜨고 볼 순 없지.

하지만, 마음에 걸리는 얘기군.

"그 보너스 덕분에 죽어도 무방한 몸이 된 거냐?"

"이히히히, 당연한 걸 뭘 물어?"

"쓸데없는 잡담은 그쯤 해 둬. 어차피 이 녀석들은 친구 놀이를 하려는 거잖아?"

"그렇겠지 뭐. 사성용사 놈들은 그런 구석이 있더라니까. 이히히."

꼭 그렇지도 않은데 말이지.

그렇게 생각하고 있으려니, 2인조는 자신감 가득한 표정 으로 소리쳤다.

""최강의 세계는 우리의 세계다!""

"뭐, 뭐야? 최강의 세계? 무슨 소리를 하는 거야?"

에클레르가 곤혹스러운 표정으로 뇌까린다.

그건 라프타리아, 리시아도 마찬가지였다.

하지만 이 녀석들이 하는 말로 미루어 보아, 고의로 다른 세계들을 멸망시키고 다니는 녀석들이 있다는 걸 알 수 있었다.

다른 세계를 멸망시키면 막대한 보너스가 있다.

그리고, 이 녀석들은 사성용사도 권속기 소지자도 아니다.

……잘 생각해 보면, 에클레르 등과 대화가 성립했던 건, 그 보너스 덕분이었는지도 모른다.

그리고 기백에 찬 세인의 표정으로 미루어 보아, 세인의 세계를 멸망시킨 게 바로 이 녀석들이라도 봐도 되겠지.

그렇다면, 화해는 불가능하다.

한 번 사람을 죽이면 살인에 대한 저항감이 흐려지는 것처럼, 세계를 멸망시킨 녀석은 또 같은 짓을 되풀이하기 마련이다.

그리고 그 보상으로, 죽어도 다시 살아날 수 있게 되다니, 완전히 온라인게임 같은 환경이다.

이쪽은 죽으면 소생하지 못하는데, 상대는 죽어도 되살아난다니, 이길 수가 없는 게임이잖아.

좀비처럼 몇 번이든 되살아나서 공격하고, 죽어도 멀쩡한 놈들에게 습격을 당하면 어떻게 해볼 길이 없다!

게임 지식이나 경험을 통해서 경향 파악과 대책 마련을 하자는 건 아니지만, 무슨 세이브포인트 같은 시설이 있고, 그걸 파괴할 때까지 좀비처럼 되살아나는 식이리라.

쿄보다 더 성가신 적이라는 건 확실하다.

……아니, 애초에 키즈나 쪽 세계에서 쿄나 다른 권속기 소지자, 그리고 천재가 하려던 게 바로 이런 거였을 것이다.

다른 세계를 멸망시키면 그런 기술을 습득할 수 있는 건 가……. 그거 괜찮겠는데.

도덕적인 일이라 할 수는 없고, 그런 짓을 하고 싶지도 않지만, 장래를 생각하면 염두에 두는 게 좋을지도 모르겠다.

파도가 잦아들 때까지라는 조건 하에 말이지만.

"……."

세인이 나를 응시하고 있다.

하긴, 그런 이유 때문에 자신의 세계가 멸망당했기에, 세인은 이렇게 표류하고 있는 것이다.

키즈나가 본다면, 이런 녀석이 생겨나는 건 절대 옳지 않다고 할 테고, 내 생각도 마찬가지다.

"이히히히, 간다!"

아담한 녀석이 샴쉬르를 뽑아 들고 재빨리 내 근처로 파고든다.

"죽어라!"

내 목을 향해서 샴쉬르를 내지른다.

하지만, 라프타리아의 도가 그 진로에 끼어들고, 에클레르의 소검이 아담한 녀석을 향해 찔러 들어간다.

이런!"

종이 한 장 차이로 회피한 아담한 녀석이, 손으로 인을 맺는다.

나는 재빨리 그 손을 있는 힘껏 붙잡아서 방해했지만, 아담한 녀석은 곧바로 마법을 발생시킨다.

"폭렬탄!"

아담한 녀석을 중심으로 폭빌이 일어난다.

보아하니 술사에게는 부상을 입히지 않는다거나 하는 편리한 효과가 있을 법한 마법이군.

"꺄아아아아!"

"크으으윽……."

폭풍이 몰아치고, 쿵 하는 충격이 내게 덮쳐든다.

뒤에 있던 라프타리아와 에클레르가 몇 미터 뒤로 나가떨어진다.

다행히 낙법은 취했지만, 대미지가 워낙 크다.

아주 짧은 전투 시간이었지만, 상대가 상당한 실력자라는 걸 손에 잡힐 듯 알 수 있었다.

"토옷~!"

"에잇! 박돌(縛突)!"

한편에서는 필로와 리시아가 세인과 함께 덩치 큰 남자 쪽을 상대하고 있었다.

상대의 덩치가 크기 때문인지, 필로는 필로리알 퀸 형태다.

"하이퀵~!"

필로가 가속해서 재빨리 걷어차려 한다.

좋아! 지원마법을 걸어 주자.

"쯔바이트 아우라!"

내가 손을 내뻗어서 필로의 능력치를 상승시킨다.

그러자 필로의 속도가 눈에 띄게 빨라졌다.

"라프~!"

더불어 라프짱도 지원하겠다는 듯 환각마법을 전개, 필로의 분신을 여러 개 만들어낸다.

어느 게 실체인지, 알아낼 수 있으려나?

"으음? 어이!"

덩치 큰 남자가 아담한 남자에게 말을 건다.

"지원마법을 무효화시켜!"

"이히히······. 이 녀석들은 무효화시키면 오히려 더 강해진다고."

처음에 싸웠을 때, 라프타리아에게 걸린 지원마법을 무효화하려다가, 저주까지 같이 무효화돼서 궁지에 몰렸었던 일을 얘기하는 건가 보다.

"호오······. 그런 능력을 갖고 있는 건가. 재미있군! 그럼 이건 어떠냐!"

필로의 발차기가 명중하기 직전, 마치 물의 파문과도 같이 정체불명의 방벽이 나타나서 필로의 발길질을 차단한다.

"뭐, 뭐야? 주인님 거랑은 다른걸······. 바다를 찾을 때 같아."

"공격이……. 분명히 맞긴 맞았는데, 도대체 어떻게 된 거예요오?!"

필로와 리시아가 각자 비명을 지른다.

뭐야, 방금 그 방어 방법은?!

세인도 사역마와 함께 공격을 시도하고 있지만, 무효화되어 버리고 있다.

저 사역마는, 콜로세움에서 싸울 때 기분 나쁜 인형이었던 녀석의 디자인 변경판이었나?

제법 팬시하게 변했군.

라프짱과 비슷한 모션으로 꼬리를 휘둘러 때리거나 할퀴거나 하는 공격을 시도하지만, 모조리 실패하고 있다.

사디나의 봉제인형은 공중을 헤엄쳐 다니면서 돌진을 반복하는 타입인 것 같다.

"왜 막히는지조차 모르는 것도 좀 불쌍하군. 이건 앱솔루트 실드. 네놈들의 공격은 모두 흡수했다."

"어~?"

젠장, 뭔가 편리한 능력들을 이것저것 갖고 있는 녀석들인 모양이군.

공격흡수계 방어벽으로 몸을 보호하고 있는 거냐.

"어딜 한눈을 팔고 있어?!"

아담한 남자가 필로의 특기, 스파이럴 스트라이크처럼 샴쉬르를 들고 회전하면서 돌격해 온다.

젠장……. 은근히 성가시잖아!

있는 힘껏 붙잡았지만, 빠득빠득 내 방어를 돌파하려 하고 있다.

"이히! 역시 방어 계열 사성용사는 다르군. 제법 단단한데!"

"이번엔 내 차례다."

내가 현재 장비하고 있는 건, 여전히 영귀 방패다.

공격을 받으면 카운터 효과인 마탄(魔彈)이 날아가서 상대에게 덮쳐들게 된다.

접촉 회수가 많으니, 그만큼 많은 마탄이 상대에게 날아가게 된다.

방패에서 마탄이 슝슝 날아가서, 내가 상대하고 있던 아담한 녀석에게 명중한다.

"아야아야아야! 젠장! 다중공격은 불리하다는 건가?"

아담한 남자는 나에게 붙잡히기 전에 웃음을 멈추고 거리를 벌린다.

"놓치지 않겠어요! 하앗!"

라프타리아가 비스듬한 각도로 도를 휘둘러 내린다.

"이히……. 또 너냐. 은근히 성가시네."

"나를 잊으면 곤란하지!"

에클레르가 날카롭게 내지른 검이 아담한 남자의 뺨을 스친다.

"약하기는 하지만 기술은 있는 녀석인가……. 얕잡아 보면 안 되겠는데. 방패는 은근히 방어력이 강하고. 해치우려면 그 녀석을 부르는 수밖에 없는 건가?"

"이히히, 대(對)방어계 용사용 무기를 가진 녀석을 데려오는 게 좋겠지."

"빈틈이다!"

에클레르가 그 틈을 노려서…… 뭐지? 예전보다 훨씬 더 강력한 찌르기가 아담한 남자를 쿵 하고 후려친다.

"오! 제법인데."

어깨에 푹 하고 검이 박히고, 아담한 남자의 얼굴이 고통으로 일그러질…… 줄 알았으나, 찔린 부분이 울렁 하고 아지랑이처럼 일렁거리며 아담한 남자가 옆으로 비껴난다.

죽어도 되살아나는 몸을 응용한 건가?

성가시기 짝이 없다.

"토옷~!"

필로가 혼신의 힘을 담아 날린 발차기가 덩치 큰 남자의 안면에 명중한다.

"흐음, 실력은 나쁘지 않군. 하지만 이기는 건 나다."

덩치 큰 남자는 사슬낫을 휘둘렀고, 필로는 본능적으로 그 사슬을 피한다.

"짤랑짤랑~!"

그리고 깃털 속에 숨겨 두고 있던 모닝스타를 투척했다.

저건 제르토블에서 손에 넣은, 명중하면 불기둥이 일어나는 필로의 장난감?!

어디에 숨겨 두고 있었던 거야? 위험하잖아!

요즘 들어 안 보이는가 싶더니, 깃털 속에 숨겨 두고 있었던 건가.

어쨌거나 묘책인 건 사실이다. 실제로 펑 하고 물길이 크게 용트림하며 솟구쳐 올랐다.

"에에잇!"

"갑니다!"

그 틈을 파고들듯이 필로의 날카로운 발차기와 리시아의 투척용 나이프가 명중했다.

"실드를 돌파한 건가. 생각보다 제법이군. 오랜만에 좀 재미있겠어."

"그러게. 약하다고 했던 말은 정정해 주지."

뭐지? 아파하지도 않고, 게임 같은 감각으로 우리와 맞서는 느낌……과도 다르다.

상대방은 이것이 실제로 목숨을 건 싸움이라는 걸 자각하고 있으면서도 여유를 보이고 있는 것 같단 말이지.

싸움을 즐기고, 그러면서도 자신들의 승리를 확신하는 것 같은 느낌이다.

"이히히히……. 뭐, 이대로 가다가는 계속 불리해질 뿐이지. 제대로 싸우기에는 일손이 좀 부족한 것 같아."

"놓치지 않겠——."

"또 죽는 건 질색이라고."

세인이 실뭉치로부터 실을 사출해서 추가 공격을 날리자, 아담한 남자가 다시 마법을 영창한다.

"자, 그럼 나도…… 전원에게 지원마법을 걸어 주기로 하지."

이대로 가면 점점 불리해지는 건 사실. 하지만, 공격이 전혀 안 통하는 건 아니다.

그리고 라프타리아는 이 중에서 가장 강한 공격력을 갖고 있다.

어택 서포트를 사용해서 가장 강한 스킬을 퍼부으면 해치울 수 있을지도 모른다.

"쯔바이트 아우라!"

라프타리아에게 지원마법을 건다. 연속으로 사용할 수 있도록 의식을 집중해야겠다.

상대방도 우리 쪽을 분석하고 있다.

실력이 완전히 밝혀지기 전에 해치우지 않으면 불리해진다.

가장 큰 문제는, 이들은 교섭이 불가능한 자들이고, 강해지기 위해 다른 세계의 사성용사를 죽이려 하는 세계가 존재한다는 것.

이건 틀림없는 사실인 것 같다.

"라프타리아, 말 안 해도 알지? 어택 서포트를 쓰자."

"네."

라프타리아가 힘주어 고개를 끄덕이고 도를 칼집에 집어넣는다.

속도를 올려서 강력한 스킬을 꽂아 넣기 위해서다.

"필로, 리시아. 분산시켜서 미안하지만, 내가 지시하거든 곧바로 제일 강력한 공격을 날려. 에클레르는 라프타리아 뒤를 따르고, 세인은, 알지?"

"네~에."

"알았어요오."

"알았다."

"──응."

이 정도 인원을 가지고 전력을 분산시킬 필요는 없다.

상대는 성가신 능력을 갖고 있지만, 공격이 아주 안 통하는 건 아닌 것이다.

보아하니 원래 고통에 둔감한 건지, 아니면 글래스 같은 종족인 건지는 모르겠지만, 연기 같은 특징을 갖고 있는 것 같으니까.

세인은 용케도 이런 녀석을 죽였군.

어디가 급소인지는 모르지만, 이 기회에 해치워 버리는 게 좋을 것 같다.

죽인다는 것에는 약간 저항감이 있지만, 지금은 상대방도 우리를 죽이려 하고 있는 것이다.

여기서 물러설 수는 없다.

"이히히, 다음엔 진짜로 죽여 주마, 방패 용사!"

아담한 남자는 덩치 큰 남자 곁으로 도약해서 또다시 마법을 영창한다.

"어림없어요!"

"받아라!"

내가 날린 어택 서포트가, 덩치 큰 남자를 보호하던 물의 파문 같은 방벽에 충돌한다.

"짤랑짤랑~!"

"하앗!"

어느 틈엔가 모닝스타를 회수한 킬로와 리시아의 투척무기가 파문을 꿰뚫는다.

"순도(瞬刀)·하일문자(霞一文子)!"

푹 하고 라프타리아의 도가 빈틈을 파고들어 아담한 남자에게 명중──하기 전에 덩치 큰 남자가 막아선다.

덩치 큰 남자의 팔에서 선혈이 튄다.

"이 날카로움은……. 저건 권속기군!"

"이히히, 그런 것 같네. 용사의 파티답게 연계능력은 괜찮지만──."

"놓치지 않겠다! 포 크로스!"

에클레르가 번쩍이는 소검을 휘두른다.

재생하려 하던 파문의 벽을 꿰뚫고, 또다시 두 적들에게 명중!

하지만 두 적들은 회피할 수 없다고 판단한 듯, 방어 자세를 취해서 대미지를 최소화했다.

젠장……. 성가시군.

"잘 있으라고! 전위——."

"어림——없어!"

그 순간, 세인의 스킬 봉인…… 실뭉치에서 실이 뻗어 나와서 두 사람의 몸을 휘감는다.

"칫, 방해하잖아?"

"이 정도 실은 베어 버려."

"그 정도는 나도 안다고."

세인이 나에게 시선을 보낸다.

도망치려는 상대를 해치우라는 거군.

"어택 서포트!"

두 번째 투척. 이제 누구든 공격하기만 하면 된다!

좋아! 어택 서포트가 덩치 큰 남자에게 명중했다!

"하앗!"

라프타리아가 이도류로 도를 휘두른다.

"삼연돌(三連突)!"

순식간에 세 번 찌르는 스킬을 양손으로 능숙하게 날린다. 다시 말해 여섯 개의 바람구멍을 내는 것이다.

생각대로 잘되면 말이지.

"흥!"

덩치 큰 남자가 사슬낫을 자유자재로 움직여서 십자 모양을 만들어 방어자세를 취했다.

깡 하고 불꽃이 튀고, 라프타리아의 공격은 비껴나가고 말았다.

"이거나 받으시지!"

세인이 뻗었던 실이 뚝 하고 잘려나간다.

"이히, 사알~짝 좀 당황했네. 전위광(轉位光)!"

그렇게 말하는 동시에, 두 사람은 순식간에 모습을 감추어 버렸다.

"칫! 놓쳤잖아!"

젠장……. 이렇게 찜찜할 수가!

그리고 왜 하필이면 이런 곳에서 맞닥뜨리느냔 말이다!

"도대체 뭐지, 저자들은?"

"세인이 한 얘기와, 세인과 녀석들의 관계로 짐작해 보면, 이세계에서 온 자객이겠지. 게다가 악의를 갖고 이 세계를 멸망시키려 하고 있어."

세계를 멸망시키면 이득을 얻을 수 있다……. 글래스 패거리는 아직 세계를 멸망시켜 본 적은 없으니 거기까지는 몰랐으리라.

세계를 멸망시키면 죽었다가도 살아 돌아올 수 있게 되는 건가……. 이건 완전히 세계 간의 싸움을 강요하는 거나 마찬가지잖아.

"파도와는 다른 세계 간의 충돌현상이야. 다시 말해 이세계의 용사들끼리 죽고 죽이는 싸움을 할 수 있는 거지. 그리고 녀석들은 그 싸움에서 자기들이 가장 강하다는 걸 증명하고 싶어 하는 걸 테고."

유치하기 짝이 없는 이유다.

게다가 권속기 소지자도 사성용사도 아니라는 건, 내 동료들…… 필로나 리시아 같은 녀석들이 쳐들어와서 싸우고 있는 거라는 뜻이 된다.

그렇게 강한 녀석들을 거느리고 있는 두목…… 사성용사는 이세계를 침략할 수 없으니 아마 권속기 소지자일 텐데, 그런 녀석이 오면 어떻게 되겠는가?

우리 목숨이 위태로워질 정도의 강한 힘을 갖고 있다는 건 의심의 여지가 없다.

"어쨌거나, 그런 놈들이 활보하고 있는 상황에서 렌을 그냥 풀어둘 수는 없어. 어떻게든 포획해서 보호해야 해."

나는 동료들에게 응급처치를 해 주면서 말한다.

"파도라는 게 어떤 건지는 나도 들었지만, 그런 적들이 존재할 줄이야……."

"도통 이해가 안 가는 정신머리야. 게다가 죽여도 다시 되살아난단 말이지."

"정신 나간 녀석들이기는 하지만 괴물 같은 힘을 갖고 있어. 게다가 그 괴물이 불사신이라니. 이와타니 님, 이건 서둘러 대책을 강구해야 해. 어떤 식으로 되살아나는 건지를 알아내는 게 급선무야."

"나도 알아. 하지만, 용사들을 포획하는 게 먼저야."

"맞아요. 한시라도 빨리 세 사성용사들을 찾아서 보호해야 해요."

라프타리아의 의견에는 나도 찬성이다.

"무지 강했어. 그치만 필로가 보기에는 그 사람들도 아직 레벨은 별로 안 높은 것 같았어."

하긴, 그럴지도 모른다.

내 경험에 비추어보건대, 녀석들은 이세계에 건너와서 레벨업을 하던 도중에 우리와 싸우게 된 것 같은 느낌이었다.

가능한 한 빨리 유인해 내고 소생 과정을 해석해서 해치우는 게 먼저일지, 아니면 용사들을 포획해서 보호하는 게 먼저일지…… 고민거리군.

시간을 들이면 들일수록 불리해질 것 같다.

나와 라프타리아와 필로는 저주 때문에 스테이터스가 저하되어 있는 상태에, 완치되기까지는 아직 한참이 더 걸릴 테고…….

세인은 아직 그렇게까지 강하지 않고, 에클레르는 변환무쌍류는 습득했지만 전력은 미지수.

리시아는 발전하는 중인데, 레벨 100까지 오르기 전에는 모르겠지만, 기대치는 높다.

적의 소생 방법을 분석해서 확실히 죽일 수 있는 방법을 알아낸다고 해도, 그 방법을 실현할 수 있을지는 불명확하다.

어쨌거나 용사 포획이 선결 과제겠군.

나 대신 녀석들이 강해져 주면 불안도 어느 정도 씻을 수 있을 테고, 칠성용사를 소집해서 대화를 성립시키면 걱정할 게 없다.

"나오후미 님."

"아아, 아트라냐?"

아트라가 이제 안전하다고 판단하고 내 쪽으로 다가왔다.

"저…… 이번에 스스로가 얼마나 약한지를 통감했어요. 더 강해지고 싶어요."

"아트라는 그런 짓 할 필요 없어! 내가 하면 되잖아!"

"오라버니, 현실을 좀 똑바로 보세요."

그리고 아트라는 포울을 다그치듯이 미간을 찌푸리고 주의를 주었다.

"나오후미 님과 함께 싸우기에는, 우리는 너무나 약해요. 제가 나설 필요가 없다고 하셨지만, 지금의 오라버니는 나오후미 님에게 짐이 될 뿐……. 좀 더 강해질 수 있는 방법을 찾아봐야 해요."

"아, 아트라……?! 큭……. 나는 여기서 더 강해져야 한다는 거냐!"

아트라의 말에 포울이 의욕을 보인다.

하쿠코 종은 아인 중에서도 상위종이라, 상당히 강해질 수 있다.

앞날을 고려하면, 빨리 성장해 주었으면 싶은 생각이 드는 건 사실이군.

"이와타니 님, 나도 힘이 될 수 있도록 노력하지. 저런 자들이 우리 세계를 멸망시키도록 놔둘 순 없어!"

"그래, 그래야지. 일단 당면 과제는 최대한 빨리 렌을 포획하는 거야. 세인, 당초 예정대로 렌을……."

그렇게 지시를 내리려 한, 바로 그때였다.

뭔가가 슝 하고 지나가는 것을 느꼈다.

나 원 참…… 이렇게 잇달아서 말썽이 벌어지니 넌덜머리가 난다.

 17화 템테이션

"이번엔 대체 뭐야?!"

아까 그 녀석들이 돌아온 건가? 아니면 렌인가?

"우……. 뭐, 뭐예요?"

라프타리아는 머리에 손을 대고 획획 고개를 흔들며 주위를 둘러보고 있다.

"으~응? 어쩐지 배 밑에 이상한 느낌이 들어~!"

필로도 느낀 건가.

"으……."

뭔가 충격 같은 게 스쳐 지나긴 했지만, 딱히 대미지가 들어온 건 아니군.

그런데, 좀 유별난 반응을 보이는 녀석들이 있다.

"아트라!"

"나오후미 님! 오라버니, 이거 놓으세요! 놓아 주세요!"

"아트라아트라아트라!"

"후에에에에에에……?!"

"뭐, 뭐가 어떻게 된 건지…… 큭, 뭐야 이거?"

주위를 둘러보니 다들 뭔가 위화감을 느끼고 있는 모양이다.

으음, 하쿠코 남매는 무시해 두자.

포울을 도와줘도 귀찮을 것 같고, 아트라를 도와줘도 성가셔질 것 같다.

나머지는…… 잘 모르겠다.

리시아와 에클레르는 증상이 가벼워 보인다. 뭔가 안절부절못하고 있을 뿐이다.

도대체 무슨 일이 벌어진 거지? 판단 재료가 부족하니 어떻게 대처해 볼 수도 없잖아.

"주인님……. 하아하아."

필로는 뭔가…… 흥분한 눈으로 나를 쳐다보고 있는 것 같은데…… 이거 도망쳐야 하나?

필로나 포울 남매의 반응으로 미루어 보아, 상태이상 같은 거라고 봐도 되려나?

"라프~!"

라프짱이 필로의 뺨을 후려친다. 그러자 필로는 눈을 깜박거리며 원래 상태로 돌아왔다.

"어라? 왜 그래?"

"라프!"

그리고 라프짱은 필로의 머리에 올라타서 뭔가를 하기 시작했다.

아마 뭔가 방벽 같은 걸 구축하고 있는 것이리라.

라프짱은 꽤 편리한 기능을 갖고 있으니까.

"저기――."

세인이 한쪽 방향을 가리킨다.

"무슨 일이 벌어진 것이?"

"눈으로 확인하는 게 나아."

그쪽을 보니, 모래 먼지가 일어나고 있는 게 보였다.

"이와타니 님!"

"나오후미 님!"

"그래, 무슨 일이 벌어진 건지는 모르지만 보러 가는 게 좋을 것 같군."

도대체 무슨 일이 일어난 건지는 알 수 없었지만, 우리는 그것을 확인하기 위해 내달렸다.

"오라버니! 이거 놔요!"

"아트라!"

으음……. 응. 이 녀석들은 그냥 두고 가자. 레벨 면에서도 위태위태하니까.

저 적들은 용사 살해가 목적일 테니, 내 근처에서 떨어져 있는 게 안전할 것이다.

"으랏차아아아! 어, 뚫습니다! 약해! 약해도 너무 약합니다!"

"제…… 젠장!"

우리가 도착하니 거기에는——.

"모토야스?!"

"아, 장인어른! 저만 믿겠습니다-!"

뭔가 말투가 한층 더 이상해진 모토야스가, 렌과 칼날을 맞대고 힘겨루기를 하며 내게 손을 흔들어 어필하고 있다.

꼴 보기 싫다. 누가 네 장인이냐. 전투 중에 손 흔들지 마.

"뭐, 뭘 하고 있는 거야?"

"장인어른께서 렌을 생포하고 싶다고 하셨기에, 내가 유인해 내서 못 도망치도록 한 것이겠습니다!"

"나오후미 님! 혹시 아까 도적들의 아지트에서 숨어 있던 건 창의 용사님이 아니었을지……."

"아마 그렇겠지."

우리의 문답을 듣고, 앞장서서 제멋대로 행동을 벌인 건가!

그리고 그와 엇갈려서, 적이 우리 앞에 나타났다는 것이리라.

그나저나 모토야스, 너도 포박 후보라고!

어째 골치가 아파 온다.

"전송검!"

아, 렌이 우리를 발견하고 도망치려고 하고 있잖아!

"……."

우리와 렌 사이에 침묵이 감돈다.

하지만, 렌의 스킬은 불발에 그친 듯, 아무 일도 일어나지 않는다.

어쩌면 아까 휩쓸고 지나간 수상쩍은 무언가가 방해하고 있는 건가?

"핫핫핫, 내 템테이션의 힘이 있는 한, 너는 더 이상 도망칠 수 없습니다!"

역시 모토야스 때문이었나.

그나저나…… 모토야스의 창도 뭔가 검은 모자이크가 걸려 있는 것처럼 보인다. ……내 눈이 이상한 건가?

스킬명과…… 아까 포울이 보인 반응으로 미루어 보

아…… 대상을 매료 상태로 만드는 필드를 생성하는 건가?

모토야스다운 기술이군.

어라? 뭐지?

모토야스가 평소보다 유독 더 미남으로 보인다.

주위에 별가루라도 뿌려진 것처럼 반짝반짝 빛이 나고, 뒤쪽은 핑크색으로 물들어 있었다.

어머나……. 완전 훈남이잖아……. 이렇게 잘생긴 남자라면 나도 뒤를 대줄 수 있……

"……을 리가 없잖아!"

머리를 붕붕 휘저어서 의식을 유지한다.

위험했다. 돌이킬 수 없는 짓을 저지를 뻔했다.

엄청나게 강력한 상태이상을 발생시키는 필드잖아.

"괜찮아?!"

"아, 네."

라프타리아는 딱히 영향이 없는 모양이다.

뭐, 환각 같은 부류에는 내성이 높은 것 같으니, 매료도 막아낼 수 있는 거겠지.

라프타리아가 모토야스에게 매료당하기라도 한다면, 아무리 상태이상 때문이라 해도, 나는 풀이 죽었을 것이다.

사람을 현혹하는 너구리라는 면에서 라쿤 종 만세.

"으, 으음."

에클레르의 반응이 좀 마음에 걸린다. 괜찮다고 믿고 싶다.

"저, 저는 이츠키 님이 있으니까 안 돼요오."

리시아는 약간 미묘한 반응이다. 매료 스킬의 효과 때문에 이츠키와 모토야스를 저울에 달아 보고 있는 걸까.

"필로도 괜찮아!"

"라프~!"

필로, 너는 라프짱이 어깨에 올라타 있어서 그런 거라고.

아까 나한테 무슨 짓인가 하려고 했었잖아.

세인은…….

"괜찮아──."

별문제 없는 것 같다.

상태이상을 일으키는 필드이긴 하지만, 모토야스가 만들어 준 호기를 놓치는 것도 좀 그렇단 말이지.

"아…… 여하튼, 렌, 숨바꼭질은 이제 그만 끝내자고."

어떻게 반응해야 할지 모르겠지만, 렌이 도망칠 수 없게 된 건 잘된 일이다.

모토야스도 우리를 위해 행동해 줬으니 관대하게 봐 주도록 하지.

"필로따앙!"

"싫어~!"

아, 필로는 모토야스를 보고 야금야금 뒷걸음질을 치다가 도망쳤다.

"잠깐만요, 필로, 어딜 가는 거예요?!"

"라프으으으으으——."

"아, 라프짱은 두고 가!"

라프짱을 태운 채로……

뭐야 이거. 점점 멤버가 빠져나가잖아.

지금 내 곁에 있는 건 라프타리아, 에클레르, 리시아, 세 인뿐인가…….

이 멤버로 렌과 모토야스를 동시에 생포…… 할 수 있으려나?

"이제 단념할 때입니다! 렌."

"단념? 누가 할 소리."

자기들 멋대로 문답을 주고받고 있다.

뭐, 일단 모토야스도 우리에게 협조해 주고 있으니, 렌을 붙잡는 작업의 난이도는 충분히 내려간 셈이려나? 렌은 여전히 현실도피에 빠져 있는 것 같지만.

"패거리로 몰려다니지 않으면 아무것도 못 하는 녀석이 내게 대들다니."

"지껄이고 싶은 대로 지껄여, 이 외톨이 자식. 요전에 있었던 일, 난 똑똑히 기억하고 있다고."

울컥 화가 치밀었기에 렌을 호되게 비꼬아 준다.

"한 명을 여럿이서 상대하려는 비겁한 놈에게 난 절대 질 수 없어!"

"은폐스킬을 이용해서 공격능력이 없는 상대에게 기습

필살공격을 날리는 건 비겁한 짓이 아니고?"

"감지 못한 녀석이 잘못이야."

"멋대로 지껄이시지. 난 감지했어. 외톨이인 너에게는 없는, 동료 덕분에 말이지."

역시 렌은 자기중심적이기 짝이 없다.

언동도 좀 이상하고, 심층의식이 표면으로 드러나기라도 한 걸까.

마치, 아니, 완전히 온라인게임에 출몰하는, 최강이라는 말에 환장한 녀석 같다.

솔직히 말해, 사용할 수 있는 패가 적은 게 네 패인이라고 말해 주고 싶지만, 어차피 듣지도 않겠지.

"간다!"

"애기 좀 들어——."

미처 내가 주의를 주기도 전에, 렌은 모토야스를 날려 버리고 돌진해 온다.

"아, 기다리란 말입니다!"

일단 막아 줄까. 그런 다음에 라프타리아나 에클레르에게 공격을 명령하자.

내 의도를 간파한 라프타리아와 에클레르가 물러선다.

세인도 나를 방패로 삼고 있군.

리시아는…… 쭈뼛거릴 때가 아니잖아. 싸울 준비를 하라고.

불안하기는 하지만, 어쨌거나 연계 작전을 펴는 데는 문제가 없을 것 같다.

그리고 렌은 나를 향해 검을——아니, 목표를 리시아로 바꾸어서 달려들었다.

뭐야……. 지금의 렌은 역시 뭔가 좀 이상하다.

일관성이 없다고 할까, 방향성이 없다고 할까.

"후에?!"

갑작스러운 공격방향 변경에 리시아가 비명을 지른다.

이 자식, 여기 있는 녀석들 중에 제일 약해 보이는 녀석을 공격하다니…….

약한 녀석부터 노리는 건 전략의 기본이지만, 정정당당은 어디로 간 거냐.

그리고 말야, 넌 엄청난 착각을 하고 있어.

지금의 리시아는…….

"에에이이이이이이이이이이이잇!"

렌이 고함과 함께 리시아를 향해 검을 휘둘렀다.

"후에에에에에에에에에에에!"

하지만, 리시아는 재빨리 주저앉듯이 자세를 낮추는가 싶더니, 로프가 달린 투척용 라이프를 던져 근처 나무에 꽂아 넣고, 스윽 하고 로프를 이용해 고속으로 거리를 벌린다.

거리를 벌리는 그 동작을 취하는 와중에 렌을 향해 쇠꼬챙이 같은 것을 네 자루쯤 던졌다.

"깜짝 놀랐어요."

"오히려 내가 더 놀랐다고."

뭐야, 방금 그 속도는. 정말 눈 깜짝할 사이였잖아.

이 녀석 혼자만 다른 세계에서 싸우고 있는 거 아냐?

아니, 눈에 보였으니까 방어를 못할 정도는 아니었지만.

"리시아 씨, 정말 대단해요."

그러게 말야. 이렇게 화려한 움직임을 선보였으니 라프타리아도 그렇게 생각할 만하지.

애초에 저 꼬챙이는 어디에 갖고 있었던 거야? 변환무쌍류의 비밀 무기 같은 걸까?

"큭⋯⋯."

박히지는 않았지만, 생각대로 풀리지 않는 상황에 렌이 짜증 섞인 목소리를 토해낸다.

"나를 잊어버리면 곤란하단 말입니다!"

"가능하면 잊고 싶은데."

어쩐지 모토야스의 페이스에 말려들기 싫다.

웬만하면 좀 물러서 있었으면 좋겠다.

아니, 렌이 도망칠 수 없는 지금 이 기회에, 이것저것 물어봐 둘 게 있다.

렌의 배후에 있는 녀석에 관해서다.

모토야스 얘기가 아니라.

"어이, 윗치는 안 오는 거냐?"

"……."

내 물음에 렌은 얼굴을 찡그렸고, 검에서 흘러나오는 흉흉한 힘이 한층 더 강해졌다.

"실언이었던 것 같은데, 이와타니 님."

끄응……. 섣불리 캐묻는 건 역효과인가. 그렇다면 알아내기가 힘들겠는데.

하다못해 그 녀석의 위치라도 물어보고 싶었는데 말이지.

"어쨌거나 렌, 나는 네 적이 아냐. 그 쓰레기 여자 밑에서 도적 두목 노릇을 해 봤자 아무것도——."

"타아아아아아아아아아아앗!"

내가 말을 마치기도 전에, 격앙된 렌이 검을 드높이 치켜들고 덤벼들었다.

"용사를 참칭하는 악마 자식. 내가 천벌을 내려 주마!"

이거 완전히 현실이 눈에 안 들어오고 있는 거 아냐? 지금 궁지에 몰려 있는 건 너라고!

"눈을 떠라! 나의 힘이여! 나는, 싸움 속에서 강해진다!"

오글거려! 오글거려 미칠 것 같아! 방금 등골이 오싹했을 정도였다고.

중2병 짓도 정도껏 해!

"죽여 버리겠단 말입니다!"

"죽이지 마!"

렌의 숨통을 끊으려고 창을 치켜드는 모토야스를 제지한다.

깡 하고 렌의 검이 내 방패에 부딪친다.

흐음……. 역시 공격력은 그다지 높지 않군.

아마, 맨손으로 렌의 검을 붙잡아도 무방할 정도이리라.

어쩌지? 실력의 차이를 이해하면 항복해 주려나?

"나는, 그 누구보다도 강해질 거다. 그래……. 내 욕망에는 끝이 없어……. 나는 여기서 더욱 강력한 힘에 눈을 뜨고, 너를 물리칠 거다……. 내 욕망에 한계는 없어! 욕망을 양식 삼아서, 최강이 되고 말 거다. 힘을 각성하고, 승리하고, 장비를 갖추고, 돈을 모으고, 힘을 키우고, 나는 모든 세계에서 최강이 되고, 모든 세계가 나를 원하게 될 거다!"

……이 녀석, 머리는 괜찮은 건가?

똑같은 말을 몇 번씩 지껄이는 거냐. 웬 욕망 타령이람.

힘을 각성한다고? 이미 검의 용사로 각성해 있는 거 아닌가…….

저주에 침식당하면 저렇게까지 이상해지는 건가?

이건 그냥 평범한 중2병 환자잖아.

아까 상대한 녀석들 때문인지, 모든 세계에서 최강이 되겠다는 소리를 들으니 혐오감이 든다.

……어렴풋이, 렌이 커스에게 침식당한 이유를 알 것 같다.

──탐욕.

그런데 어째서일까. 무지하게 꼴사납고 초라한 욕망처럼 느껴진다.

그걸 탐욕이라고 부르기는 힘들 것 같다.

탐욕이라는 건, 끝없는 욕망 아닌가.

모든 것을 갈구하고 탐내는, 끝이 없는 욕망이다.

렌의 경우에는, 강해지고 싶다는 것에만 집약되어 있다.

물론 그게 탐욕이 아니라고 할 수는 없다.

하지만, 정말로 욕망에 사로잡힌 녀석은 훨씬 더 추악하게, 모든 것들을 다 탐내는 법이다.

렌은 기껏해야 힘에 대한 욕구에만 집착한…… 아아, 그렇구나. 왜 이렇게 된 건지 알겠다.

굳이 말하자면 과정과 목적이 뒤바뀌었기 때문일 것이리라.

욕망이라는 건, 이게 탐나니까 손에 넣는다, 이걸 손에 넣었지만 저것도 탐나니까 저것도 손에 넣는다, 하는 식이다.

하지만 렌의 경우, 강해지는 게 목적이고, 다른 뭔가를 얻기 위해 강해지려는 건 아니다.

결과와 과정이 뒤바뀌어 있다.

비슷한 경험이 있기에, 나도 더더욱 잘 이해가 간다.

예전에 행상 일을 하던 시절…… 원래는 장비를 갖추기 위해 돈을 벌려던 것이었는데, 어느새 돈을 버는 것 자체가 목적이 되어 버린 적이 있었다.

고작 이 정도로도 커스 시리즈에 침식당하는 건가.

그리고 그것은, 렌이 내 분노에 이길 수 없는 이유이기도 하다.

아무리 커스의 힘을 기르더라도, 그 정도 탐욕으로는 내 분노를 이길 수 없을 것이다.

그건 가짜 탐욕이다.

저 무기는 아마 커스 시리즈일 것이다. 그건 확신할 수 있다.

그렇다면, 커스가 발동할 만한 이유가 있을 터.

내 경우는, 모토야스와 결투를 벌이던 중에 윗치의 방해를 받은 게 계기였다.

그 시점에서는 발동하지 않았지만, 드래곤 좀비와 싸우다가 필로가 죽은 걸로 착각했을 때, 처음으로 분노의 방패가 나타났다.

모토야스도 커스로 보이는 무기를 들고 있고…… 아니, 어쩌면 커스 시리즈는 전설의 무기 사용자가 정신적으로 궁지에 내몰렸을 때 발동한다거나 하는 건가?

나도 그렇고 모토야스도 그렇고, 상당히 내몰린 상태였으니까.

그야말로 자살한다 해도 이상할 게 없을 만큼, 정신적으로 막다른 길에 몰려 있었다.

하지만, 이 세계 입장에서는, 용사는 죽어서는 안된다.

용사가 죽으면 세계가 멸망할지도 모르니까.

자살은 생각할 수도 없는 일이다.

……이거 정답일지도 모르겠는데.

다시 말해 커스 시리즈는 용사가 정신적인 문제를 안고

있을 때 나타나는 방어본능이라는 것인가.

그나저나…… 만약에 이게 정답이라고 쳐도, 무엇이 렌을 그렇게까지 궁지에 내몬 거지?

적어도 마지막으로 만났을 때는, 대화가 성립할 수 있을 정도의 이성은 갖고 있었다.

뭐, 동료들이 죽은 건 그 동료들이 약했기 때문이라느니 하는 변명을 지껄여댔었지만.

"나는 세계를 구해낼 최강의 용사란 말이다!"

……렌의 말에 울컥 짜증이 솟구쳐서 생각이 끊어졌다.

넌 왜 그렇게 유치한 일에만 관심을 쏟는 거냐! 작작 좀 하란 말이다!

커스의 원인이니 뭐니, 이제 알 바 아니다. 이 녀석 입부터 좀 틀어막고 싶다.

"세계를 구해? 그럼 가르쳐주마, 얼간이 자식! 이런 곳에서 도적 두목 노릇이나 하는 녀석이 무슨 재주로 세계를 구한다는 거냐?"

최강? 세계를 구해?

이런 산골에서 도적 두목 노릇이나 하고, 거슬리는 녀석이 나오면 기습이나 하는 놈이, 승부를 운운하겠다고?

그딴 식으로 이 썩어빠진 세계를 구해낼 수 있다면 얼마든지 해 보라고!

하지만 그런 식으로 세상을 구하는 건 불가능하고, 파도를 끝낼 수도 없다.

"네놈의 최강 타령을 계속 상대해 주는 것도 지긋지긋해! 이런 산속에서 골목대장 기분에나 취해 있는 녀석이랑 어울리는 것도 넌덜머리가 난다고!"

"아직 안 끝났어! 나에게 끝은 없어! 내 최강의 힘을 받아라!"

렌의 검이 한 단계 더 변화한다.

그로우 업인가?

예전에, 증오의 방패가 라스 실드로 변한 적이 있었다.

그것과 동등한 상태라 봐도 무방할 것이다.

그렇다면 렌의 검이 상위의 검으로 변한 것일 가능성이 높겠군.

"좋아. 새로운 기술이 떠올랐다! 나찰 · 유성검!"

그건 나랑 싸울 때도 썼던 거잖아!

지금까지 써 왔던 기술을, 마치 지금 막 떠올린 것인 양 얘기한다.

흔해 빠진 만화에서도, 한 번 쓴 기술은 다시는 안 통한다고.

나 원 참, 도대체 뭐 하자는 거냔 말이다.

『그 어리석은 죄인에게 내가 정한 벌의 이름은 신의 이름으로 내리는 압괴! 내 재산을 양분 삼아 내쏘아진 신의 일격을 그 몸으로 받아내라!』

"골드 리벨리온!"

렌이 하늘을 향해 검을 치켜들자, 어디선가 금은보화가 모여들어, 상공에서 인간의 형체를 이룬다.

괴이한 형태의, 고약하기 짝이 없는 취향의 금제 조각상이다.

저걸 맞으면 아무리 나라도 무사하지는 못할 것 같지만…… 주위에 있는 동료들 중에는 회피하지 못하는 자도 있을 것 같다.

하아……. 나는 이런 유치한 공격이나 막아내고 있어야 한다는 거냐!

한탄이 절로 나온다. 애초에, 나찰·유성검은 어디로 간 거냐.

누가 봐도 말하는 것과는 전혀 다른 기술을 쓰고 있잖아.

점점 더 수단이 비열해져 가고 있다. 그것도 승리를 위한 탐욕이라고 우기고 들까.

저건…… 아마, 블러드 새크리파이스와 동등한 스킬이리라.

아마 대가를 치르게 되어 있는 것일 텐데……. 아아, 렌의 장비가 빈약해진 건 이것 때문인가?

"받아라!"

"너희는 물러나 있어!"

"아, 네!"

"나오후미 님, 괜찮으시겠어요? 지금은 상태가…….'

"어차피 도망칠 수도 없을 거 아냐…….'

동료들 중에 하늘을 날 수 있는 녀석이 있었다면, 어쩌면 도망칠 수 있었을지도 모른다.

키즈나 쪽 세계에 있었을 때처럼 필로가 날 수 있었더라면……. 이쪽 세계로 돌아올 때쯤에는 내가 타도 멀쩡히 날 수 있을 것 같았다.

그렇게 생각하면서, 나는 떨어져 내리는 금조각상의 일격을 받아낸다.

쿵 하고 내장에 울리는 충격이 전신을 타고 흐른다.

큭……. 역시 저주의 영향이 은근히 몸속 깊은 곳을 울리는군.

"라프타리아!"

"네!"

도를 칼집에 집어넣은 라프타리아가 발도술 자세를 취하고, 내가 받아낸 금조각상을 향해 달려든다.

"순도·하일문자!"

라프타리아는 사삭 하는 말끔한 소리와 함께 도를 뽑았고, 탓 하고 착지해서 도를 칼자루에 집어넣는다.

챙 하는 소리가 나는 동시에, 일자 형태의 칼자국이 금조각상에 새겨지고, 금조각상은 무너져 사라졌다.

나 원 참……. 헛짓거리도 작작 좀 하란 말이다.

"이와타니 님……."

"아, 아무리 내가 튼튼하다고 해도 한도가 있는 법이니까."

에클레르 등이 제대로 도망칠 수만 있다면, 이런 공격쯤은 나도 굳이 막을 것 없이 회피하면 그만일 텐데 말이지.

하지만, 이것도 어쩔 수 없는 일이기는 하다.

조직적으로 변하면 변할수록, 대처의 순발력은 떨어지는 법이니까.

조금 더 순발력 있게 움직이도록 만들고 싶다.

사고방식을 바꿔 보면, 우리도 키즈나 패거리 같은 전력을 갖추었다고 생각할 수도 있다.

⋯⋯아니, 지금은 렌 문제부터 해결할 때겠지.

"젠장⋯⋯. 아직 안 끝났어. 나는 더 강해질 거다⋯⋯. 좀 더, 모든 것을 희생해서라도 이겨야만 한단 말이다!"

"작작 좀 해!"

렌은 나를 베어 죽이려고 검을 휘둘러, 상단으로부터, 흉갑을 향해, 비스듬한 각도로⋯⋯ 각양각색의 칼부림을 날린다.

나는 그 모든 공격들을 비껴내고, 막아내고, 흘려보낸다.

더는 못 놀아 주겠다.

자기 귀에 듣기 좋은 말만 믿을 뿐, 내 말은 귀담아듣지도 않고, 끝내는 이런 곳에서 저주의 무기를 휘두르면서 강해지느니 어쩌니 하는 소리를 지껄이다니.

영귀와의 싸움 때도 그렇고, 도대체 언제까지 게임 기분에 젖어 있을 거냐!

변환무쌍류 수련은 고되니까 내팽개쳤다. 강화방법 공유는 말이 안 된다며 믿지 않는다.

나도 참는 데에는 한계가 있다.

죽지 않도록 사지를 날려 버리거나, 그냥 감금이라도 해 버리는 게 차라리 낫지 않을까?

녀석이 죽으면 나만 곤란하니까.

"죽일 것입니까?"

"죽이지 말라고 했잖아!"

모토야스 쪽은 렌을 죽이고 싶어서 안달이 난 것 같은 제안만 해대고 있다.

그나저나, 너 왜 우리 편인 척 구는 거야?

"세인, 일단 스킬을 사용할 수 없도록 렌을 찍어 눌러. 그런 다음에 전원이 힘을 모아 졸도시켜서 연행하자. 그래도 날뛴다면……."

내가 거기서 말을 일단 중단하니, 그 자리에 있던 녀석들도 모두 내 의도를 파악한 모양이었다.

"어쩔 수 없을지도 모르겠네요……."

라프타리아도 애석하다는 듯 고개를 끄덕인다.

"아니, 잠깐 기다려 줘."

그때 내 얘기에 이의를 제기하는 자가 한 명 나타났다.

"이와타니 님……. 나와 검의 용사가 일대일로 대결할 수 있게 해 주지 않겠나?"

"그건 왜지?"

"전에 싸웠을 때부터, 검의 용사에 대해 생각하던 바가 있었어. 어쩌면 검술을 통해서라면 얘기가 통할지도 몰라."

"지금 그 소리, 완전히 두뇌까지 근육으로 돼 있는 녀석이나 할 법한 얘기라는 건 알고 있어?"

"……그래. 그리고, 내 인내심도 슬슬 한계에 다다랐어. 철없이 구는 검의 용사에게 한마디 해 주고 싶어. 일대일 대결을 허락해 줘."

"그나마 이성적으로 들리는 소리군. 위험하다고 판단되면 곧바로 개입할 건데, 괜찮겠어?"

에클레르의 기사도 정신에는 부합하지 않는지도 모르지만, 전력을…… 나답지 않은 소리지만, 동료를 잃을 수는 없는 노릇이다.

세계가 평화를 되찾을 때까지 단 한 명의 희생자도 내지 않겠다느니 하는 풋내기 같은 소리를 할 생각은 없지만, 적어도 에클레르는 이런 유치한 일 때문에 잃기에는 아까운 존재니까.

그리고…… 제아무리 에클레르가 검술에 소양이 있다고는 해도, 상대가 용사라면 불안하다.

"용사의 무기에 부가효과가 붙는 만큼, 내가 에클레르에게 지원마법을 걸어 주지. 그걸 받아들이지 않는다면 결투는 허가 못 해. 불공평한 싸움이니까."

"……알았어. 최대한 공평한 조건을 만들려는 배려, 감사히 받아들이겠다."

나는 에클레르에게 쯔바이트 아우라를 걸어 준다.

사디나가 있었더라면 합창마법인 신뢰강림을 걸어줄 수 있었을 텐데.

지금은 이게 한계다.

아무래도…… 에클레르에게 새크리파이스 아우라까지 걸어줄 수는 없는 노릇이니까.

내 마법을 받은 에클레르는 렌을 향해 소검을 겨누었다!

하지만 렌은 또다시 리시아를 향해 달려들려 했고, 에클레르는 그런 렌을 막아섰다.

"검의 용사, 아마키 님. 당신과 싸우는 건 이번이 두 번째군."

스윽 하고 소검 끝을 렌에게로 겨눈다.

"이와타니 님이나 창의 용사 키타무라 님과 싸우고 싶다면, 먼저 나를 이기도록!"

"흥! 어떤 녀석이든, 나에게 당할 자는 없다!"

"흐지부지하게 끝나 버렸던 지난 싸움의 결말을 이 자리에서 내도록 하자! 검의 용사여. 내 이름은 에클레르 세이아엣트! 너의 그 철딱서니 없는 근성을 바로잡기 위해, 여왕께 하사받은 내 검을 휘두르겠다!"

에클레르의 선언과 동시에 대결이 시작되었다.

18화 섬광

우리는 그 둘이 충돌하는 틈을 타서, 약간 거리를 벌여 결투를 관전하게 되었다.

……모토야스가 틈만 나면 등 뒤에서 렌을 찔러 죽이려고 하는 것처럼 보인다.

"모토야스, 훼방 놓지 마."

"알겠습니다!"

일단 협조해 주고는 있지만…… 이 녀석도 어떻게든 설득해야 할 것 같다.

뭐, 내 말을 듣는다는 면에서는 렌보다는 양호한 편이지만, 도리어 내가 이 녀석에게서 도망치고 싶다는 충동에 휩싸인다.

에클레르가 날카롭게 내지른 검이 렌의 어깨에 명중한다.

박히지는 않았지만, 한 방 먹였군.

"흐음. 고작 이 정도인가? 지난번보다도 움직임이 둔해졌잖아."

에클레르의 도발에 렌이 눈을 크게 부릅뜨고 검을 힘껏 움켜쥔다.

"나는…… 지지 않아. 나는, 최강이고, 그, 힘을, 얻기 위해서, 모든 것을, 손에 넣고, 잡아먹는, 다!"

말을 더듬거리기 시작한 렌이 갖고 있는 검…… 흉흉하던 한손검이, 시커먼 대검으로 변화한다.

게다가, 검은 아우라가 아까보다 더 강하게 분출되고 있다.

에클레르 녀석, 괜찮으려나?

저 검이라면, 내 방어력을 초월할 정도로 능력이 향상돼 있다 해도 이상할 게 없을 텐데.

자세히 보니, 검에는 이런저런 장식이 새겨져 있다.

날밑 부분은 개처럼 생긴 생물…… 여우인가? 그 밖에 칼자루 부분에는 돼지처럼 생긴 장식도 있다.

그건 그렇고…… 변화할 때에 렌이 한 말이 좀 이상했었다.

'잡아먹는다'라는 게 말 그대로 '먹는다'는 뜻이라면, '식탐'도 각성한 상태일 가능성이 있다.

"나, 는 최강이 된다! 지금, 이 순간에도 성장해서, 영원을 넘는 단위의 힘으로 움직일 수 있게, 되어, 네놈들을 물리치고, 경험치를 먹어치워 줄 테다!"

대검을 치켜들고, 렌은 내달린다.

움직임이 뻣뻣하지만 상당히 빨라져 있다.

"으랏차아아아아아아아아아아아아!"

렌이 대검을 마구잡이로 휘두르기 시작한다. 이건 그냥 우격다짐이 따로 없다.

에클레르는 몸을 젖히거나 숙이거나 해서 그 공격들을 연속으로 피해낸다.

"칼부림이 단조롭군. 그런 식이라면 아무리 능력치가 높아 봤자, 예전의 나조차 이기지 못해!"

오오……. 뭐, 확실히 움직임 자체는 빠를지언정 세밀함은 없군.

에클레르 정도로 오래 검을 휘둘러 온 사람이라면 피할수 있는 수준이다.

라프타리아와 사디나가 맞붙었을 때와 비슷한 양상처럼 느껴지기도 한다.

사디나는 라프타리아의 칼 궤적을 완전히 읽어내고 아슬아슬하게 회피하는 신기를 선보였으니까.

에클레르는 그것과 동등한 수준의 기량을 갖게 된 건가.

"큭……. 맞아라! 내 공격은, 그 어떤 것도 파괴할 수 있는 최강의 일격이 되어 있을 터!"

능력치 면에서는 아마 렌이 위일 것이다.

그런데도 맞히지 못하는 것은, 기술면의 차이 때문이리라.

"왜냐, 왜 안 맞는 거냐?!"

"맞을 리가 없이. 그렇게 힘이 들어가지 않은 검, 섬세함이 결여된 검 따위는, 맞힐 의지가 없는 거나 마찬가지다."

"입 닥쳐어어어어어어어어!"

라프타리아나 필로였다면 어떤 식으로 피했을까?

저렇게 종이 한 장 차이로 피하거나 하지 않고, 단순히 속도를 이용해서 회피했겠지.

나와 함께 싸워 왔기 때문인지, 라프타리아는 공격 성향이 강하니까, 그것도 어쩔 수 없는 일이라 할 수 있다.

피하는 것보다는 나를 방패 삼아서 최대한 강렬한 공격을 날리는 식의 전투만 해 왔으니까.

우리도 좀 더 수련을 쌓아야 할 때가 된 건지도 모르겠다.

보고 배우기 위해서라도, 에클레르와 동문수학한 리시아에게 물어볼까.

"이봐, 리시아, 네가 보기에는 어때?"

"후에에? 그게 있죠, 검의 용사님의 공격은 하나같이 단조로워요. 저 정도라면, 전투에 익숙한 사람이라면 누구나 피할 수 있을 것 같아요."

"흐음……."

뭐, 그렇겠지. 빠르기는 하지만, 저 정도는 나라도 피할 수 있을 것 같다.

그 정도로 단조롭게 검을 휘두르고 있다.

기본적으로, 가로나 세로 방향으로만 휘두른다. 이따금 각도를 틀기도 하지만, 그 트는 순간이 빤히 보인다.

기술적으로는 라르크나 글래스 쪽이 훨씬 더 위일 것이다.

녀석들에 비하면, 지금 렌이 하는 공격은 어린애들 칼싸움 정도다.

저주의 힘으로 강해지는 건 스테이터스 면뿐이잖아?

오히려 섬세한 공격이 가능했던, 커스에 침식당하기 전의 렌이 더 강했던 것 아닐까?

"자, 네 실력은 이게 전부인가? 그럼 이번에는 내가 공격 하도록 하지."

"큭······. 아직 안 끝났어! 나는, 일방적으로 승리할 수 있어!"

굉장한 발언이다. 상대의 반격은 용납 못 하고, 주구장창 공격만 하겠다는 건가?

아, 그러고 보니까, 렌이 플레이하던 VRMMO에서는 방패 직업은 사장됐다고 했었지.

그렇기에, 반격을 용납하기 전에 해치운다느니 하는 소리를 지껄이고 있는 건가?

회피를 전제로 한다느니 하는 소리도 했었지만······ 어째 수상하다.

예로부터, 온라인게임에서 방어 쪽 직업이 존재하는 이유는 대인전 때문인 경우가 많다.

모토야스도 렌도 이츠키도, 대인전에 대해서는 상당히 문외한으로 보인다.

물론 게임 속에서라면 녀석들의 말이 맞을지도 모른다. 하지만, 이 세계에서는 다르다.

이 점은 확신을 갖고 얘기할 수 있다.

"받아라!"

렌이 무모하게도 크게 검을 휘둘러 내린다.

그 칼끝이 지면에 접촉한 순간, 지축이 뒤흔들리고 땅이 갈라졌다.

오, 지면을 찢어발기는 공격이라는 녀석이군. 위력이 강해 보인다.

"빈틈 발견!"

에클레르가 전에 싸웠을 때처럼, 렌의 어깨를 향해 날카롭게 검을 내지른다.

렌을 찌른 공격은 챙 하는 소리와 함께 허무하게 튕겨 나갔다.

아까보다도 방어력이 더 올라간 모양이군.

"큭큭큭……. 지금 내가 사용하고 있는 이 검에는 자동회복(대)가 붙어 있다. 네 빈약한 공격 따위는 아무 의미도 없지. 순순히 패배를 인정해."

렌이 사악하게 웃으며 눈을 번뜩거리고 있다.

아아, 에클레르가 결정타를 먹일 만한 공격 수단을 갖고 있지 않다는 걸 알고 웃는 거군.

그나저나, 왜 그렇게 설명을 해대는 거야?

뭐, 내가 전에 입고 있던 갑옷에도 자동회복 효과가 붙어 있었지.

"흐음……. 이와타니 님에 비하면 물렁한 수준이지만, 베어도 그 즉시 회복하는 건가. 성가시군."

에클레르는 검 끝을 응시하며 뇌까린다.

아직 여유는 충분한 듯, 이마에 땀 한 방울 흘리지 않고
있다.

"얌전히 패배를 인정하고 내 경험치가 돼라! 나찰·유성
검!"

또 그거냐!

대검 형태이기 때문인지, 전보다 더 넓은 범위로 흩날리
는 검은 별.

에클레르는 그 모두를…… 뭔가 모습이 일렁거리면서 회
피한다.

"아, 저건 변환무쌍류의 회피 형태 중 하나, 아지랑이!"

……응. 중2병 면에서는 에클레르도 뒤처지지 않는군.

"리시아, 설명 캐릭터 노릇은 그만둬. 아무리 그런 소리
를 해 봤자 '뭐야?! 저게 바로 그거라고?!' 라는 식으로 대
답해 줄 만큼 해박하진 않다고."

"하긴…… 그건 그러네요. 하지만, 리시아 씨와 에클레르
씨의 기술을 보고 있으니, 저희도 더 수련해야 한다는 걸 실
감하게 되네요."

라프타리아의 말은 지당하기 그지없다.

에클레르와 리시아에게 기술적으로 뒤처지고 만 것 같은
기분이다.

얼마 전까지만 해도 그다지 차이가 안 났었는데 말이다.

"그러게 말야……. 뭔가 진지하게 익히는 게 좋을 것 같은 생각이 드는데."

저런 움직임이 가능해진다면, 최우선적으로 배워 두는 게 좋을 것 같다.

용사의 무기 덕분에 습득에 여러모로 지장이 있다는 모양이지만, 익혀서 손해 될 일은 없으리라.

산속에라도 틀어박혀야 하나? 앞으로 살아남기 위해서.

"아직 안 끝났다! 체인 바인드!"

"흥!"

렌이 소환한 사슬이 에클레르를 향해 날아가지만, 에클레르는 검을 휘둘러서 사슬을 박살 내 버렸다.

"뭐야?!"

"역시 그랬군……. 강인한 사슬, 방어도 검을 활용하면 아주 쉽게 깰 수 있어."

"아직 안 끝났어! 내 필살 스킬을 받아 봐라! 하이드 소드!"

일렁 하고 렌의 모습이 어둠 속에 사라진다.

이봐…… 공격 패턴이 너무 획일적이잖아. 헌드레드 소드니 뇌명검이니 하는 건 어디에 갖다 버린 거냐.

공격 수단이 무수히 많더라도, 머리를 쓰지 않으면 에클레르도 못 이긴다고.

"어설프군. 라프타리아가 눈앞에서 사라지면 기도 추적

할 수 없는데……."

에클레르는 사삭 하고 검을 옆으로 휘두른다.

그것만으로도 렌의 은폐 스킬이 지워져서 모습이 드러났다.

오오…… 굉장한데.

"에클레르 말로는 그렇다는데, 실제로는 어떻지?"

"그야…… 저도 잘 쓰는 마법이니까……."

하긴, 자신 있는 마법에서 지면 자존심이 상하겠지.

나도 방어에서 밀리면 아마 불쾌할 거다.

"그럼, 이번에는 내 쪽에서 가 보도록 하지."

에클레르는 나지막하게 허리를 숙였다가, 렌을 향해 내달려서 검을 내지른다.

렌 녀석은 방어할 필요가 없다고 생각…… 아니, 재빨리 펄쩍 뛰어서 뒤로 물러섰다.

"소용없어."

에클레르는 물러서는 렌보다도 더 빨리 그의 근처로 파고든다.

"포 크로스!"

번쩍이는 소검을 재빠르게 십자 모양으로 휘두른다.

마법검 기술이라는 녀석이군. 스킬과도 다르고 마법과도 다른 검기라고 했던가.

아까 싸운 적에게도 사용했었지.

"후……."

에클레르가 내쏜 공격이 렌에게 명중.

어렴풋한 빛 같은 것이 렌의 몸을 관통한 것처럼 보였다.

하지만 대미지가 들어가자마자 상처가 아물어 간다. 렌은 마치 아무 일도 없었다는 듯 멀쩡하게 선 채로, 웃음을 지었다.

"나에게 공격을 명중시키다니, 솜씨가 제법이군 그래. 그렇다면 나도 본격적으로 싸워 주지."

……무슨 소리를 하는 거야?

렌 녀석, 엄청나게 고전한 주제에, 이제 와서 그건 다 연기였다는 소리라도 하는 건가?

적당히 좀 해. 우리가 본격적으로 싸우면 너 하나쯤 짓이기는 건 식은 죽 먹기일 거라고.

그나저나 렌에게는 커스 시리즈의 저주가 별 효과를 못 미치는 건가?

그냥 멀쩡하게 돌아다니고 있잖아.

저주는 내게 통하지 않는다느니, 저주조차도 내 힘이 될 거라느니 하는 소리를 지껄일 것 같아서 굳이 태클은 걸지 않는다.

"얼토당토않은 소리. 실전에서 상대방을 봐주면서 싸우다니, 실례에도 정도가 있다. 여유 부리는 척하지 마라, 어리석은 자식!"

아―…… 렌이 또 에클레르를 화나게 만들었잖아.

이 둘, 상성이 안 좋아도 너무 안 좋은 거 아냐?

어쨌거나, 에클레르는 완전히 렌의 실력을 간파하고 있는 모양이군.

렌은 빠르기는 하지만, 빠르기만 할 뿐, 움직임을 완전히 읽히고 있다. 그러면 제아무리 빨라 봐야 의미가 없다.

하지만 에클레르 쪽 역시 공격력에 문제가 있다.

할망구에게 전수받은 방어비례공격도, 나처럼 극단적인 방어력을 가진 상대가 아니면 성립하지 않는다.

원래는 뛰어난 검술 실력을 자랑하는 에클레르지만, 커스에 침식당한 용사를 상대로는 아무래도 안 통하는 모양이다.

애초에 그 공격은 방패 용사와의 전투에만 특화된 것 같은 부자연스러움이 있단 말이지.

변환무쌍류가 어디서 탄생한 건지는 모르지만, 만약에 그 탄생지가 메르로마르크라면, 적대국에서 숭배하는 방패 용사와의 싸움에 대비하기 위해 만들어진 기술인지도 모른다.

"내 공격은 모든 걸 집어삼킨다. 그래, 네놈의 경험치까지도!"

"아무리 강력한 공격이라도, 명중시키지 못하면 의미가 없다!"

그나저나 전황이 고착상태군.

상대에게 명중하지 못하는 렌의 공격과, 상대에게 통하지 않는 에클레르의 공격.

장기전으로 흘러가면 에클레르가 불리하다.

렌의 공격은 명중하지는 못하지만 위력이 없는 건 아니니까.

현재 상황으로 봐서는, 이 싸움은 렌이 이길 가능성이 높다.

"어쩔 거야, 에클레르? 이렇게 가다가는 점점 밀리다가 질 수밖에 없을 텐데?"

"이와타니 님, 조금만 더 유에를 쥐! 조금만 더 있으면 검의 용사의 본심을 들을 수 있을 것 같으니까."

본심이라……. 방패밖에 못 쓰는 나로서는 알 수 없는 세계인지도 모르겠군.

그런 생각을 하고 있으려니, 에클레르가 렌에게 말을 걸고 있다.

"자, 검의 용사. 네 목적은 뭐지? 참고로 이와타니 님은 원래 세계로 돌아가고 싶다고 하던데."

"얘기에 나까지 끌어들이지 마!"

최강을 꿈꾸는 렌이 나를 노릴 거 아냐!

나 참…… 어라? 렌이 약간 당황하고 있다.

어? 이게 설득의 실마리가 되려나?

"나, 나는……."

"목적 말이다. 너는 무슨 목적 때문에 강해지려 하는 거냐!"

어이, 어이, 무슨 질문을 해도 얼토당토않은 대답이 돌아올 뿐이라고.

렌의 눈매가 이상해진 걸 봐. 저건 아무 생각도 안 하고 있는 눈이잖아.

"나는 최강이 되지 않고는 못 참아! 모든 세계, 모든 시간, 모든 시공에서, 나는 최강이 될 거다! 그것이 내 탐욕이고, 모든 경험치를 갈구하고 먹어치우는 식탐이다!"

그렇게 소리치는 렌에게서 한층 더 강한 아우라가 분출된다.

뭔가를 사용할 작정이군.

"그러니까, 너도, 나를 강하게 만드는 경험치가 돼라!"

『그 어리석은 죄인에게 내가 정한 벌의 이름은 신의 이름으로 내리는 포식! 내가 얻은 대지의 힘을 양분 삼아 나온 부패를 그 몸에 새겨, 잡아먹힐지어다!』

"스트롱 디클라인!"

렌이 주먹을 힘껏 움켜쥐자, 온몸에서 반딧불 같은 무언가가 쏟아져 나와서, 지면으로 사라져 간다.

쿠쿠쿵 하고 주위가 뒤흔들리는가 싶더니, 에클레르의 발밑이 별안간 쪼개진다.

아아, 아까 그 땅을 쪼개는 공격의 파생형? 영창이 블러드 새크리파이스와 비슷했는데.

땅에 발생한 균열에서 챙겅 하고 이빨이 돋아나서, 에클레르를 물어뜯으려 한다.

"그 공격은 빈틈이 너무 커! 이와타니 님이었다면 충분히 명중시켰을 거다!"

"나를 비교대상으로 끌어들이지 마! 그러면 렌이 나를 노릴 거 아냐!"

"나오후미 님, 좀 조용히 지켜보자구요."

"하지만……."

"괜찮다니까요. 뭔가 잘될 것 같은 느낌이 들어요. 에클레르 씨를 믿어 주세요."

그런 건가? 무술에 조예가 있는 자들 사이의 감성이라는 거겠지.

뭐, 라프타리아가 그렇게 얘기한다면 믿어 주자.

참고로 에클레르는 렌의 공격을 무사히 회피했다.

……어째 블러드 새크리파이스랑 완전 판박이 같은 느낌인데.

아, 하지만 조금 다른 모양이다.

지면에서 뭔가, 악취를 풍기는 회색 물체가 왈칵 튀어나왔다.

아까 나온 금조각상도 그렇고 이것도 그렇고, 하나같이 기분 나쁘게 생겼다.

저것에 맞으면 아무리 나라 해도 견뎌내기 버거울 것 같다.

하지만 에클레르는 그 공격을 회피했는데, 그렇게 공격이 실패하면 블러드 새크리파이스처럼 대가만 치르게 될 것이다.

지금 상황에 비추어보아, 내가 블러드 새크리파이스를 썼다가 실패하는 일이 생기기라도 하면, 눈 뜨고 볼 수 없는 참상이 벌어질 것이다.

응. 만약에 다음에 쓸 기회가 있다면, 확실하게 적중시킬 수 있는 상태에서만 써야겠군.

교황과의 싸움 때는 여왕이 발을 묶어 준 덕분에 명중시킬 수 있었다는 걸 명심해 둬야겠다.

"후, 후에에에에……. 저건 대체 뭐예요?!"

"글쎄다. 어쨌든 닿으면 위험할 것 같아."

일단 거리가 있으니까 괜찮겠지만, 지면이 흐물흐물하게 녹아 가고 있다.

황무지가 되어 버린 곳에서 버섯이며 곰팡이가 돋아나서, 엄청난 악취를 풍겨댄다.

그 부패한 대지…… 부패의 바다가 파리 괴물 같은 생물들을 만들어낸다.

커스 스킬의 대행진 수준이잖아.

표적은 에클레르뿐인 것 같군.

이윽고 파리 괴물이 에클레르를 향해 덮쳐들었다.

"조준은 정확히 해. 그리고 공격에 대한 각오가 부족해. 이와타니 님이 오스트 님의 소원을 헛되이 하지 않겠다는 마음을 담아 내쏜 공격에는 무게감이 있었어. 나는 그때 그 의지야말로 진정한 힘이라고 생각한다."

에클레르는 파리 괴물의 침식공격을…… 놀랍게도 획 하고 정면으로 뛰어넘어서 렌 앞에 내려섰다.

갈 곳을 잃은 파리 괴물은 그대로 지나가서, 이윽고 무참하게 형체를 잃고 사라져 갔다.

아…… 어째 이 부근의 오염이 점점 심해지는 것 같은데?

민폐 끼치는 데는 도가 튼 녀석이군.

"자, 그럼 다시 한 번 물어보겠다. 너는 최강이 되고 나면, 뭘 원할 거지?"

"최강이 된…… 이후, 라고……?!"

"그래. 넌 그 최강인지 뭔지가 될 거 아냐? 그 힘으로 뭘 할 거지?"

"큭…….."

말문이 막혀 있다.

아아, 역시 그랬었군. 렌의 '탐욕'이 약하게 느껴졌던 이유를 알 것 같다.

과정과 결과가 역전되어 있다는 건 지난번에도 느꼈었다.

하지만, 렌의 탐욕에는…… 그 너머가 없다.

내가 탐욕에 눈뜨지 않은 이유도 그것 때문인지도 모르겠군.

나는 탐욕스럽게 돈을 벌고 싶다.

하지만 나에게 이 세계의 금전은 어디까지나 파도에서 살아남기 위해 필요한 것이며, 그 이상의 관심은 없다.

어차피 원래 세계로 돌아갈 테니, 돌아가기 직전에 라프타리아에게 그동안의 보수를 줄 수 있을 정도면 충분하다.

물론 마음 같아서는 조금 정도는 사치를 누리고 싶은 마음도 있지만, 그럴 돈이 있으면 장비나 시설 투자에 쓰고 싶다.

'식탐'도 마찬가지다.

강해지고 싶은 욕망에서 파생되어 각성한 거겠지만, 이쪽 역시 상대방을 경험치로서 잡아먹은 후에 대한 생각은 없다.

최강이 되면 만족하는 탐욕, 배부르게 먹으면 만족하는 정도의 식탐에 불과한 것이다.

끝없는 굶주림, 먹어도 먹어도 만족할 수 없는 굶주림에서 오는 식탐이 아니다.

내 커스는 '분노'.

불합리한 일에 대해, 정신이 나가 버릴 정도의 분노를 이 몸에 깃들이는 것.

그 칼끝은 윗치를 필두로 한 이 세계 전체를 향해 있다.

물론 원래 세계로 돌아가면 내 증오도 사라질지도 모른다는 기대는 품고 있지만…… 아마 현실 세계에서도 불합리한 일에 대한 분노는 여전할 것이다. 그리고 그 분노를 견뎌내야 한다.

끝없는 분노에 사로잡히는 것과, 손에 넣고 싶어도 넣을 수 없는 탐욕, 어느 쪽이 더 몸을 상하게 만들까.

어쩌면 요즘 들어 분노에 견딜 수 있게 된 건, 윗치나 쓰레기에게 어느 정도의 보복을 했기 때문일까? 어쩌면 감정의 변동 폭에 따라 성능이 달라지는 건지도 모르겠다.

"나, 나는…… 나는 최강이 돼서…… 세, 세계를 구해낼 거다!"

"남에게서 떠맡은 사명을 여기서 지껄이지 마! 변명으로밖에 안 들려!"

에클레르가 냉정하게 렌의 대꾸를 끊어 버린다.

렌의 눈도 말도 어쩔 줄 몰라 허둥대고 있었으니까.

"그렇게 인정하기 싫다면 내가 직접 가르쳐주지. 네가 무엇을 원하고 있는 건지를."

"뭐가 어째?!"

렌 녀석, 확연하게 동요하고 있다.

이윽고 에클레르는 타이르듯이 말했다.

"너는 강해지고 싶은 게 아냐. 잃어버린 것을 되찾고 싶은 것뿐이지!"

"우……."

"네가 어리석게도 아무 생각 없이 돌진한 탓에 잃게 된 동료, 사람들, 신뢰, 단지 그 모든 것들을 되찾고 싶다는 마음 때문에, 최강이라는 눈에 보이는 힘을 탐내고 있는 것에 불과해!"

"이, 입 닥쳐!"

"그런 건 제아무리 신이라 해도, 아니 이미 신이나 다름없는 용사라 해도, 불가능한 일이야. 지금 네가 해야 하는게 최강이 되는 일인가?!"

"입 닥쳐어어어어어어어어어어어어어어!"

렌이 에클레르를 향해 크게 검을 휘둘렀다.

내가 끼어들어서 막아야 하려나?

내가 한 발짝 앞으로 나서려 하자, 에클레르는 방해하지 말라는 듯 우리 쪽을 향해 손바닥을 내보인다.

그리고 렌의 공격을 모두 읽어내고 종이 한 장 차이로 회피해 보였다.

……장난 아닌데.

"너도 사실은 알고 있을 거다. 이런 곳에서 썩고 있을 시간이 없다는 걸!"

"시, 시끄러어어어어어어어어어어어어어어! 내 말에 딴죽 걸지 마아아아아아아아!"

그럼에도 렌은 멈추지 않고, 에클레르에게 검을 휘둘러댄다.

"끝까지 너를 믿고 싸우다가 죽어간 자들을 대신해서, 나는 검을 휘두르겠다!"

에클레르는 검을 가슴 앞으로 들고 기술을 내쏘았다.

"변환무쌍류검기 · 다층붕격(多層崩擊)."

에클레르의 연속 공격이, 모조리 렌을 향해 쏟아져 내린다.

마력의 흐름……. 저게 기(氣)라는 건가? 잘 모르겠군.

시각효과처럼 보이기도 하지만, 아마 기가 맞을 것이다.

그리고 빛 같은 것이 렌 안에서 부풀어올라 있다.

마치 내부로부터 파괴하는 것과도 같은 기술이다.

이건 할망구가 즐겨 사용하는 방어비례공격이군. 예전에 내가 맞았던 것과 비슷하다.

저런 공격을 방어비례로 얻어맞으면 무사하기 힘들 것 같다.

방어비례공격에 약한 내 입장에서 보면, 등골이 오싹한 오한이 감돈다.

"커헉!"

"검의 용사여, 너는 약하다. 그렇기에, 그 약함을 받아들임으로써 더 강해질 수 있나."

그렇게 말하고, 에클레르는 검을 칼집에 집어넣었다.

"한 번 죽은 자는 되살릴 수 없어. 하지만, 앞으로 그자들 몫까지 살아서 싸우면 돼. 나도 최대한 힘을 빌려주도록 하지."

뭘 그렇게 폼 잡는 거야. 렌은 실제로는 그다지 큰 대미지는 안 받은 것 같은데.

뭐, 명색이 용사는 용사이고, 커스 시리즈가 두 종류나 나온 상태니까.

에클레르 입장에서도 상당한 접전이었으리라.

만약에 렌의 공격을 한 방이라도 맞았다면 두 동강이 나 버리지 않았을까?

"으…… 크헉……."

그 직후, 렌은 졸도했다.

오오, 무슨 애니메이션처럼 쓰러지잖아. 아직 체력은 있어 보이는데 말이지.

"죄로부터 도망치지 마라. 도망칠 때마다 내가 네 앞을 막아설 테니까. 죽은 네 동료들을 위해서."

"우……."

렌이 쓰러진 채로 눈에서 눈물을 흘리고 있다.

무의식인가? 눈물을 흘리는 것 외에는 꼼짝도 하지 않는다.

그리고, 대검이 평소의 검으로 돌아왔다. 흉흉한 느낌도 사라졌다.

이윽고 이쪽으로 돌아선 에클레르에게 내가 말했다.

"정신공격이라니, 너도 제법 수완이 괜찮은데."

너무 칭찬하는 것도 내 캐릭터와는 안 어울리니까.

이런 식으로 말하는 게 무난하겠지.

"말을 해도 참……."

에클레르가 한탄하듯이 내게 대꾸한다.

사실, 물리적으로 물리친 건 아니잖아.

"검과 검으로 대화하고 화해한 감동적인 장면인데, 나오후미 님 때문에 다 망쳐버렸잖아요."

어째 라프타리아가 게슴츠레한 눈으로 나를 쳐다보고 있다.

"그런가?"

실제로도 정신공격 같은 거잖아?

"……오, 이거 재미있게 놀고 있잖아. 이히히!"

그때…… 최악의 타이밍으로, 아까 도망쳤던 2인조가 어렴풋이 모습을 나타냈다.

네놈들이 왜 거기에 있는 거냐?

이 흐름에서 돌아오지 말라고! 도망쳐 있으란 말이다!

"도망치려고 했는데 뭔가 연기가 피어오르기에 와 봤더니, 거기 있는 건 나머지 용사인가?"

"큭……."

큰일이다. 렌도 모토야스도 나와는 비교도 안 될 만큼 약하다고.

게다가 렌은 기절해서 움직일 수 없는 상태다.

"누구신지?"

모토야스는 어째선지 렌과 에클레르 근처에서 멍하니 선 채 사태 파악을 못 하고 있다.

"아까 그 전투 모습과 스킬 연타, 위력을 보아하니…… 방패 용사와는 달리 약한 모양이지?"

"호기를 놓칠 이유는 없어. 냉큼 해치우지."

"어림없는 소리!"

에클레르가 두 녀석을 향해 단검을 겨누고, 렌을 보호하려 한다.

나도 렌과 모토야스가 죽는 걸 구경만 하고 있을 수는 없다. 내 부담이 더 늘어나게 되니까.

"죽어라! 사성용사!"

아담한 남자가 마법을 사용하고, 덩치 큰 남자가 사슬낫을 휘두르며 달려든다.

"어림없어요!"

"어딜 감히!"

"제발 막아줘!"

나와 라프타리아가 황급히 내달리고, 리시아가 상대를 방해하기 위해 투척용 나이프를 던지는 동시에 로프로 적들을 휘감으려 한다.

어택 서포트를 동원해서 스킬을 내쏴야 하나?

에어스트 실드의 시정거리까지는 거리가 좀 남았다.

"큭……. 그 기술은 아직 완성되지 않았지만, 해 보는 수밖에!"

에클레르가 허리를 한껏 낮추고 뭔가 기술을 쓸 자세를 취한다.

뭘 하려는 거지?

"이와타니 님, 이걸 쓰면 나는 전투불능 상태가 되지만, 시간은 벌 수 있다. 검의 용사를 부탁한다!"

"알았어!"

뭔가 비장의 카드가 있나 보군.

내가 렌을 보호할 수 있도록, 에클레르가 시간을 벌려 하고 있다.

"저도 열심히 싸울게요! 무쌍……."

리시아도 의식을 집중하기 시작했다.

그러려면 일찌감치 비장의 패를 꺼내지 그랬느냐고 태클을 걸고 싶지만, 지금은 그럴 때가 아니겠지.

"장인어른의 적입니까? 그렇다면 질 수 없죠!"

모토야스가 뛰쳐나가서 에클레르 옆에 선다.

"모토야스, 물러나! 네가 당해낼 수 있는 상대가 아냐!"

이번 일의 공로자이긴 하지만, 솔직히, 녀석이 선불리 움직이면 성가신 게 사실이다.

여기서 모토야스까지 죽어 버리면 난 어쩌라는 거냔 말이다!

"변환무쌍류오의——"

"이제 우리의 승리다!"

덩치 큰 남자가 웃음을 흘리며 모토야스와 렌을 향해 사슬낫을 휘두르고, 아담한 남자가 소환한 운석이 상공에 출현한다.

에클레르와 리시아의 공격이 제때 들어가 줘야 할 텐데!

나는 라프타리아를 비롯한 전원에게 지원마법을 걸기 위해 집중하면서 내달린다.

좋아! 렌과 모토야스를 보호할 수 있는 사정거리 안에 들어갔다.

"에어스트 실드! 세컨드 실드!"

렌과 모토야스를 보호하는 위치에 방패를 출현시킨다.

이러면 약간이나마 시간을 벌 수 있을 것이다.

"받으십시오!"

내가 출현시킨 방패 옆에서 모토야스가 덩치 큰 남자를 향해 창을 내지른다.

그 녀석은 정체불명의 파문 장벽을 갖고 있다고. 네놈의 공격 따위는 안 통해!

아무리 저주받은 무기라 해도, 렌과 마찬가지로 공격력이
부족하니 녀석을 물리칠 수는——

퍼펑 하고 공기가 터져 나가는 소리가 울려 퍼진다.

필로와 리시아가 가까스로 장벽을 파괴했을 때보다 더 큰
소리인 것 같았다.

"커헉……!"

모토야스의 창이…… 장벽을 손쉽게 꿰뚫고, 덩치 큰 남
자의 가슴에 푹 박혀 있었다.

창은 덩치 큰 남자의 몸을 관통했고, 모토야스는 마치 장
난감이라도 갖고 놀듯이, 남자의 몸에 박혀 있는 창을 붕붕
휘둘러 댄다.

"뭐, 야?"

덩치 큰 남자는 말할 것도 없고, 아담한 남자도 경악하고
있다.

"으……윽…… 그만, 젠장!"

휘둘러지면서도, 덩치 큰 남자는 자신에게 박혀 있는 창
을 뽑으려고 발버둥 치고 있다.

"운석이 쏟아져 내릴 겁니다. 굳이 장인어른을 성가시게
해 드릴 필요는 없겠군요."

모토야스는 고개를 들어서, 당장이라도 쏟아져 내리려는
운석을 바라보고 있다.

"……언제까지 창에 달라붙어 있을 작정입니까? 거치적 거립니다!"

자기가 찔러 놓고는, 마치 쓰레기라도 쳐다보는 것 같은 눈매로 덩치 큰 남자에게 말한다.

"허, 헛소리 마라! 커헉……."

창에 찔린 쪽은 가까스로 목소리를 쥐어짜서 항의하고 있다. 입가에서 피가 뿜어져 나왔다.

조금만 더 있으면 창에서 빠질 것 같다.

"아무래도 너희는 장인어른의 적인 것 같군요. 적에게는 죽음! 입니다!"

모토야스는 창을 힘껏 움켜쥔다.

"버스트 랜스!"

모토야스의 창날 끝이 빨간빛을 내뿜기 시작한다.

"뭐야, 으와아아아아아아아아아아악!"

창에 꽂힌 덩치 큰 남자는 비명을 지르면서 창에서 탈출하려고 시도하지만…….

펑 하는 요란한 폭발음이 울려 퍼지고, 모토야스의 창끝을 중심으로 커다란 폭발이 일어났다.

"끄아아아아──."

덩치 큰 남자는 모토야스의 창에 찔린 채로 우리 눈앞에서 폭발했다.

다행히 살점이 튀는 징그러운 광경은 없이, 폭발에 의해 티끌이 되어 버렸다.

"뭐, 뭐야…… 이게 말이 돼?!"

아연실색한 것은 아담한 남자 쪽.

하지만 곧 마음을 다잡았는지, 비열한 웃음을 지으며 입을 연다.

"이히히히……. 설마 그 녀석이 죽어 버리다니. 부활이 성가셔지잖아."

동료가 죽었는데도 히죽히죽 웃어대다니……. 정말 말 그대로 게임 감각이군.

렌보다도 성질이 더럽다.

"전위광은…… 보아하니 쓸 수 없는 모양이군. 이거 일이 성가시게 됐는데."

"다음은 너입니다."

"어디 할 수 있으면 해 보시지!"

샴쉬르를 꺼내서 언제든지 응전할 수 있도록 자세를 잡은 아담한 남자가, 모토야스를 향해 내달리려 했을 때——모토야스는 이미 아담한 남자의 눈앞에 있었다.

대체 어느 틈에?!

아무리 방어력을 제외한 내 스테이터스가 저주의 영향으로 절반 이하로 떨어져 있다고는 해도, 이건 빨라도 너무 빠른 것 아닌가.

"나, 나오후미 님? 창의 용사는 혹시……."

"창의 용사님?!"

"후에에에에에에……."

사람 하나를 간단히 폭파시켜 버리고도 태연하게 구는 모토야스의 표정에서, 광기가 느껴진다.

그랬다. 모토야스 역시 커스를 사용하고 있는 것이다.

모토야스가 내 말을 고분고분 잘 듣기에 잊고 있었지만, 이 녀석도 뭔가 뒤틀려 있는 상태다.

"으랏차!"

"너무 느립니다! 장인어른의 적은 죽어라, 입니다!"

모토야스가 창을 옆으로 휩쓴다. 그러자 아담한 남자는 들고 있던 샴쉬르와 함께 통째로…… 목이 날아가 버렸다.

"이럴 수가……."

선혈이 튀고, 아담한 녀석의 피가 모토야스에게 쏟아져 내린다.

원래부터 빨간색을 좋아하던 녀석이었지만, 지금의 모토야스는 피를 뒤집어써서 한층 더 빨갛게 물들어 있다.

강적으로 보였던 적 둘이 허무할 정도로 빠른 시간 안에 죽어 버린 상황 앞에, 우리는 할 말을 잃고 말았다.

"모토야스…… 너…… 이 힘은 어디서 난 거야?"

"장인어른 말씀은 절대적으로 옳습니다."

"한마디로 너는 내가 가르쳐준 강화방법을……?"

내 말에, 모토야스는 당연하다는 듯 고개를 끄덕인다.

다시 말해 모토야스는 사성용사의 강화방법을 모두 실천한 상태라는 얘기다.

게다가 커스 무기까지 강화한 것이리라.

내 라스 실드와 같은 Ⅳ, 아니면 Ⅴ일지도 모른다.

그건 영귀나 쿄와 싸울 때 큰 도움이 됐었다

ㄱ때 사용한 방패는 엄청나게 튼튼하고 성능 좋은 방패였는데, 이게 모토야스의 경우라면 어떨까?

어마어마한 공격력을 갖추는 건 당연한 것……. 다시 말해 지금의 모토야스는 괴물 같은 능력을 갖고 있다는 것이다.

믿음직하다면 믿음직하긴 하군.

굉장한데. 내가 고전했던 상대를 이렇게…… 간단히 처참하게 해치울 줄이야.

"적은 모두 해치웠군요."

"그러게 말야."

예상치 못한 적의 출현이었지만, 모토야스 덕분에 가까스로 렌을 지켜낼 수 있었다.

너무나도 뜻밖의 결론에 동요했지만, 지금은 렌부터 챙겨야 할 때다.

"일단 렌을 데려가자."

"알았어."

나뒹구는 아담한 남자의 시체를 곁눈질하며, 나는 에클레르와 함께 렌을 안아 일으킨다.

"마차에 태워서 마을로 돌아가자."

"그래. 도적의 아지트 옆에 세워 뒀었지."

"네. 나중에 필로를 불러와야겠네요."

"라프짱이랑 같이 어딘가 가 버렸으니까."

"후에에에에에······. 도대체 뭐가 어떻게 된 거예요오오오오?!"

뒤늦게 리시아가 주위 상황을 보며 절규를 내지르고 있다.

나도 덩달아서 주위를 둘러본다.

목이 날아간 시체, 썩어 버린 대지······. 어떤 격전이 있었는지 한마디로 설명하기는 힘들겠군.

그나저나 이 시체는 빛으로 변하지 않잖아.

뭔가가 있는 건가?

소생을 저지하는 힌트가 될 만한 게 있으면 좋을 텐데······."

"자, 모토야스, 너도 같이──."

나는 모토야스가 있었던 방향을 돌아보았으나, 모토야스는 형태도 그림자도 보이지 않았다.

삐-, 하는 소리가 들려왔기에 그쪽을 쳐다본다.

약간 떨어진 곳에서, 어째선지 모토야스가 휘파람을 불고 있었다.

"모토야스!"

내가 저지하려 하자, 모토야스는 이쪽을 돌아보며 말했다.

"그럴 수는 없습니다, 장인어른. 히어로는 사건 해결과 동시에 현장에서 사라지는 법입니다!"

"사라지긴 어딜 사라져! 헛소리 집어치워!"

너는 저주받은 무기를 쓰고 있다고. 이렇게 냉큼 사라져 버리면 어쩌자는 거냐!

그 대가가 어떤 건지는 모르지만, 보나 마나 어마어마한 대가일 게 분명하단 말이다!

미처 그렇게 말하기도 전에——모토야스 뒤에서 뭔가가 고속으로 다가온다.

저건…… 필로의 마차인가……?

"아! 필로 마차~!"

오? 필로는 조금 떨어진 곳에서 다가오잖아?

"""그아!"""

그럼 필로의 마차를 끌고 있는 건…… 뭐지?

세 마리의…… 빨강, 파랑, 녹색의 필로리알들이었다.

"그럼, 안녕히 계십시오!"

달려가는 차에 올라타는 것처럼, 모토야스는 마차 난간을 붙잡고 달려간다.

"필로땅! 장인어른! 저는 당신들이 궁지에 몰리면 반드시 달려오겠습니다!"

"필로 마차 돌려줘~!"

필로가 격노한 표정으로 뺨이 부루퉁해진 채 마차를 쫓아 간다.

아…… 하긴, 자기 물건을 다른 사람이 당연하다는 듯이 쓰면 화가 나겠지. 그 기분은 이해가 간다.

"라프~!"

그 와중에 라프짱이 필로에서 뛰어내려 내 어깨에 올라앉았다.

"어서 와, 라프짱."

필로와 같이 멀리까지 갔다 오느라 고생이 많았으리라.

모토야스는 필로가 쫓아갔으니, 잘만 되면 붙잡을 수 있을지도 모른다.

뭐, 아까 그 상황을 보면 아마 힘들겠지만.

"라프! 라프라프!"

어째선지 라프짱이…… 쿄의 영혼을 지적했을 때처럼 뭔가를 가리키며 내 머리 위로 올라간다. 라프짱이 가리키는 쪽을 보니, 어렴풋이 그 2인조의 영혼이 보였다.

"엉? 방패 용사는 우리가 보이는 모양인데? 이히히."

"호오……. 뭐, 됐어. 이번에는 당했지만 다음번에는 네 놈들을 죽여 주마! 우리를 이런 꼴로 만들어 놓은 대가를 톡톡히 치르게 해 주지."

"……?"

뭐지? 뭔가 수단을 강구해 낼 수 있을 것 같다.

"세인, 저기에 저 녀석들의 영혼이 있는 것 같은데."

"……그래. 영혼이 부활——"

잡음이 너무 심해서 역시 무슨 소린지 못 알아듣겠다.

하지만! 나는 그런 상대에게 통할 법한 공격을 알고 있단 말이지.

그래……. 지금 이건 쿄를 처치했을 때와 완전히 일치하는 상황이니까.

"라프타리아, 영도(靈刀)로 저기 있는 유령을…… 찢어발겨."

"아, 네!"

"뭐, 뭐야?!"

두 사람의 목소리가 뒤집어진다.

영혼이라면 간섭할 수 없을 거라고 생각했겠지만, 그렇게 넘어갈 수는 없다.

용사를 살해하려 한 적들에게는 동정의 여지도 없다.

이대로 방치해 두면, 또 복수하러 올 것이다.

지금 이 기회에 손을 써 두는 게 좋겠지.

이 방법으로 죽일 수 있다면 횡재하는 셈이다. 부활을 저지할 수 있는 수단이 판명되는 거니까.

그나저나, 온라인게과 같은 부활 방식이라면 세이브포인트로 돌아가는 거 아냐?

왜 저런 곳에서 미적거리고 있는 거지?

그렇게 생각하다 보니, 현재 여기서 벌어지고 있는 일들이 새삼 떠오른다.

그렇다. 모토야스와 렌 때문에 자기장이 불안정한 상태인 것이다.

포털을 쓸 수 없는 것과 마찬가지로, 영혼도 속박당해 있는 건가.

"우히?! 아, 안 돼, 저리 가!"

"그, 그래! 그냥 보내주면, 특별히 너희를——"

"미안하지만, 그런 대사를 치는 녀석을 믿을 생각은 없거든. 숨통을 끊어, 라프타리아."

"네. 영도(靈刀), 단혼(斷魂)!"

소울 이터의 소재에서 나온 도로, 라프타리아는 내가 지시한 위치를 베어냈다.

""끄아아아아아아아아아아아아아아아——!""

혼을 찢어발기는 라프타리아의 스킬에 얻어맞은 2인조의 영혼은, 안개처럼 흩어져 사라진다.

이래도 부활한다면 그건 그것대로 대단한 일이다.

그리고 시체를 확인해 보니, 아무리 기다려도 빛으로 변하지 않는다.

이거 진짜—— 죽은 건가?

"이겼어——이긴 거야……? 이런 방법이——."

세인은 잡음 섞인 목소리로 안도한 듯 중얼거리고 있었다.

무슨 뜻을 전하려는 건지는 잘 모르겠지만, 기분은 어렴풋이 이해할 수 있었다.

죽여도 죽여도 되살아나던 적을 처치한 것이다.

안도하는 것도 이해가 간다.

"결과적으로 목숨을 빼앗게 됐어요. 뒷맛이 영 개운치 않네요."

라프타리아가 도를 칼집에 집어넣으며 뇌까린다.

"자기들 세계가 최강이라고 지껄이던 녀석들이니까. 글래스 패거리의 사명감과는 다른, 섬뜩한 느낌이었어. 동정할 필요 없어."

대화가 안 통하는 것 같은 느낌이었다. 철이 안 든 어른과 상대하는 것 같은 기분이었다.

녀석들에게는, 사투도 장난에 불과했다.

싸우는 동안 상대가 무슨 게임이라도 하는 것 같은 소리를 지껄였던 건, 죽어도 어차피 되살아날 수 있다는 상황 때문이었으리라.

우리의 목숨은 단 하나지만, 녀석들의 목숨은 무한하다는 상황…… 못 해 먹을 노릇이다.

왜 이렇게 말썽거리가 잇달아 나타나는 건지, 여러모로 따지고 싶은 기분이지만…… 지금은 솔직하게 승리를 기뻐해야 할 때이리라.

"녀석들 이외에도 패거리들이 더 있을지도 몰라. 조심하면서 돌아간다. 경계를 게을리하면 안 돼."

"알았어요."

이렇게 해서 우리는, 필로가 돌아오기를 기다렸다가 마을로 돌아갔다.

참고로 필로는 모토야스를 쫓아갔지만, 스태미나가 고갈되는 바람에 놓치고 말았다고 한다.

나 원 참…… 모토야스는 말썽만 일으키는군.

다만, 나를 위해서 행동한 건 변화의 징조라 생각해 두고 싶다.

그 정도 힘이 있다면, 맥없이 당하지는 않겠지.

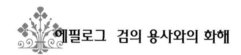

에필로그 검의 용사와의 화해

이런저런 사건 끝에, 의식을 잃은 렌을 그대로 마을로 연행했다.

"으…… 음……. 여기, 는…….."

"일어났나 보군. 여기는 내가 관리하는 마을이야. 네가 난장판을 만든 곳이 내가 부여받은 영지였거든."

"그, 그랬었군…….."

눈을 뜬 렌은 얌전하게, 미안해하는 눈길로 나와 에클레르를 쳐다보고 있다.

라프타리아는 내가 무슨 짓이라도 저지르지 않는지 감시

하고 있는 듯, 계속 나를 응시하고 있다.

참고로 포울은 모토야스가 떠나자 금방 정상으로 돌아왔다.

"나 참……. 도적으로 타락해 버리다니……. 말썽 좀 작작 피우라고."

"미안하게 됐어……."

렌은 담담하게 내 애기를 듣고 받아들였다.

에클레르의 설교가 효과적이었던 모양이군.

"일단, 윗치가 어디 있는지부터 불어 주실까?"

"……미안해. 나도 몰라."

"헛소리 마. 윗치의 지시를 받고 도적 노릇을 했던 거잖아?"

"아냐. 나를 도적으로 타락시킨 건…… 나 자신이었어."

렌은 이야기를 시작했다.

렌이 얘기하길, 윗치와 함께 도망친 그날, 윗치는 만나고 싶은 사람이 있다면서 그를 어느 도시로 안내했다고 한다. 전이해 간 곳에서 가까운 곳이었다는 모양이다.

거기서 윗치는 그에게 한 남자를 소개시켜 주었다.

어디선가 본 적이 있는 얼굴이었는데, 잘 기억이 안 난다고 한다.

그 남자는 검을 꺼내서, 렌에게 검술 교습을 부탁했다.

"알았어. 훈련만 시켜주면 되는 거지?"

렌은 흔쾌히 그 남자와 가볍게 대련을 했고…… 남자는 윗치와 뭔가 얘기하기 시작했다.

"솔직히⋯⋯기대⋯⋯야. 이 정도라면——."

"그럼——라면."

"하지만——잖아?"

"그래——고지식해서, 이——힘들다니까."

빤히 쳐다보는 게 영 언짢았지만, 믿고 있던 윗치가 미소를 짓고 있었기에 딱히 신경 쓰지 않았다고 한다.

"자, 렌 님, 오늘 피곤하셨죠? 그만 숙소로 가서 쉬자구요."

그리고 렌은 윗치의 손에 이끌려, 약간 비싸 보이는 숙소에서 휴식을 취했다.

"저희가 렌 님과의 여행을 얼마나 기대했는지 몰라요."

"네! 원래는 그 창의 용사가 아니라 렌 님에게 지원하고 싶었다니까요."

"그, 그래? 나도, 너희를 위해서, 세계를 구할 수 있도록 노력하지."

자신을 믿어주는 이들을 위해서, 렌은 다시 싸울 각오를 다졌다.

이 세계 녀석들의 배신에 치를 떨면서도, 자신을 믿어 주는 사람을 위해서⋯⋯.

이튿날 아침⋯⋯ 자신이 검을 제외한 모든 걸 다 도둑맞은 채 버려졌다는 걸 알기 전까지는.

숙소에 비치된 테이블에는 쪽지가 남아 있었다.

"이게 바로 그 쪽지야."

소중히 간직하고 있었던 건가?

렌은 내게 그 쪽지를 건넨다.

한 번 꽉 움켜쥐었던 듯 구깃구깃해져 있었지만, 그래도 읽을 수 없을 정도는 아니었다.

"어디 보자……. 『당신은 더 이상 이용가치가 없으니까, 이용할 수 있을 만한 물건만 가져갈게. 방패와 창에게서 도망치게 해준 건 고맙지만, 난 당신 외모도 성격도 별로 마음에 안 들어. 그래, 방패를 물리쳐 주면 사랑해 줄게. 뭐, 지금의 당신 실력으로는, 평생이 걸려도 힘들겠지만. 오호호호.』"

짜증 나……. 나는 저도 모르게 종이를 찢어발겼다.

윗치 자식! 완전 구제불능이잖아!

그나저나, 하루아침에 렌을 내팽개치다니, 빨라도 너무 빠른 거 아냐?

진상은 애초에 렌의 장비나 돈을 노리고 접근했었던 걸까?

뭐, 렌을 계속 속이는 데에도 한계가 있을 거라고 판단한 거겠지.

"내가 뭔가 좀 이상해진 건 아마 그때였을 거야……. 시야가 새까맣게 물들고, 나오후미, 네가 얘기했던 커스 시리즈라는 게 나타났지."

믿으려 했던 사람에게 곧바로 배신을 당했으니까. 그 기분은 충분히 이해한다.

라프타리아의 믿음을 얻은 그 다음 날 아침에 라프타리아가 나를 배신했다면, 증오의 그로우 업이 가속화되었을 것이다.

"그 후로는…… 전략의 연속이었어. 숙소를 나서서, 그길로 돈 될 만한 물건들을 찾아다니고…… 빼앗기느니 차라리 빼앗고 말겠다는, 하지만 정체를 들키기는 싫다는 생각에 가면을 쓰고……."

도적의 마차를 습격하고 그들을 부하로 삼아서 도적단을 결성했다는 건가.

정말이지 전형적이기 짝이 없는 전락 인생이군.

"나오후미……. 뻔뻔한 소리인 줄은 알지만, 지금까지 있었던 일들을 용서해 줬으면 해."

"그래, 그래. 용서하느니 마느니 하는 것과는 별개로, 나는 처음부터 널 포획하는 게 목적이었으니까. 두 번 다시 그런 짓을 안 하겠다고 약속한다면 풀어줄 테니까, 내가 얘기한 대로 조금이라도 더 강해지라고."

아무래도 이 세계에는 사성용사의 목숨을 노리는 자들이 잠복하고 있는 것 같으니까.

앞날을 생각해서라도, 사성용사는 조금이라도 더 강해져야만 한다.

적어도 나보다는 더 강해질 수 있어야 정상인 렌은, 올바른 강화방법을 익혀야만 한다.

"알았어. 나오후미가 얘기한 대로 강해지도록 하지. 힘닿는 데까지 노력해 볼게."

쿨한 척을 좋아하는 자존심의 결정체였던 그 렌이, 나를 향해 순순히 고개를 숙이며 사과했다.

……진심으로 반성하고 있는 것 같군.

이렇게까지 사과를 받으니 용서하는 것도 선택지 중 하나로 느껴지는 건, 내가 너무 안이한 건가?

"설마 윗치가 그렇게까지 지독한 녀석일 줄은 예상 못했어. 반신반의했었지. 하지만…… 다정한 대접을 받고는, 믿고 말았지. 정말 용서받지 못할 바보짓이었어. 그 여자를 붙잡을 마지막 기회였을지도 모르는데……!"

렌은 상당히 격앙된 목소리로 윗치를 비난하고 있다.

뭐, 워낙 지독하게 당했으니까. 렌도 나 못지않게 증오하고 있겠지.

그런 의미에서는 렌에게 공감할 수 있다.

뭐랄까……. 공동의 적이 생긴 것 같은 기분이다.

"뭐, 쓸데없이 얼굴은 예쁘장하고, 우는 시늉도 잘하니까, 그 녀석은."

"전 왕녀에 대한 험담인가. 뭐, 나도 이해하지 못하는 바는 아니지만……."

에클레르도 머리를 벅벅 긁적이며 중얼거린다.

그나저나 그 계집은 대체 어디로 간 거야?

렌의 얘기로 미루어 보아 조력자가 있는 것 같다.

어디선가 본 적이 있는 얼굴의 남자……. 렌과 접점이 있는 인물인가?

대체 누구지?

도통 모르겠다. 일단 윗치의 소식은 따로 추적하기로 하고, 문제는 이츠키 쪽이군.

윗치의 표적은 나, 모토야스, 렌으로 이어져 온 것이다. 다음에는 이츠키를 노릴 가능성이 높다.

무슨 짓을 할지는 모르지만, 썩 좋은 방향으로 흘러가지는 않을 것 같은 느낌이 든다.

정말이지, 그 녀석은 성가신 일만 일으킨다니까.

모토야스의 손에 죽은 그 녀석들 같은 적이 더 남아 있을 가능성도 있다.

"그리고 그다음은……."

강해지는 방법을 렌에게 재교육시킬 필요가 있느냐 하는 점이군.

반성도 하고 있는 것 같고, 아군이 될 수도 있다면 나쁘지는 않은 방법이다.

본래는 렌이나 글래스 일당처럼, 용사들이 하나가 되어 파도에 맞서는 게 정상이란 말이지.

"커스 스킬을 연속 사용했으니까, 지금 상태가 어떤지를 확인해 봐야 할 거야. 그 이외에는…… 내 얘기를 잘 듣고 더 강해져야 해. 그렇게 어려운 일은 아니니까."

"알았어. 나오후미……. 앞으로 신세를 지도록 하지."

"그래, 미안해할 것 없어. 나는 너희 용사들이 조금이라도 더 강해져 주기만 하면 되니까. 지금 우리가 어떤 상황에 놓여 있는지도 좀 이해해 달라고."

"그래."

나는 방어에만 특화된 용사라서, 공격은 동료들에게 의존할 수밖에 없다.

전력 면으로 뛰어난 건, 운 좋게 라프타리아가 권속기의 선택을 받은 덕분이다.

따라서 공격의 중추가 되는 것은 나를 제외한 사성용사가 되어야 하고, 렌이 가입해서 제대로 강해져 준다면야, 그보다 더 든든한 동료는 없을 것이다.

"나는…… 지금까지 내가 저질러 온 일들을 똑바로 마주할 거야. 죽은 웰트, 백터, 테르시아, 파리. 내 동료들이 꿈꿨던, 평화로운 세계를 되찾기 위해 싸우고 싶어."

이제야 렌이 내 얘기에 귀를 기울여 주는 상태가 된 건가.

뭐, 불안하기는 하지만, 어쨌거나 사태 개선의 전망이 보이기 시작한 셈이다.

"검의 용사님, 너무 고민하지는 마세요. 저기…… 저와 에클레르 씨, 그리고 저와 동향 출신인 마을 아이들이 함께 하고 있으니까요."

렌의 결의에 공감했는지, 라프타리아가 위로해 주고 있다.

그 말에, 렌은 고분고분 고개를 끄덕였다.

"고마워."

"검의 용사인 아마키 님."

에클레르가 렌을 향해 한 발짝 내딛는다.

렌은 에클레르를 바라본다.

"뭐지?"

"그때 내가 한 말은 이해하고 있겠지?"

"그래……. 나를 저지해 준 것…… 고맙게 생각한다."

"으음. 나도 힘닿는 데까지 돕도록 하지. 앞으로 함께 힘을 모아 싸우는 거다."

렌이 가만히 눈을 감고, 에클레르의 말에 고개를 끄덕였다.

"앞으로 폐를 끼치게 될지도 몰라. 하지만, 혹시 내가 다시 잘못된 길을 걷게 되면, 또 제지해 줬으면 좋겠어."

"알았다. 혹시 또 아마키 님이 그릇된 길을 가게 되면, 내가 몇 번이고 막아서도록 하지."

"부탁하지……. 으음, 에클레르, 날 부를 때는 이름으로 불러 줬으면 좋겠어."

그렇게 말하며, 렌은 에클레르에게 손을 내민다.

"그럼 렌 님이라고 부르지."

"'님'은 빼도 돼. 에클레르, 앞으로 여러모로 나를 가르쳐줘."

"알았다, 렌. 내 교육은 혹독하니 각오하도록."

"그거 좋지."

이렇게, 뭔가 남자들 간의 우정 같은 분위기를 풍기며, 렌과 에클레르는 굳게 악수를 주고받았다.

"나오후미 님, 뭔가 무례한 생각 하고 계시는 거 아니에요?"

"남자들 사이의 우정 같다는 생각이 들어서."

"에클레르 씨는 여성이잖아요!"

"이와타니 님은…… 정말이지……."

"나오후미."

렌이 에클레르의 얼굴을 쳐다보았다가, 내게 말을 건다.

"뭐지?"

"믿어주지 못해서, 미안하다."

……이제 와서 사과냐. 뭐, 상관없지.

윗치에게 속은 자들끼리 서로 상처를 위로해 가자거나 하는 건 아니지만, 공감은 할 수 있을 것 같다.

그 망할 계집에게 당한 피해자 모임 회원이 이렇게 늘어가는 거로군.

"일단 오늘은 푹 쉬어. 내일부터 여러모로 바빠질 테니까. 그럼 이만."

나는 에클레르에게 렌을 맡기고, 방을 나섰다.

라프타리아가 내 뒤를 따라온다.

"큰 진전이 있었네요. 검의 용사가 적극적으로 변했으니

까요."

"그러게 말야. 파도에…… 다음 수호수인 봉황에 맞설 수 있는 전력이 순조롭게 늘어났어."

다음 문제는 사성용사의 목숨을 노리는 세력이겠군.

아까 그 녀석들이 전부일 리는 없을 것이다.

아직도 어딘가에 잠복해 있을지도 모른다고 생각하니, 찜 찜함이 가시지 않는다.

키즈나 쪽 세계에도 문제는 있었지만, 우리 세계에도 문제가 산적해 있군.

하지만, 한 발짝씩이라도 좋으니 조금씩 처리하면서 나아가는 수밖에 없겠지…….

"자, 라프타리아, 앞으로도 성가신 일거리들이 널려 있어. 우리는 느긋하게 쉬고 있을 틈이 없다고. 어떤 적이든, 쏟아지는 불티를 걷어내 나가는 수밖에 없어."

"네! 이제 뭘 하면 될까요?"

"재건이나 전력 증강도 필요하겠지만, 리시아나 에클레르의 급성장을 보고 있자니, 다시 한 번 본격적으로 수련하는 게 좋을지도 모르겠군."

"하긴……. 요즘에는 사디나 언니한테 칼부림의 기세가 시원치않다는 소리도 듣고, 기량 부족을 실감했으니까요."

능력이 저하됐기 때문이라고 변명할 수도 있겠지만, 전체적으로 기량을 다시 갈고닦을 필요가 있을 것 같다.

이번에 처치한 적은 일개 첨병에 불과하다.

사성용사도 칠성용사도 아닌, 용사의 동료 정도밖에 안 되는 적이다.

그 정도 적에 고전해서야, 앞날이 깜깜할 따름이다.

지금까지 해 왔던 작업도 계속해야겠지만, 앞으로는 스케줄에 수련을 추가해야겠다.

"좋아, 일단 결정이 났으니 당장 시작하자."

"네!"

착실하게 재건되어 가는 마을을 바라보며, 나는 라프타리아와 함께 작업으로 복귀했다.

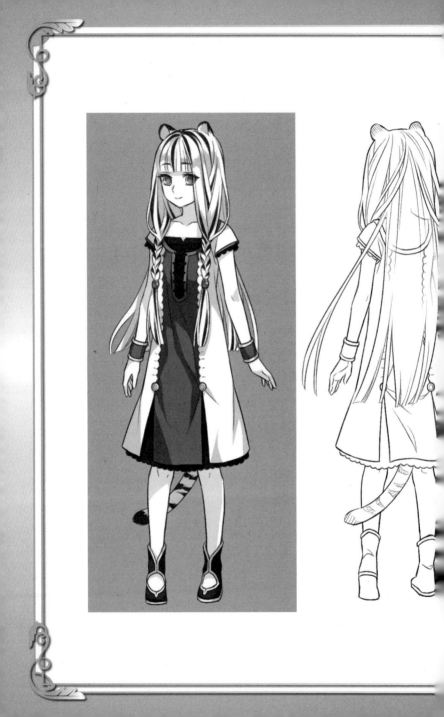

아트라

포울

이와타니 나오후미

라프타리아

포울

아트라

인물소개

방패 용사
성공담

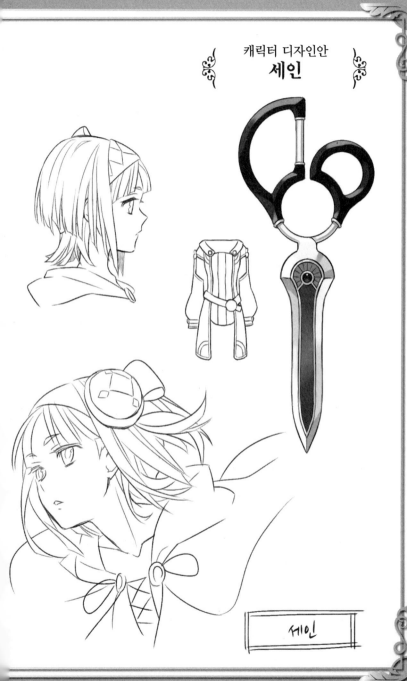

세인

방패 용사 성공담 11

2015년 11월 10일 제1판 인쇄
2017년 09월 05일 3쇄 발행

지음 아네코 유사기 | **일러스트** 미나미 세이라 | **옮김** 박용국

펴낸이 임광순 | **제작 디자인팀장** 오태철
담당편집자 오상현
편집1팀 황건수 · 정해권 · 김동규 · 신채윤
편집2팀 유승애 · 배민영 · 권소현 · 이민재
디자인팀 박진아 · 정연지 · 박창조
국제팀 노석진 · 엄태진 | **마케팅팀** 김원진

펴낸곳 영상출판미디어(주)
등록번호 제 2002-000003호
주소 403-853 인천광역시 부평구 평천로 132 (청천동)
전화 032-505-2973(代) | **FAX** 032-505-2982

ISBN 979-11-319-3704-4
ISBN 979-11-319-0033-8 (세트)

Tate no yuusha no nariagari 11
ⓒ Tate no yuusha no nariagari by Aneko Yusagi
First published in Japan in 2015 by KADOKAWA CORPORATION, Tokyo.
Korean translation rights arranged with KADOKAWA CORPORATION, Tokyo.

 노블엔진(NOVEL ENGINE)은 영상출판미디어(주)의 라이트노벨 및 관련서적 브랜드입니다.

오버로드

"이 세계를 그대에게──."

'오버로드' 모몬가가 이끄는 길드 '아인즈 울 고운'의 전설이 펼쳐진다!

'게임' 위그드라실의 서비스 종료를 앞둔 밤. '아인즈 울 고운'의 길드장이자 '나자릭 지하대분묘'의 주인인 언데드 매직 캐스터 '모몬가'는, 게임의 종료와 동시에 길드 아지트인 나자릭 지하대분묘 전체가 이세계로 전이한 것에 깨닫게 된다. NPC들은 자신만의 개성을 얻어 살아 움직이고, 모몬가는 더 이상 이것이 '게임'이 아니라 '또 다른 세상'이라는 사실을 깨닫게 된다. 강력한 힘을 지녔음에도 불구하고 한 치 앞도 짐작하기 힘든 상황 속에서 자신의 '무지'와 신중하게 싸워 나가며 모몬가는 한발한발을 내딛는다.

일본과 동일 사양의 호화 판형으로 4권까지 발간 중!

마루야마 쿠가네 지음 | **so-bin** 일러스트 | **김완** 옮김

청춘의 상상, 시동을 걸어라 !

이 세계가 게임이란 사실은 나만이 알고 있다 1~4

"흘러들어온 곳은 버그로 가득한 게임 세계!!"
제작자의 악의로 가득 찬 버그에 맞서 싸우는 신개념 이세계 생존기!

방 안에 틀어박혀 오프라인 VR 게임만 즐기던 솔로 게이머 사가라 소마는 부주의 한 소원에 의해 자신이 평소 즐기던 게임. '뉴 커뮤니케이트 온라인'의 세계에 레벨 1 상태로 전이되고 만다. 문제가 있다면, 그 세계의 기반이 된 게임이 터무니없는 망게임이라는 것. 신선한 이세계 라이프고 뭐고 당장 목숨이 위험하게 된 소마는 자신이 파고든 게임의 버그를 역이용해 상상도 할 수 없는 방식으로 위기들을 헤쳐 나가며 현실로 돌아가려 한다. 지금까지의 작품들과는 다른, 게임세계의 부조리를 파헤치는 유쾌한 이야기. 한국에서도 빠르게 증쇄되며 인기몰이 중!

Illustration:1chizen
ⓒ 2014 Usber
/PUBLISHED BY KADOKAWA CORPORATION ENTERBRAIN

우스바 지음 / 이치젠 일러스트 / 김완 옮김

영상출판
미디어(주)

유녀전기[幼女戰記]
-Deus lo vult-
1

세계를 상대로 싸우는 제국의 전쟁 영웅은 열 살 소녀!?
일본 웹소설 연재 사이트 Arcadia를 뜨겁게 달군 화제작!

전쟁의 영웅, 그녀는…… 나이 어린 소녀의 탈을 뒤집어쓴 괴물. 전장의 최전선에 있는 어린 소녀. 금발, 벽안, 그리고 투영하리만치 새하얀 피부를 지닌 소녀가 하늘을 날며 사정없이 적을 격추한다. 소녀답게 혀 짧은 말로 군을 지휘하는 그녀의 이름은 타냐 데그레챠프. 하지만 그 안에 든 것은 신의 폭주 탓에 여자로 다시 태어난 엘리트 샐러리맨. 일의 효율과 자신의 출세를 무엇보다 중시하는 데그레챠프는 제국군 마도사 중에서도 가장 위험한 존재가 되어가고, 시대는 바야흐로 '세계대전'에 돌입하는데━━.

© 2013 Carlo Zen
Illustration:Shinobu Shinotsuki
PUBLISHED BY KADOKAWA CORPORATION ENTERBRAIN

카를로 젠 지음 / 시노츠키 시노부 일러스트 / 한신남 옮김

영상출판
미디어(주)

당신과 나의 어사일럼
1~2

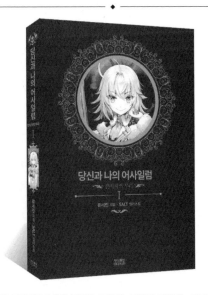

어느 날 이세계로 소환된 주인공. 소환자는 마법을 사용하는 가녀린 미소녀.
그러나 그곳에서 기다리고 있던 것은 꿈과 희망이 넘치는 영웅담이 아니었다.

"혹시 내가 이 세계를 구할 용사의 핏줄이기라도 한 거야?"
"땡! 아닙니다. 오답! 당신은, 고문용 장난감입니다!!
조금 위험한 너를, 조금 이상한 내가, 조금 외로운 장소에서 만나게 된 이야기.

〈엔딩 이후의 세계〉의 작가 류세린과 〈노벨 배틀러〉의 일러스트레이터 SALT의
화려한 콤비가 그려내는 신감각 이세계 전기.
원작을 충실히 개고했을 뿐 아니라 매권 마다 새로운 단편이 수록되어
이미 내용을 아는 독자들에게도 새로운 느낌으로 다가간다!

류세린 지음 / SALT 일러스트

영상출판
미디어㈜

마검마탄의 사이드스토리
1~2

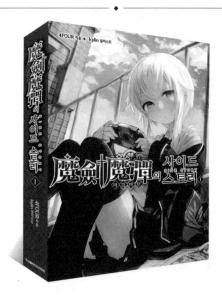

「제7회 노블엔진 대상」 장려상 수상작.
클리셰들이 중첩되고 왜곡된 기묘한 모험담, 개막.

【이세계전이 판타지】에 휘말려 온갖 험한 꼴을 겪고 다시 원래 세계로 귀환한, 평범하지 않은
고등학생 김현수. 그 대가로 알게 된 진실은── '나' 는 단순한 '조역' 이라는 것뿐.
하지만 돌아오고 채 석 달도 지나기 전에 또 다른 이야기에 휘말린다.
그것은 다름 아닌, 【이능력 배틀물】.
그리고 이전과 마찬가지로 그의 배역은 '주인공의 친구' 라는 '조역' 이었다.
"또 이런 거냐. 망할."
어디서 많이 본 모습의 괴물. 그 괴물에 맞서기 위해 얻은 힘은 이미 예전부터 익숙한 것.
이미 터무니없는 경험이 있기에 비일상에의 적응은 생각보다 훨씬 쉬웠다.
하지만──그때 그의 앞에 나타난 것은 이세계에서부터 찾아온 악연이었다.

4FOUR 지음 / **kylin** 일러스트

영상출판
미디어(주)

마개조 소녀 구출기 1

저주받은 고성(古城) 「팡가라 자이블」. 그곳으로 납치된 백작가의 영애.
구출 의뢰를 받고 고성에 잠입한 모험가들을 기다리고 있던 것은,
저주받은 사령(死靈)들과 끔찍한 괴물들, 그리고 가면으로 정체를 숨기고 습격해 오는 잔혹한 암살자.
다른 동료를 모두 잃고, 홀로 남은 모험가 디스트는 힘겹게 암살자를 제압하고
그 가면을 벗기는데 성공하지만… 가면 안에 있던 것은, 아직 앳된 티가 남은 소녀였다?!
힘을 합쳐 고성을 돌파해 나가는 두 사람. 그 앞에서 기다리고 있던 것은…… 기억과 다른 진실,
되살아나는 망령, 그리고 형용할 수 없는 악의였다!

**살짝 민감체질(?)인 소녀와 함께하는
정통파 던전 돌파 판타지!**

소영이아빠 지음 / 스노우볼 일러스트

영상출판
미디어㈜